그래도 나는
외과의사이고 싶다

반재민 지음

그래도 나는 외과의사이고 싶다

지은이 | 반재민
펴낸이 | 최병식
펴낸날 | 2016년 11월 1일(재판)
펴낸곳 | 주류성출판사 www.juluesung.co.kr
          서울특별시 서초구 강남대로 435 주류성빌딩 15층
          TEL | 02-3481-1024(대표전화)·FAX | 02-3482-0656

값 12,000원

ISBN 978-89-6246-241-8 03810

그래도 나는 외과의사 이고 싶다

고통에 빠진 환자를 수술하여 병을 치료하는 기쁨은

세상 무엇과도 바꿀 수 없는 일이다.

이 뿌듯함으로 1년 365일, 달력의 '빨간 날'은 없는 셈치고

휴가도 포기한 채 수술이 필요한 환자에게 달려갔다.

반재민 지음

주류성

책을 내면서

어려서 겁 많고 온순하며 소심하던 아이가 외과의사가 되겠다고 했을 때, 내 성품을 아는 주위의 많은 사람들이 놀라워했다. 어떤 분들은 과연 외과의사로서 환자들을 수술할 수 있을까, 하는 의문을 품기도 했다. 그러나 의과대학 시절 임상실습 과정에서 여러 임상과를 체험하는 가운데, 특히 죽어가는 생명을 수술로서 살려내는 외과의사의 삶에서 어떤 드라마보다 극적인 쾌감과 보람을 맛보았던 나는, 주위의 권유와 회유에도 흔들림 없이 외과의사의 길을 고집했다. 이미 마음은 외과의사로서의 사명감과 높은 이상으로 가득 차 있었다.

외과의사의 길은 시작부터 고행의 연속이었다. 일단 수련부터가 힘들었다. 처음 수련을 받을 때만 해도 연세대학교 의과대학 부속 세브란스병원 외과는 '지옥'과 같다고 해서 지원자도 적었을 뿐만 아니라, 외과를 선택했던 패기 넘치는 의사들조차 도중에 포기하고 다른 임상과를 택하는 경우가 많았다. 이처럼 수련의사가 부족하니 남아서 외과수련을 받는 우리는 더욱 힘들어질 수밖에 없었다.

삶의 피폐함이란 나열하기조차 어려웠다. 병원에서 생활하는 날이 많다보니 세탁물을 집에서 가져와 병동에다 맡겨놓으면 교환해 가는 일도 다반사였고, 하루 한 끼의 식사로

버티며 일하는 날이 많다보니 위장질환에 변비는 물론이요, 치핵까지 발병하는 일도 흔한 일이었다. 내가 의사인지 환자인지 알 수 없을 정도였다.

그러나 인간의 한계를 극한까지 시험하는 듯한 혹독한 과정을 이겨내고 외과 전문의사가 되면, 어느 병원에서 일을 해도 수술이 필요한 환자를 돌보는데 어려움이 없을 것이라는 자신감이 있었다. 특히 수술을 두려워하지 않고 즐겼던 나로서는, 수술이 없으면 일을 하지 않은 것 같은 기분이 들 정도로 수술에 대한 열정이 있었다.

어느덧 외과의사로서 30여 년을 살아왔고, 대학병원과 중소 병원을 모두 거치며 셀 수 없이 많은 환자들에게 여러 종류의 수술을 했다. 어느 날은 암수술을 비롯하여 충수돌기염(맹장염)수술에 이르기까지 하루에 10건에 달하는 수술을 하느라고 하루 종일 굶으면서 수술을 한 날도 있었고, 중증 외상 환자를 수술할 때는 밤을 새워가며 24시간 이상을 수술실에서 나오지 못한 날도 있었다. 이렇게 많은 환자를 수술하거나 오랜 시간 수술을 하는 날이면 긴 시간 공복 상태에서의 수술 덕분에 탈수로 고생한 적도 있었다. 때로는 소변도 안 나오고 혈뇨까지 나타나 수액을 맞는 일도 종종 있었다. 또한 환자들을 돌보다 보면 늦게까지 병원에 머물러 있거나 집에 가지 못하는 날도 다반사였다.

오죽했으면 젊은 시절에는 예비군 훈련을 갔다가 쫓겨난 (?) 경험마저 있었다. 예비군 동원훈련에 입소하기 전날 미리 중환자 수술을 해놓고 다른 후배 외과의사와 전공의에게 환자를 부탁하고 국방의 의무를 다하기 위해 입소했다. 병원 일에 비하면 예비군 훈련은 휴식이라고 생각하며 1주일(당시 예비군 동원훈련은 4박 5일로 월요일에 훈련부대로 입소하여 금요일에 퇴소하였다) 동안 푹 쉬어야겠다고 마음먹고 있었다. 그래서 오랜만에 독서나 할 요량으로 책을 몇 권 챙겨가지고 갔다.

　그렇지만 이런 기대가 착각에 불과했다는 것을 알기까지는 그리 오래 걸리지 않았다. 입소 당일, 입소신고도 하기 전부터 지휘소를 통해 병원에서 수없이 많은 전화가 쏟아지는 것이었다. 그러다 보니 하루 종일 나를 찾는 방송이 이어졌고, 매번 방송을 듣고 달려가 전화로 일일이 환자 치료에 대한 처방을 내리는 것을 본 예비군 부대장은 황당했던 모양이다. 다른 예비군들에게까지 혼란을 초래하여 군기가 흔들릴 수 있다고 판단했는지, 훈련을 마친 것으로 하고 수료증을 발급해줄 테니 그대로 퇴소하라는 것이었다. 달콤한 휴식과 독서의 꿈이 날아간 것은 물론이었다.

　그럼에도 불구하고 힘들다는 생각보다는 사명감과 희열이 훨씬 컸기에 버틸 수 있었다. 수술이 필요한 환자에게 수술을 통해 병을 치료해주는 데 온 정성을 쏟았고, 이 과정에서 느끼는 기쁨은 무엇과도 바꿀 수 없었다. 외과 환자들은 수술을 통해 병소를 제거하면 비교적 완치가 쉽기 때문에 기분이 좋다. 비록 암 환자일지라도 암 병소를 제거하여 재발없이 치료되면 보람을 느낀다. 물론 암의 진행 상황과 환자의 상태에 따라 항암치료와 방사선치료 등을 병행하지만, 우선 원발병소를 제거하면 후속치료의 효과는 더욱 높아지게 된다. 이 뿌듯함으로 1년 365일 달력의 빨간 날은 없는 셈치고 휴가도 가지 않으며 수술이 필요한 환자에게 수술을 시행했고, 수술 후에는 그 환자들을 돌보는데 온 정성을 다하며 오늘날까지 외과의사로 살아왔다.

 물론 그 분들 중에는 건강을 되찾지 못해 의사는 신이 아니라는 겸허한 진실을 수용하게 만드는 환자들도 있었다. 이럴 때는 의학보다 신앙의 힘을 찾으며 마음 속으로 그 분들의 천상에서의 영원한 안식을 빌곤 했다. 그러나 외과의사로서 내 손끝에서 환자들을 소생시킬 수 있다는 것은 감사한 일이었고, 이렇게 건강을 찾은 환자들이 일상으로 돌아가는 것을 지켜보는 과정은 내겐 크나큰 행복이기도 했다.

 이제 외과의사로서의 삶을 되돌아보면서 그동안 수술을 행했던 환자들과 치료하였거나 문제를 해결하고자 노력했던 환자들 중에 기억에 남는 환자들을 돌보았던 일들을 정리하여 책으로 내고자 한다. 이 책을 통해 외과의사의 삶이 어떠했는지를 알리고, 의학도들에게는 외과가 얼마나 보람 있는 임상과목인지를 이야기할 수 있다면 바랄 것이 없다. 의학을 공부하지 않은 일반인들에게도 외과의사의 애환을 허심탄회하게 털어놓아 외과의사에 대한 이해를 높이고, 요즘엔 왜 외과의사를 기피하는지, 또 어째서 개원가에서 외과를 찾아보기가 어려운지 알리고 싶다.

한편, 환자에게 몰두하는 동안 외과의사로서의 삶은 성실히 이행했는지 몰라도 가정에서의 삶은 낙제점이었다. 아내는 이런 내가 하숙생 같다고 늘 말했다. 젊은 시절에는 나에게 다른 역할도 있음을 미처 돌아보지 못했다. 이제 돌이켜 보면 아내와 두 자녀에게는 남편과 아버지의 의무를 해주지 못한 것에 미안하고, 또 죄스럽다. 가장의 의무를 다하지 못하는 동안에도 가정을 굳건히 꾸려오고 두 자녀를 잘 키워 남들이 부러워하는 학교에 진학하도록 이끌어준 아내 김마리아에게 그 무엇보다도 감사하다는 말을 전하고 싶다. 아내는 힘든 시간들을 묵묵히 견뎌 주었고, 아내의 지혜와 사랑으로 가정에는 평화와 웃음이 가득했다. 아내와의 결혼은 내 인생을 통틀어 가장 잘한 일이다. 또한 아버지로서 제대로 돌보아주지 못했음에도 잘 자라준 아들 태현이와 딸 승아에게도 고맙고 감사하다는 말을 전한다.

더불어 외과 의사로서 어떤 환자를 만나더라도 어려움 없이 수술할 수 있었던 것은 은사님들의 가르침 덕분이다. 모교인 연세대학교 의과대학 외과 교수님들께 이 자리를 빌어 감사드린다.

외과의사가 환자를 수술하고 치료하는 데는 또한 동반 의료인으로 마취과 의사와 수술실 간호사, 중환자실 간호사를 비롯해 많은 병동 간호사들의 적극적인 동참이 필요하다. 특히 외과의사로서 가장 오랜 기간 많은 환자를 수술하였던 인천세광병원(현재 인천사랑병원)의 마취과 의사들과 수술실 간호사들에게 이 지면을 빌어 감사의 말을 전한다.

그리고 이 책의 원고를 보고 문맥의 미흡함을 수정하도록 도와주신 반(潘)씨 문중의 대표적인 수필가이신 반숙자 님께 감사의 말씀을 전하며, 보잘 것 없는 소품을 책자로 출판해주신 주류성출판사 최병식 대표와 임직원들께도 감사의 말씀을 전한다.

2015년 6월, 반재민

아버지의 꿈을 응원하며

영등포에 있는 노숙인 전문 병원인 요셉의원. 이 곳은 이미 여러 차례 언론에 나와 유명한 곳이다. 몇 해 전, 아버지는 장기 진료봉사자로 상을 받았다. 10년을 한결 같이 매주 봉사를 나간 것이다. 정작 아버지는 진료 때문에 시상식에 참가하지 못한 탓에 시간 많은 딸내미가 대리 수상을 했다.

아버지에게는 꿈이 있었다. 나는 그것을 알고 있다. 무의촌이나 오지에 가서 진료 봉사를 하는 것이다. 사실 아버지에게는 그것이 더 어울린다. 아버지는 돈 버는 일에 재능이 있는 사람이 아니다. 정직하게 말하자면 돈이 되지 않는 일과 친밀한 편이다. 설상가상으로 어딘가에 기부하거나 남을 돕는 일에는 매우 열성적이다. 아버지는 본인이 그 정도로 부를 축적하지 못했다는 것을 종종 망각하는 것 같았다. 남 좋은 일에는 열심인 대신, 가족들에게는 매우 인색했다.

우리가 어릴 때 살던 동네는 교육열이 높기로 유명했다. 부유층이 많이 사는 곳이 아니었기 때문에 교육만이 자녀에게 더 나은 미래를 줄 수 있는 수단이라 여기는 부모들이 많았다. 대물림 받은 부가 없는 대신, 맨주먹으로 쌓은 실력과 성실성만이 재산인 소시민들이 많은 곳이었다. 우리 아버지도 이런 부모들 중 하나였다. 아이러니하게도 이들의 교육열과 건전함은 자녀들의 명문대학 합격률로 이어졌고, 교육 여건이 좋은 곳으로 알려지자 점차 재력 있는 사람들까지 모여들면서 동네를 신흥 부촌으로 만들었다. 어린 시절, 우리 동네의 어머니들은 당신들을 위한 소비를 희생하며 자녀 교육에 지출을 집중했다. 그러나 우리 남매가 어릴 때 고가의 학원이나 과외 수업을 받으려 치면 아버지는 그렇게 못마땅해할 수가 없었다. 공부는 스스로 하는 것이지 학원이나 과외에 의존한다고 되는 것이 아니라는 논리였다. 다른 사람들의 복지에는 그토록 신경을 쓰면서 정작 자녀들의 복지에는 무신경한 아버지가 답답하기도 했다.

자녀 교육에는 관심이 없는 듯 하면서 의료 봉사에는 많은 할애를 하고, 한 가정의 가장임에도 불구하고 진료비를 받지 않고 환자를 진료한 사실을 자랑스레 이야기하는 아버지에게 나는 가장의 임무는 가족에게 더 나은 삶을 주는 것이기도 하다는 사실을 상기시키고 싶었다. 신은 모든 곳에 있지 않지만 돈은 모든 곳에서 사람을 구원한다고 반박한 적도 있었다. 이는 나의 진로를 바꿔놓았다. 어린 시절부터 언론인이나 학자의 길을 꿈꿨으나, 아버지의 지나친 이타주의에 대한 반발심으로 인해 경제 분야에 관심을 갖게 된 것이다. 여기에 세상을 변화시키는 금권력에 대한 맹신이 더해져 예상치 못하게 금융인의 길을 걷게 되었다.

그러나 나는 알고 있다. 아버지가 가족을 위해 아버지의 꿈을 희생해가며 지금까지 온 것을.

한 번도 내색한 적은 없지만 이미 오래 전부터 알고 있었다. 나는 아버지의 꿈에 빚을 지고 있다. 어쩌면 몽골이나 아프리카 어디쯤에서 의료인이 절실한 환자들을 돌보고 있어야 할 아버지가, 순수한 열정과 사명감을 접은 채 살아와야 했다는 것을. 그리고 이 모든 원인은 바로 가족을 향한 아버지의 사랑과 희생이라는 것을.

남에게 퍼주기만 하는 것 같은 아버지를 비판했지만, 어느새 그런 아버지를 닮아가는 나를 발견한다. 하나 둘 후원하는 기관이 늘어 이제 월말이면 제법 여러 기관에서 후원금이 이체되어 나간다.

지난해부터 '세이브 더 칠드런'이라는 기관을 통해 해외 아동 결연을 맺어 한 소녀가 성인이 될 때까지 지원하기로 했다. 이 소녀를 후원하게 되면서부터 나는 아버지를 조금 더잘 이해하게 된 것 같기도 하다. 그전까지는 회사 일이 힘들거나 하면 '그래, 이 쳇바퀴 도는 회사를 그만 두고 진짜 내가 하고 싶은 일을 찾아보자'는 치기 어린 마음이 들 때도 있었다. 그러나 내가 한 소녀의 삶에 작은 부분이나마 영향을 미치고 있다는 사실을 알게 된 순간 더는 그런 생각을 하기 어렵게 되었다. 내 삶은 나 혼자만의 것이 아니라 누군가의 삶에도 영향을 주는 것이기 때문이었다. 내가 지금 이 작은 어려움조차 견디지 못하고 회사를 그만둔다면 이 아이의 미래는 누가 책임질 것인가? 내 삶에 대한 책임은 내가 진다고 해도, 이 아이의 삶은 누가 책임져 줄 것인가? 키다리아저씨가 되어 주겠노라고 손길을 내밀었다가 홀연 자취를 감춘다면, 이 어린 아이가 받을 배신감과 소외감은 얼마나 클 것인가? 한 달에 몇 만 원을 후원하면서도 이렇게 막중한 책임감을 느끼는데, 아버지가 당신의 자녀들에 대해 느꼈을 삶의 무게라는 것은 짐작하기조차 힘들었다.

아마도 많은 아버지들이 이루지 못한 꿈을 어깨에 짊어지고 오늘도 일터로 나갈 것이다. 밥벌이의 고단함과 갖은 부조리함을 견디며, 가끔은 자존심도 상하고 부아가 치밀기도 하고 가슴 속으로 마른 눈물을 흘리기도 하며 집을 나서고, 또 집으로 돌아올 것이다. 그 중 한 사람이였을 아버지에 대한 안쓰러움과 미안함에 나는 한동안 먹먹해졌다.

얼마 전 '미생'이라는 드라마가 많은 사람들의 마음을 울렸다. 그 드라마에는 이런 대사가 나온다. "나는 어머니의 자부심이다"

그리고 나는 말한다.

나는 아버지의 꿈에 빚을 지고 있다.

아버지의 꿈을 딛고 나는 매번 올라왔다.

이제 아버지가 원하는 삶을 사시라고 말하고 싶은데, 자꾸만 아버지의 희끗한 머리와 굽은 듯한 어깨가 눈에 들어와 나는 또 한 번 마음이 아릿해 온다.

그래서 부끄러운 글 몇 줄로 빚을 갚으려 해 본다.

아버지, 당신을 진심으로 존경한다고. 또 사랑한다고. 당신은 내가 지금까지 살며 만났던 그 어떤 사람보다도 멋지고 훌륭한 사람이라고.

나는 우리 아버지의 딸이라 정말 자랑스럽고, 아버지를 아버지로 둔 것은 내 인생에 가장 큰 축복이라고.

쑥스러움과 어색함에 드러내지 못했던 진심을 말하고 나니 참으로 홀가분하다. 다행히 아버지는 물욕이 있는 분이 아니라서, 딸의 글 몇 줄에 기꺼이 빚을 탕감해 줄 분이라는 것을 알고 있다. 나는 참으로 운이 좋다.

2015년 꽃피는 춘삼월,
아버지의 삶도 꽃처럼 활짝 피기를 바라는 딸 승아

외과 용어 해설

이 책에 등장하는 외과의학 전문용어를 일반 독자들이 읽기 쉽게 풀어놓았다. 미리 살펴보고 본문을 읽으면 이해에 도움이 될 것이다.

- 간만곡부, 비장만곡부 : 대장에서 우측 상부 간 밑의 꺾어진 부분. 좌측 상부의 비장이 있는 부위에서 꺾어진 부분.
- 기관삽관 : 기도를 확보하여 호흡을 원활하게 유지시키거나 전신마취를 시행할 때 또는 인공호흡기를 부착하기 위하여 기관으로 특수 튜브를 넣는 것.
- 단장증후군(Short bowel syndrome) : 수술로 소장과 대장의 3분의 2 이상을 절단할 경우, 장의 길이가 짧아져 영양흡수 및 수분흡수가 부족해지고 음식을 먹으면 곧바로 설사를 하게 되는 현상.
- 도뇨관 : 요로를 통해 방광에 삽입하여 소변을 받아내는 관.
- 도뇨카테타 : 방광에 삽입하여 소변을 보게 하는 튜브. 도뇨관과 동일함.
- 루와이 총수담관 공장 문합술 : 총수담관과 공장을 연결해 줄 때 공장을 절단하여 절단된 하부를 총수담관과 연결해 주고, 절단된 상부를 다시 총수담관과 연결된 공장의 측면에 연결하여 공장의 모양이 Y자 형태가 되게 연결해 주는 수술 술식.
- 림프절곽청술 : 암수술시 림프절 전이를 의심하여 종대된 림프절을 비롯한 주위의 조직을 광범위하게 제거하는 것.
- 문합술 : 내강이 있는 장기와 장기를 이어주는 것. 예를 들면 장과 장을 이어주거나 담관과 장을 이어주는 것 등을 말한다.

- 매핑 : 주로 조기 암에서 적출된 장기를 세밀하게 조직검사 하기 위하여, 지도를 펼쳐서 상하좌우로 잘게 잘라내어 여러 조각을 만들어 정밀하게 조직검사를 하는 방법.
- 배액관 : 인체의 내부나 수술 후 발생하는 공간에 고이는 분비물이나 혈액 등을 신체 밖으로 배출시키기 위하여 삽입하는 관.
- 변연절제술 : 수술창이나 외상을 입은 상처에서 괴사된 조직을 정상조직으로부터 절제해 내줌으로써 정상조직의 재생을 원활하게 도와주는 것.
- 복회음부절제술(Mile식 수술) : 직장 말단부나 항문관에 암이 있을 때 하는 수술방식으로 항문을 살리지 못하고 직장과 항문관을 모두 제거하고 좌측 대장을 밖으로 뽑아내 인공장루를 만들어 대변을 보게 하는 수술.
- 비강위장감압튜브 : 위나 장의 내용물을 제거할 때나 또는 반대로 입으로 음식물을 먹지 못하는 사람에게 음식물을 공급하기 위하여 코를 통해 위에, 때로는 더 길게 하여 소장까지 삽입하는 튜브.
- 상박신경총마취 : 팔을 수술할 때 어깨에서 팔로 가는 신경을 차단하는 부분 마취의 한 종류.
- 소파술 : 수술창이나 외상을 입은 상처에서 지저분한 조직이나 괴사된 조직을 긁어내는 것.
- 수지확장술, 헤가확장술 : 수술후 위축되는 상흔으로 항문이 좁아지는 것을 막아주기 위해 손가락을 이용하여 항문관을 넓혀주거나 확장기(헤가)를 이용하여 항문관을 넓혀주는 시술.

- 스크럽 : 수술실에서 간호사가 집도의사 옆에 서서 수술기구를 준비하여 수술을 도와주는 것.
- 위아전절제술 : 위를 약 3분의 2 이상 절제하고 남은 위와 공장을 연결해 주는 수술.
- 위전절제술 : 위를 모두 제거하고 식도와 위를 연결해 주는 수술.
- 유리기체 : 복강 내에는 기체(공기)가 없는데 위나 장이 천공되어 복강 내로 기체가 새어나오면 복부 X-ray 사진에서 복강의 상부 즉 횡경막 아래에 기체가 보이는 현상.
- 유착박리 : 장기들이 붙어있는 것을 떼어놓는 것.
- 장루 : 일반적으로 인공항문으로 일컫는 것으로 소장 또는 대장을 체외로 뽑아내어 변을 보게 시행한 것.
- 장피누공 : 수술이나 외상의 후유증으로 장과 피부사이로 누관(통로)이 형성되어 장 내용물이 피부로 나오게 되는 현상.
- 절개배농술 : 농(고름)이 고여 있는 부위를 절개하여 농을 제거하는 것.
- 지혈포(서지셀) : 출혈을 막고자 출혈부위에 얹어주는 특수 재료.
- 켈리 : 수술시 장기나 조직을 잡아주는 기구.
- 튜브 프리케이션(Tube plication) : 치마 주름을 접듯이 소장을 접어 고정시키는 수술방법.
- 트라이츠 인대(Treitz ligament) : 십이지장이 횡행대장 밑으로 나와 공장으로 이어지는 부위에 횡행대장과 십이지장 사이에 연결되어 있는 얇은 구조의 막.
- 티자관(T-tube) : 담도 수술시에 주로 쓰이는 T자 모양의 관으로 총수담관에 삽입함.

- 혈관감자 : 수술시 혈류를 차단하기 위하여 혈관을 잡는 수술기구.
- 회맹장연결부 : 소장에서 대장으로 이어지는 부위로, 소장의 말단부인 회장과 대장의 시작부위인 맹장(일반인이 말하는 맹장염 때의 맹장은 의학용어로는 대장의 시작부위인 맹장에 붙어있는 충수돌기를 말함)이 연결되는 부위.
- 휘플술식 : 외과 수술 중 가장 고난도 수술의 하나로 위의 하부, 담낭 및 총담수관, 췌장의 두부, 십이지장을 절제해 내고 공장과 위, 공장과 총담수관, 공장과 췌장을 연결해주는 수술방식.
- Bamboo-spine(밤부스파인) : 척추가 마치 대나무처럼 굳어져 굽어지지 않는 상태로 이러한 경우는 허리를 앞으로 구부리거나 목을 뒤로 꺾을 수 없어 척추마취가 어렵거나 기도를 유지하기 위한 기도삽관이 어렵다.

차 례

1부

나는 외과 의사다

개원의사의 비애

　어느 날 목 뒤에 커다란 화농성 낭종을 가진 젊은 남자 환자가 병원을 찾아왔다.

　환자는 강남에서부터 우리 병원이 있는 신촌까지 물어물어 외과의원을 찾아왔다면서, 왜 이렇게 외과의원을 볼 수 없느냐고 하소연 했다. 환자의 낭종은 오래전 목에 작은 혹이 생기면서 시작되었다. 가까운 피부과를 다니며 주사도 맞고 약도 먹었지만, 혹은 점점 커지면서 통증까지 심해졌다. 그동안 여러 병원들을 다니다가 외과로 가보라는 주위 사람들의 권유를 받고 외과의원을 찾았지만, 집 가까운 곳에서는 외과의원을 찾을 수가 없었다고 했다. 인터넷 검색까지 하면서 찾아 헤매다가 신촌까지 왔다면서 불만을 토로했다.

　환자의 병변은 화농성 피하낭종으로 약 4~5cm 크기의 농양을 형성하고 있었다. 환부를 절개배농하고 괴사된 조직에 대해선 소파 및 변연절제를 하였다. 농양을 형성하고 있는 낭종을 완전히 제거한 후 수술창은 시간을 두고 상처가 좋아진 다음에 지연봉합을 하거나, 어쩌면 봉합 없이도 치유될 수 있다고 알려주면서 외과의원이 적은 이유를 설명했다.

외과 의사들이 힘들게 환자를 치료하는데 비해 의료보험 수가가 너무 낮게 책정되어 있어 외과의원을 운영하면 적자로 도산할 가능성이 큰데, 힘들게 의사가 되어서 누가 그런 삶을 살아가려고 하겠느냐, 힘들지 않게 일하면서 수입도 좋은 진료과목을 택하려는 것이 인간의 본성이 아니겠느냐고 물었다. 이제 나야 나이도 들고 오래 전에 외과의사가 되었으니 외과의사로 일하면서 살아가야하지 않을까 하는 사명감에서 외과의원을 운영하고 있지만, 언제까지 어려움을 감당하며 유지할 수 있을지 앞날이 걱정된다는 이야기까지 해주었다.

그 젊은 환자는 약 1시간 가까이 수술을 받으면서 "이렇게 힘들게 치료를 해주시는데 치료비가 비싸지 않겠느냐"고 물었다. 나는 "치료가 끝나고 치료비를 낼 때 알게 될 것"이라고만 대답해 주었다.

치료가 끝나고 처방전을 발행받으면서 치료비가 2만원도 안 되는 것을 알고는 진료실로 다시 돌아온 환자는 "그래도 치료비가 10만 원 정도는 나올 줄 알았는데 너무 싸서 믿기지 않는다"고 했다. 성형외과에서 20~30분간 쌍꺼풀 수술만 해도 100만원이 넘는데 너무 싸서 이해가 되지 않는다는 것이다.

"수술 중에 원장님께서 하신 말씀을 이제야 알겠습니다. 그러니 외과의사가 없고, 외과의원이 없다는 것이 이해가 됩니다"며 수도 없이 고개를 숙이며 인사를 하고는 병원 문을 나섰다. 그리고는 치료받으러 오라고 일러주는 날에는 반드시 내원하여 치료를 받으면서 앞으로 외과의사가 없어지고 외과의원이 없어지면 사소한 병으로도 종합병원을 가야만 하는 날이 오는 것이 아니냐고 걱정까지 해주었다.

그러나 한편으로는 너무나 싼 의료수가에 익숙해져 동네 의원에서는 무조건 진료비가 싸야한다는 고정관념에 사로잡힌 사람들도 있어 씁쓸한 일이 생기기도 한다.

한번은 70대 초반의 할머니 한 분이 모 대학병원에서 요추부수술을 받은 후 수술창을 치료받기 위해 내원하였다. 대학병원에서 '가까운 동네 외과에서 상처를 치료받고 지정해준 날에 대학병원으로 오라'고 일러 주었던 모양이다.

수술창을 치료받고 나가신 할머니가 진료실 밖에서 간호사와 말씨름 하는 소리가 들렸다. 급기야 할머니의 언성이 높아지는 것을 듣고 무슨 일이냐고 물었더니, 간호사 말이 "할머니께 치료비 4,200원을 내시라고 했더니 자기는 동네병원에 1,500원만 내고 다녔는데 왜 이렇게 비싸냐"고 따진다는 것이다. 할머니를 진료실로 모셔 의자에 앉혀드리고 차근차근 설명해 드렸다. 65세 이상 노인들은 총 진료비가 15,000원 이하면 정액으로 1,500원만 내시면 되는데, 15,000원이 넘으면 정률로 바뀌어 총 진료비의 30%를 본인이 부담해야 한다는 것을 설명했다. 그래서 초진 진찰료와 처치료를 합한 액수의 30%인 4,200원이 나온 것이며, 믿지 못하겠으면 컴퓨터 화면에 나와 있는 진료비 내용을 보시라고 설명하였지만 자기는 그런 것을 볼 줄 모른다며 막무가내였다.

하는 수 없이 보험공단 직원에게 전화해서 우리 병원 마음대로 진료비를 받는 것이 아니고 보험수가에 의해 받는 것이라는 점을 설명해 달라고 부탁하였다. 보험공단 직원이 내 설명을 듣고는 자기가 할머니를 이해시키겠다며 수화기를 바꾸어 달라고 해서 열심히 설명해드렸다. 그러나 할머니는 들으려 하지 않고 할머니의 주장만 펴는 것이었다. 보험공단 직원도 설명하다 말고 두 손을 들고는 나에게 알아서 하라며 전화를 끊었다.

도저히 막무가내로 나오는 할머니와 입씨름하기도 힘들어서 1,500원만 받고 가시게 하려고 마음을 정하는 순간, 할머니가 뜻밖의 말씀을 하시는 것이었다. 당신이 얼마 전 미국에 갔다가 발가락이 곪아서 병원에 가서 간단한 수술(절개배농술로 판단됨)을 받았는데, 미국에서는 보험이 안 되니 간단히 째고 고름을 빼는 치료를 했는데도 90만원이 넘는 돈을 냈다는 것이다. 그러면서 우리나라는 병원비가 싸서 좋은데, 이 병원은 왜 이렇게 많이 받느냐고 또 억지를 쓰시는 것이었다.

이 말에 나는 1,500원만 내고 가시라고 하려던 마음을 접고, 우리나라가 국민들에게 얼마나 많은 의료혜택을 주는지 알아야 한다고 다시 설명하고 4,200원을 다 내시라고 설득하여 진료비를 모두 받았다. 이것이 우리 의료계의 어려운 현실이다.

어려움을 겪을 때마다 외과의원으로 진료를 계속 하는 것이 옳은가에 대한 고민을 많이 한다. 주위에서는 "원장님도 남들처럼 외과 간판을 떼고 미용수술이나 비만관리와 피부미용을 하시던가, 일반의원으로 간판을 바꾸고 외과 환자뿐만 아니라 모든 환자들을 진료하면 병원운영이 훨씬 좋아지지 않겠냐"고 권하는 사람들도 있다. 그러나 나는 혹독한 지옥훈련을 받으면서 외과전문의를 꿈꿨고, 외과의사로서 수술적 치료를 필요로 하는 사람들에게 의술을 펼치고자 노력해 왔다. 그리고 여전히 종합병원에 가기를 힘들어 하며 동네 외과의원에서 수술받기를 원하는 사람들이 있기에, 그들을 돌보는 것을 보람으로 알고 살아온 나로서는 외과의사라는 미련을 끝내 버리지 못하고 있다.

그리고 그런 유혹이 있을 때마다 지난날 종합병원에서 봉직의사로 일하면서 수술로 치료해준 많은 환자들(그 중에는 20~30년이 지났어도 여전히 내게 연락을 하며 찾아와 상담을 하거나 또는 필요한 치료를 받는 분들이 있다. 그리고 최선을 다했음에도 생명을 구하지 못한 분도 있다)을 생각한다. 이렇게 지난날을 돌아보면서 위안을 삼고 마음을 다스리면서 체력이 닿는 한 외과의사로 일하겠다는 결심을 굳혀본다.

그러나 외과의사로서 특히, 개원의사로 일하는 것이 힘든 것은 환자를 치료하는 행위 자체가 아니라 의료 환경과 제도 때문에 겪는 어려움 때문이라는 사실이 의사들을 더욱 힘들게 하고 힘빠지게 한다는 것이다.

우리나라는 국민의료보험이 잘된 국가로 기초생활수급자로 분류된 사람을 제외하고는 전 국민이 거의 의료보험에 가입되어 있어 보험 혜택을 받는다. 그래서 환자가 내는 치료비는 적고 나머지는 보험공단에서 지급받게 되는데, 의사는 환자를 치료하면 보험심사평가원에 진료내역을 보내 진료비를 청구하고 심사를 받은 후 진료비를 지급 받는다. 그런데 이 진료비 심사가 환자 개개인의 특수성을 고려하지 않고 보편적인 통계를 기준으로 한 '중앙값'을 가지고 심사하다 보니 중앙값 보다 치료기간이 길어지거나 약물투여를 오래 한 경우 지적을 당하고, 개선을 하라는 요구가 오며, 때로는 실사를 당하기까지 한다.

외과의원이 없고 환자들이 아플 때 어느 진료과를 찾아가야 할지 잘 몰라 엉뚱한 의원을 다니다가 병이 악화되어 외과로 가라는 말을 듣고 오는 경우가 자주 있다. 일찍 내원하여 제대로 치료를 받았으면 오랜 시간이 걸리지 않고 치료할 수 있는 환자도 병변이 괴사되고, 주위로 병변이 확산되어 오는 환자들이 대대수를 차지하다 보니, 같은 병명으로 치료해도 치료기간이 길어지고 약물 투여가 늘어나는 경우가 많다. 그리고 항암치료를 받는다거나 면역요법치료를 받는 환자, 또는 당뇨병과 같은 만성 소모성 질환이 있는 환자는 일반적인 환자들보다 상처의 치유가 지연되기 때문에 치료기간이 길어진다.

이처럼 복합적인 어려움을 가지고 있는 환자들이 외과에 보내지는 실정이다 보니 내가 치료하는 환자들의 치료기간이 길 수밖에 없는 것이다. 같은 상처라도 편편한 부위와 관절부위, 뼈와 피부 사이에 근육층이나 지방층이 없는 부위는 치료기간이 다르다. 관절부위를 봉합했을 때도 치료기간이 길어진다. 다른 부위에 비해 발사를 늦게 해야 한다.

이처럼 다양한 특수성이 있음에도 불구하고 중앙값의 테두리 안에서 심사를 하다 보니 내게 치료를 받은 환자들의 치료기간이 길어진데 대한 주의 경고가 나올 때도 있다. 이런 경고장을 받으면 나도 인간인 이상 환자를 치료하고 싶은 의욕이 사라진다. 열심히 치료해 주고 이렇게 경고나 받으려고 했던가. 차라리 환자가 불편하고 힘들더라도 종합병원으로 보내고 싶은 심정이 든다. 어쩌다 내가 외과의사를 하며, 외과환자를 중심으로 환자를 보겠다고 고집하여 이렇게 어렵고 부당한 처우를 받는지 회의가 들면서 외과의사를 접고 싶은 때가 한 두 번이 아니었다.

때로는 환자분에게 실상을 설명하고 종합병원으로 가시라고 권유하면 짜증을 내며 당국을 성토하는데, 그 성토가 내게 할 것이 아니라 보건복지 당국에다 해주었으면 하는 바람이다. 그러나 "힘드시더라도 우리 같은 서민 환자들을 위해 오래오래 외과의원을 열고 계시라"는 환자들도 많이 보게 되니 그 분들에게서 위안을 받는다.

그리고 대학병원이나 종합병원에서 처방을 받고 약물을 복용하는 환자들이 그 병원에서 받은 처방전을 가지고 와서 똑같은 약의 처방을 원할 때는 거절할 수가 없다. 대학병원이나 종합병원에 가면 많은 시간을 기다리고 진료비도 비싸기 때문에 환자의 편의를 위해 처방을 해주게 되는데, 심사과정에서 부적합한 약을 처방했다면서 환자가 약국에서 구입한 약값을 환수당하는 일이 있다. 2~3천원의 진료비를 받고 약을 처방해줬는데, 몇 만원 때로는 몇 십만 원의 약값을 대신 지불해야 하는 경우도 있다.

심사평가원에 이의를 제기하면 규정에 맞지 않는 약을 처방하였기 때문이라는 답만 듣게 되는데, 그렇다면 대학병원이나 종합병원에서는 왜 그런 약을 처방하고 있으며, 대형병원에서는 그런 약을 처방해도 제재를 받지 않는지 알 수가 없다. 이런 것들이 개원의사의 비애라고 할 수 있겠다.

그러니 개원의사들이 손해를 보지 않으려면 환자를 기피하며 선별적으로 진료를 할 수도 있고, 손해를 보전하기 위해 비보험 분야로 눈을 돌리면서 질병 치료와는 멀어지게 되는 것이다. 개원의사들을 대상으로 하는 각종 세미나를 가보면 질병 치료에 대한 내용보다 피부 미용이나 성형, 그리고 비만치료와 같은 내용이 대부분이다. 이렇게 비보험 분야의 개발에 노력을 기울이고 있는 현실이 우수한 두뇌의 고급 인력을 의사로 만들어 놓고도 엉뚱한 곳으로 내모는 상황에 이르렀다. 우리 의료계의 미래가 슬프고 암울하고 안타깝다. 이러니 간단한 질병에 걸린 환자까지 자꾸 대학병원이나 종합병원으로 가는 것이다.

맨손으로
수술을 하다

전문의가 된 후 처음 서울 근교의 개인 종합병원에서 일을 할 때였다. 그 병원은 독일 차관에 의해 설립된 민간병원으로 현재는 명지병원이 들어서 있다. 설립자는 일반의사로 서울에서 개인의원을 하면서 돈을 많이 벌어 그 병원의 법인 이사장을 맡고 있었고, 원장님은 나의 대학 선배로 신경외과 전문의였다. 어느 날 일과를 마치고 퇴근하려는데 원장님이 찾으신다.

원장님께 갔더니 "문산의 개인의원에서 맹장수술(충수돌기염수술)을 하는데 2시간이 지나도 맹장을 찾지 못하고 있다며 외과선생님을 보내주었으면 하는 요청이 왔으니 다른 특별한 일이 없으면 가서 도와주면 좋겠다"고 하시는 것이었다. 원장님 말씀은 당신도 그 개원 의사를 모르지만 지역에서 도움 요청이 왔으니 지역의 유일한 2차 의료기관인 우리병원에서 거절하기도 어려워서 알겠다고 대답을 했다는 것이다. 그러면서 마취약 이터(에테르)도 얼마 남지 않았다며 마취약까지 부탁했다는 것이다. 원장님께서도 가서 도와주었으면 좋겠다고 하시고, 지역사회 의사의 어려움이니 외면하기도 어려워서 그렇게 하겠다고 대답했다.

그 병원의 전화번호를 받아 적고는 막 퇴근하려는 마취과장의 퇴근을 막고 에테르가 있느냐고 물었더니, 한 병 여유가 있다고 해서 상황을 설명하고 그것을 받아 챙겨 문산으로 향했다. 이때는 이미 마취제로 에테르를 잘 사용하지 않던 때였다. 문산 읍내에 도착하여 병원에 전화를 걸어 위치를 다시 한 번 확인한 후 비교적 쉽게 병원을 찾아 도착하였다.

병원 직원의 안내를 받아 수술실로 가 수술복을 찾으니 수술복이 없단다. 그대로 평상복에 흰색 긴 가운을 주면서 입고 들어가라고 한다. 수술실에서 수술을 집도하던 원장님이 "여기는 종합병원처럼 수술복이 없으니 그냥 평상복에 수술실 가운을 입고 들어오세요"라고 한다. 초면인 원장님도 평상복에 가운을 입은 상태라는 것을 알 수 있었다. 직원에게서 건네받은 가운을 입으면서 멸균소독도 안된 가운을 입고 수술실에 들어간다는 것이 마음에 내키지는 않았으나 그렇다고 거부하고 돌아갈 수도 없는 노릇이었다. 그다음 손을 닦으려고 보니 손 닦는 장소가 없었다. 직원이 세숫대야에 있는 소독물에 손을 닦으라고 안내한다. 대야에 있는 물은 크레졸 비누액이었다.

이제 병원급에서 해오던 관행을 포기하고 '로마에 왔으니 로마의 법을 따를 수밖에' 없었다. 손을 소독수에 닦고 나니 한술 더떠 이번에는 수술용 장갑이 없다는 것이었다. 수술실에서 원장님이 조수를 서고 있는 간호사에게 나가서 장갑을 벗어서 내게 주라는 지시를 내리는 것이었다. 간호사가 나와서 벗어주는 장갑이 작기도 하고 물에 젖어 손에 들어가지 않는다. 망설이고 있는데 원장님이 그냥 들어와서 맨손으로 해달라고 부탁한다. 이미 수술을 시작한 지 3시간 가까이 되었다며, 마취를 하고 있는 마취사(마취과 의사가 아니라 마취과 의사 밑에서 일하며 마취 기술만 익힌 사람이 개인병원에 다니면서 마취를 해주는 일종의 마취기술자에 해당하는 사람으로 과거에는 많이 있었음)도 빨리 해달라며 옆에서 거드는 것이었다.

학생 시절에 무의면 보건지소에 실습하러 나갔을 때 발에 열창이 있는 환자를 수술용 장갑도 없이 맨손으로 봉합을 했던 경험은 있지만, 의사가 되고 나서 그것도 맨손으로 복강내 수술을 한다는 것은 도저히 받아들이기 어려운 일이었다. 잠시 망설이며 소독이 안 된 것이라도 수술용 장갑이 없느냐고 물으니 없다는 대답이다. 한심스러운 일이었다. 그렇다고 포기하고 돌아설 수도 없는 일이었다.

하는 수 없이 모든 것을 하늘에 맡기고 수술실로 들어갔다. 개복된 복강 속에 맨손을 넣으니 촉감이 이상하다. 원장선생님은 복강을 열고 충수돌기를 찾으려고 회맹장연결부위 주위를 헤집어 놓았으나 찾지 못하고 있었다. 상행결장과 맹장의 해부학적 구조를 보니 충수돌기는 후복막에 박혀있는 것 같았다. 맹장을 후복막에서 들어올렸더니 충수돌기가 맹장 뒤로 후복막에 박혀있는 것이 나타났다. 조심스럽게 충수돌기를 맹장에서 분리하여 절제하고 복강내에 배액관을 삽입하려고 찾으니 없었다. 하는 수 없이 굵은 도뇨관이 있느냐고 물으니 있다고 하여 도뇨관을 배액관으로 삽입하고 수술을 마쳤다.

수술은 마쳤지만 마음이 편하지 않았다. 수술창은 물론이고 복강내 감염도 생각하지 않을 수 없었다. 물론 책임은 원장님이 져야 하지만 수술을 해준 나로서도 도의적인 책임이 없다고는 할 수 없는 일이었다. 근심스런 표정으로 수술실을 나서는 나에게 늦었지만 저녁을 먹고 가라는 원장님의 표정은 오히려 밝고 걱정거리가 없어 보였다. 나는 "환자가 감염 등의 합병증이 생길까 두렵습니다. 문제가 생기면 바로 제가 근무하는 병원으로 보내주십시오"라고 말했다. 그랬더니 태연하게 자기는 맨손으로 수술을 한 적이 적지 않았는데, 그래도 지금까지 감염으로 문제가 된 적은 한 번도 없었다며 걱정하지 말라는 것이었다. 어디까지를 진실로 받아들여야 할 지 감이 잡히지 않았다.

시간도 늦었고 밥을 먹을 기분도 아니라서 가겠다고 나오니 "수고가 많았는데 지금은 기름값도 드리지 못하니 다음에 그쪽 병원 원장님과 함께 식사라도 하면서 그 때 인사를 드리겠다"는 것이었다. 내가 대가를 바라고 한 일도 아니고 우선은 이곳에서 빨리 빠져나가는 것이 악몽에서 벗어나는 길이었기에 가겠다는 말을 던지고는 차에 올라 집으로 돌아왔다. 그리고는 이 일이 며칠을 두고 머리에서 지워지지 않았다. 그 병원에 전화를 해서 별 문제가 없는지 알아보고 싶었지만, 그 쪽에서 먼저 연락을 하지 않는데 내가 먼저 연락을 하는 것도 그 쪽에 부담을 주는 것 같아서 자제했다.

　시간이 꽤 지나 그 일을 잊고 있었는데 어느 날 우리 원장님이 "지난번 수술해준 병원 원장님이 고맙다고 저녁 식사를 하자고 연락이 왔는데 언제가 좋겠느냐"고 물으시는 것이었다. 나는 무엇보다 환자가 궁금하여 "그 환자는 별 탈 없이 퇴원했답니까?"하고 물으니 당신은 그 환자에 대한 이야기는 못 들었다며, 이상이 없으니 식사를 하자고 하는 것이 아니겠느냐고 하신다. 나는 밥 한 끼를 먹는 것보다도 그 환자가 궁금하여 식사하기로 하였다.

　약속한 날 우리 원장님과 개인의원 원장님, 그리고 나 세 사람이 만났다. 나는 만나자 마자 그 환자의 안위를 물었다. 그랬더니 아무 탈 없이 잘 나아 퇴원했다는 것이다. 나는 도저히 믿기지 않았다. 그러면서 그 개인의원 원장님은 자기는 의과대학을 나온 의사가 아니라 한지의사(과거에는 병원에서 조수로 일하던 사람들에게 특별한 자격시험을 거쳐 의사면허를 준 일이 있었음)이며, 젊어서는 수술도 많이 했는데 그 때는 지금처럼 제대로 갖추어진 상태에서 환자를 치료하고 수술하지 못하고, 맨손으로 한적도 많았다며 마음의 부담을 많이 지어줘 미안했다는 것이다.

　호랑이 담배 피우던 시절의 이야기를 듣고 있는 것 같았다. 그러면서 한 편으로는 내가 이 세상에 태어나기 전에 돌아가신 한 분 뿐인 고모님께서 충수돌기염으로 수술을 받고 염증이 심해 돌아가셨던 점을 생각하면 이분의 이야기가 거짓은 아닐 수 있겠다고 생각했다. 그리고 한편으로는 공기오염이 적은 한적한 시골 병원 수술실의 환경이 감염을 줄였을 수 있겠다는 생각도 들었다. 대학병원에 있을 때 수술실의 공기오염도와 수술 환자의 수술 후 감염이 어느 정도 인과관계가 있다는 것으로 조사된 보고서를 본 적이 있기 때문이다.

어찌되었건 내가 수술을 시행한 환자가 아무런 합병증 없이 잘 치유되어 퇴원했다니 마음이 가볍고 안심이 되었다. 우리나라가 경제적으로 잘 사는 나라라고 생각할 수 있는, 그래서 서울 올림픽을 유치하여 준비가 한창 진행 중인 나라였는데도 아직도 서울에서 그리 멀지 않은 곳에서는 맨손으로 수술을 할 수 밖에 없었던 의료 취약지역이 있었음을 말해주는 일화였다.

우측 귀밑의 복주머니(?)를 달고
나타난 젊은 환자

　하루는 마흔 살 쯤 되어 보이는 젊은 남자가 우측 귀밑에 유아의 주먹만한 혹을 달고 진료실을 찾아왔다. 장 씨 성의 이 환자는 약 10년 전부터 우측 귀밑에 혹이 만져지기 시작했지만 대수롭지 않게 생각하고 지내왔으나 혹이 서서히 자라나 이렇게 커졌다고 했다. 혹이 커지면서 제거해야겠다고 결심하고 거의 1년 전부터 대학병원을 비롯한 여러 병원을 찾아 다녔다. 그러나 수술하기가 쉽지 않고, 수술할 경우 올 수 있는 문제점만 설명하면서 의사들이 수술을 해주지 않아 이제껏 늦어졌다가 지인의 소개로 나를 찾아왔다고 했다.

　환자의 혹은 우측 이하선종양으로 보였으며 병의 진행경과 및 증세로 보아 양성종양으로 생각되었다. 이하선종양 수술에서 올 수 있는 가장 큰 문제점은 수술 도중 안면신경에 손상을 입혀 안면마비가 올 수 있는 점이다. 장 씨에게 이 문제를 설명하니 다른 병원에서도 같은 이야기를 들었다며 그래서 수술을 회피하더라고 했다. 그렇다고 보기 흉하게 얼굴에 혹을 달고 다닐 수는 없으니 설령 그러한 불상사를 당하는 일이 있더라도 이제는 혹을 제거해야겠다며 수술을 해달라는 것이었다.

나는 그렇게 마음을 먹었다면 그 분야에서 가장 수술을 잘하는 교수님을 소개해줄 테니 그 분께 가라고 했다. 나는 내심 은사이신 박정수 교수님(세브란스병원)을 생각하고 환자를 넘기면서 부담에서 벗어나고 싶었다. 그즈음 다른 병원에서도 이하선종양 수술을 받은 환자가 안면신경 손상으로 안면신경 마비가 와 환자와 병원 간에 소송이 벌어지고 있는 것을 알고 있는 나로서는 환자를 떼어놓고 싶은 생각이 간절했다.

환자는 서울의 대학병원에 간다고 해서 그런 일이 일어나지 않는다는 보장이 있느냐, 자기가 병을 키워 일찍 수술을 받지 못해 이렇게 되었으니 혹시 올 수 있는 불상사는 감수하겠다면서 내게서 수술을 받겠다고 매달리는 것이었다. 환자를 소개해준 분의 입장도 있고 하여 환자와 보호자(부인)에게 어떠한 불상사에도 병원에 책임을 묻지 않겠다는 서약을 받고 수술을 하기로 결정했다.

하느님은 나와 환자에게 믿음을 가지고 살아가라고 하신 듯 커다란 선물을 안겨 주셨다. 다행히 우측 이하선 종양은 안면신경과 분리하는 과정이 힘들기는 했어도 신경에 손상을 입히지 않고 제거하는데 성공했던 것이다. 하느님의 섭리가 아니고는 불가능한 일이라고 생각했다. 그리고 수술창도 깨끗하게 치유되어 수술 전에 생각했던 것에 비하면 흉터도 크게 남지 않았다.

이제 20여 년이 지난 현재 장 씨의 얼굴에서 수술의 흔적을 찾아보기 힘든 상태이다. 이후 장 씨는 인천을 떠나 서울 외곽의 경기도에서 살다가 현재는 서울에서 가까운 경기도 북부에서 전원생활을 하며 살고 있는데, 연배가 나보다 어리므로 나를 형님으로 모시겠다며 자주 연락도 하고 찾아도 온다. 그리고 가족 모두에게 건강에 이상이 있으면 항상 멀리까지 찾아오고 오지 못하면 전화로 상담을 하면서 가깝게 지내오고 있다. 그의 두 딸은 나를 큰아버지라고 부르며 따르고 있다. 환자와 의사로 만나 의형제가 된 것이다.

장 씨와의 만남을 보면서 환자와 의사가 믿음으로 만난다는 것이 얼마나 중요한가를 새삼 느끼게 되었고, 서로 신뢰한다는 것이 결국은 질병 치료에 큰 도움이 된다는 것도 확신하게 되었다. 내가 명함에 핸드폰 전화번호를 인쇄한 것도 언제고 의사의 도움을 필요로 하는 환자는 전화를 해도 된다는 것을 알려주기 위함이다.

치핵으로 한의원 치료를 받다
심한 출혈로 찾아온 젊은 여자 환자

28세의 젊은 여자 환자가 심한 항문출혈로 응급실을 찾아왔다. 얼굴은 창백하고 혈압이 80/50mmHg로 떨어져 있다고 했다. 우선 정맥라인을 잡고 수액을 공급하면서 혈액을 준비하는 대로 수혈을 하도록 하고, 수술실로 옮겨 진찰을 하며 출혈 부위를 찾기로 했다. 진찰에 앞서 문진을 한 결과 이틀 전 치핵이 심하게 항문 밖으로 나와 통증이 심해 동네 한의원을 찾아갔더니 치핵 부위에 주사를 놓아 썩어 떨어져 나가게 하면 간단하게 치료가 된다고 해서 주사를 맞았다고 한다. 그런데 이틀이 지난 오늘 갑자기 무언가 떨어져나가는 것 같더니 출혈이 시작되었고, 처음에는 피가 나오다가 멎겠지 하고 있었는데 생리대가 흠뻑 젖으면서 몇 차례 갈게 될 정도가 되었고, 나중에는 어지러워 응급실로 왔다는 것이었다.

처음에 응급실 당직의사에게 연락을 받았을 때는 직장 병변 때문에 출혈이 되는 줄로 생각하고 에스자결장경 검사를 시행하려고 했으나, 환자의 병력을 듣고 보니 한의원에서 부식제를 주입받고 나타난 항문관 출혈로 판단되어 항문직장경 검사를 준비하도록 하였다.

지금은 없어진 일이지만 불과 2000년대 초만 해도 한의원이나 또는 무면허 돌팔이 치료사가 부식제 주입으로 치핵을 치료한다고 선전하며 환자를 모아 치료하는 일이 있었다.

준비된 혈액을 주입하면서 출혈부위를 확인하려 하였으나 출혈이 심할 뿐만 아니라 통증도 심해 진찰이 어려워 척추마취를 시행하고 검진하기로 하였다. 수액을 공급하고 수혈을 하면서 환자의 혈압은 호전되었다. 마취를 한 상태에서 항문을 검진하니 탈출성 혈전성 치핵이 아직 남아 있는 부위도 있지만 전반적으로 항문 전체가 심한 화상을 입은 것처럼 조직이 괴사된 상태로 부종이 심했다. 여러 부위에서 샘물이 솟아나듯 출혈이 되고 있었고 일부에서는 동맥분출성 출혈까지 나타나고 있었다.

우선 압박 지혈을 하면서 차례로 항문관 전체를 검사하면서 괴사조직을 제거하고, 출혈 상태를 살펴가며 결찰을 필요로 하는 부위는 결찰을 하였다. 그러나 부식제로 인한 조직 손상이 심해 결찰도 쉬운 일은 아니었으므로 지혈포(서지셀)를 사용하여 결찰하기도 하고, 부위에 따라서는 괴사조직과 부종이 심하여 정상조직까지 포함하여 결찰해야 했다. 생각 같아서는 결장조루(인공항문)술을 시행했다가 치유가 된 후에 복원을 하면 좋겠다는 생각을 했지만 젊은 아가씨였음으로 결장조루술을 하지 않고 치료하려니 어려움이 많았다.

환상치핵절제술을 시행하듯 항문을 점검하며 남아있는 치핵도 절제하면서 진찰 겸 치료를 시행하였다. 항문관을 완전하게 살피고 직장 및 상부에서도 더 이상 출혈이 없음을 확인하고 수술을 끝냈다. 환자를 병실로 옮긴 후 금식을 시키고 약물 투여와 온수좌욕을 시행하게 하면서 상처가 치유되기를 기다렸다. 문제는 치유되면서 항문협착이 올 수도 있으므로 환자에게 설명해주고, 젊은 아가씨임을 감안해서 수술부위의 상태를 봐가며 수지확장술 및 헤가확장술을 시행하기로 하였다.

수술 시행 후 1주일이 지나서 식사를 하게 했으며, 발사를 해야 할 부위에서는 결찰사를 발사하였다. 배변상태를 확인하고 수술 10일 만에 퇴원하였다. 퇴원 3개월 후부터 외래를 통해 국소마취로 항문의 수지확장술을 시행하면서 상흔 위축에 의한 항문협착이 오는 것을 막기 위해 노력하였다. 약 1년에 걸친 항문 수지확장을 시행하면서 환자는 배변에 어려움이 없는 것을 확인하였고, 항문관이 더 이상 협착되지 않으리라는 확신이 선 후에 치료를 종결하였다.

현대 문명사회를 살아가는 이 시대에도 수도권에서 그리고 고등 교육을 받은 젊은 사람이 물론 부모의 권유에 따랐다고는 하지만 아직도 비의료인에게 몸을 맡기는 일이 있다는 것을 보고, 우리사회에 뿌리 깊게 박혀있는 민간 의료의 영향력을 실감할 수 있었다. 이런 사고를 미연에 방지하기 위해서는 국민들에게 의학상식을 알리는 노력을 해야 하겠고, 각 시 도 군에 있는 보건소와 같은 행정망을 통한 국민계몽과 교육이 필요함을 호소하고 싶다.

총담수관 절단에 의한
폐쇄성 황달

60대 남자 환자가 담석을 동반한 심한 담낭염으로 내과에 입원해 검사를 마치고 수술을 위해 협진요청이 왔다. 이틀 전 입원한 환자는 심한 통증과 함께 발열이 심했으며, 입원 후 항생제의 투여에도 발열이나 통증이 호전되지 않고 있어 응급 수술을 요한다고 했다.

혈액검사 소견은 백혈구 수의 현저한 증가와 빌리루빈 및 간효소치의 경미한 증가를 보이는 것 외에는 특별한 이상이 없었다. 복부 초음파 소견을 보니 담낭이 커다란 낭종처럼 부풀어 곧 파열될 듯한 소견을 보였고, 담낭 속에는 여러 개의 담석이 있었다. 그러나 총수담관은 담낭이 너무 커서 가리는 바람에 잘 구분이 되지 않아서 총수담관 내에 담석이 있는지는 알 수 없었다. 우측 상복부가 부어올라 있으며 심한 통증을 호소하고 있었고, 압통이 심해 진찰을 위해 손을 대기 조차 어려웠다. 통증 때문에 초음파 도자를 대기도 어려웠다고 했다. 문진을 해 보니 환자는 이미 담석이 있음을 알고 있었고 과거에도 담낭염이 있어 약물치료를 받고 호전되었으며, 그 때 이미 수술을 받도록 권유받았으나 거절하고 지내왔다고 했다.

응급 수술을 하기로 결정하고 준비했다. 정상적인 일과 시간이 지난 후에 수술은 시작되었다. 개복을 하고 보니 담낭벽은 이미 부분적으로 괴사를 일으켜 천공 직전의 상태에 있었다.

담낭을 조심스럽게 박리하기 시작하였으나 괴사를 일으킨 담낭벽이 천공되면서 담즙이 분출되어 나왔다. 분출되어 나오는 담즙을 흡입기로 흡입하면서 줄어든 담낭을 조심스럽게 박리하여 간과 십이지장으로부터 분리하였다. 총수담관 쪽으로 심한 부종과 함께 담낭이 유착되어 있어 박리가 쉽지 않았다. 어렵게 담낭관을 분리했다고 판단했으나 평상시 수술에서 보던 담낭관 보다는 굵다고 생각되었다. 그러나 담낭과 바로 붙어있어서 담낭관으로 판단하고 총수담관 쪽으로 더 박리를 하였다. 박리를 해 들어가면서 주위에 작은 관이 담낭과 연결되어 있어 또 다른 관이 담낭으로 들어가고 있다고 판단하고 절단하여 결찰하였다.

그러나 박리를 해 들어갈수록 출혈과 담즙에 의해 시야가 좋지 않았다. 총수담관과의 접합부까지 박리하지 않고 이쯤에서 담낭을 절제해야겠다고 결정하고 담낭관을 결찰하고 담낭을 제거하였다. 수술부위를 중심으로 복강을 깨끗이 세척한 후 배액관을 삽입하고 수술을 마쳤다.

일반적으로 담낭 수술에서는 수술실에서 이동식 X-ray로 수술 중 담도촬영을 행하는 것이 관례인데, 이 환자의 경우는 야간 응급수술이라서 X-ray 촬영을 할 수 없었다. 다행히 수술 다음날 환자는 열도 내리고, 수술창의 통증은 있어도 수술 전과 비교하면 통증도 많이 호전되었다. 복강내 삽입된 배액관을 통해서도 분비물이 많이 배출되지 않아 안심을 하였다.

그런데 문제는 수술 후 이틀째 되는 날부터 시작되었다. 환자에게서 황달이 나타났는데, 혈액 검사를 하니 간 효소치는 많이 올라가지 않았는데 빌리루빈 수치가 수술 전에 비해 많이 올라 있었다. 환자와 보호자도 걱정을 하며 무슨 잘못이 있지 않나 불안해 하였다. 일단 환자와 보호자에게 여러 가지 원인이 있을 수 있으니 찾아보자고 안심을 시켰다. 그리고 황달이 온 원인을 곰곰이 생각해 보았으나 간에 문제가 있는 것 같지는 않았다. 그렇다면 폐쇄성 황달이 온 것으로 봐야 하는데, 총수담관에 담석이 있었다는 말인가.

수술한 복부라서 초음파검사를 하기에 부적합했지만 다음날 초음파검사를 시행하였다. 방사선과 과장님과 함께 초음파 검사를 지켜보았다. 간내 담도가 팽창되어 있는데 총수담관이 내려가다가 중간에 보이지 않는 것이었다. 그리고 보니 수술 중 시야가 나빠 담낭관을 박리할 때 담낭 주위에 담낭관이라고 판단하고 절단하고 결찰한 관이 굵지는 않았지만 총수담관이 아니었나 하는 생각이 들었다. 대학병원에 의뢰하여 간 및 담도의 동위원소 배액촬영을 하도록 했다. 결과는 예상했던 대로 총수담관이 중도에서 절단되어 담즙이 십이지장으로 배액되지 못하고 있었다. 어찌되었건 이것은 나의 실수로 인한 것이니 환자와 보호자에게 정확하게 설명해주고 복원수술을 해야겠다고 생각했다.

검사 결과를 종합한 후 환자와 보호자에게 황달이 나타난 원인을 설명하고 수술과정에서 나의 과실로 총수담관이 절단되어 간에서 담즙이 십이지장으로 흘러내리지 못해 나타나는 현상이므로 다시 수술을 하여 총수담관에서 소장으로 담즙이 내려가도록 해야 한다고 설명했다.

다행히 환자와 보호자가 나의 설명을 듣고는 수술 당시 환자의 상태가 좋지 않았으므로 그럴 수 있지 않았나 하고 이해해 주었다. 수술 결정을 하니 오히려 마음이 가벼워졌다. 하루의 여유시간을 가진 후 수술을 하였다. 간에서 내려오는 총수담관을 찾으니 직경이 2cm보다 굵어보였다. 그리고 결찰된 상태를 확인할 수 있었다. 다음으로 공장을 옮겨와 총수담관과 문합해주는 루와이총수담관-공장 문합술을 시행하였다. 공장을 통해 배액관을 문합부를 지나 총수담관 내로 삽입하여 담즙의 배액과 혹시 있을 수 있는 문합부의 협착을 방지하고자 하였다.

하느님의 도움으로 수술은 성공적으로 이루어졌고, 환자는 아무런 합병증 없이 순조로운 회복을 보여 2차 수술 후 2주일 만에 퇴원하였다. 퇴원 후 1년 까지 추적검사 및 관찰을 하며 문합부위의 협착으로 인한 폐쇄성황달이 오지 않을까 하고 관찰하였으나 다행히 염려스러운 문제는 없었다. 그리고 수술 시에 시야확보가 얼마나 중요한가 하는 것을 다시 한 번 생각해보게 되었다.

자궁외 임신 파열로 인한
복강내 출혈 환자

　　외과 전문의 자격을 취득한 지 얼마 되지 않은 일요일이었다. 여유롭게 아침 늦게 가족과 함께 야외로 나갈까 하고 준비하고 있는데 전화벨이 울렸다. 받아보니 잘 아는 소아과 선배 의사였다. 일요일 아침에 무슨 일이냐고 물었더니, 이 선배 의사분이 근무하고 계신 병원에서 오늘 직원 야유회를 가서 당신이 병원 당직 근무를 하고 있다고 했다. 이 선배는 서울 동부에 있는 규모가 제법 큰 개인 종합병원에서 근무하고 있었다. 물론 응급실을 근무하는 비정규직 당직의사가 있지만, 뒤에서 돌보며 문제를 해결하는 일을 한다는 것이다.

　　그런데 문제가 있어 전화를 했다면서 도와달라고 했다. 무슨 문제가 있느냐고 물었더니 "응급실로 20대 후반의 여자 환자가 왔는데 진찰 결과 자궁외 임신 파열에 의한 복강내 출혈 환자로 판명되었는데, 야유회에 가지 않고 대기하고 있던 우리 병원 산부인과 과장이 연락이 안 되어 그러니 나와서 수술 좀 해 달라"는 것이었다.

　　그 선배가 근무하는 병원은 산부인과 환자가 많아 산부인과 전문의사가 여러분이 근무하고 있는 병원이었다. 원장님도 산부인과 의사였고, 이 선배는 부원장의 직함을 맡고 있었다.

나는 "그렇다면 다른 병원으로 전원하지, 무엇 때문에 그 병원에서 꼭 수술을 하려고 그러느냐?"고 물었다. 그랬더니 자기네 병원은 산부인과 중심의 병원으로 이름이 알려져 있는데 자기네 병원에 온 산부인과 환자를 다른 병원으로 전원 시킨다는 것은 있을 수 없는 일이라는 것이다. 그리고 그 사실을 원장이 알면 자기 입장도 곤란하고 응급환자를 위해 대기하고 있던 연락이 안 되는 과장님 입장도 곤란하다는 것이다.

그렇다고 내가 근무하는 병원도 아니고, 산부인과 의사도 아닌 내가 산부인과 환자의 수술을, 그것도 다른 병원에서 시행했다가 만에 하나라도 문제가 생기면 곤란한 일이었다. 물론 그동안 자궁외 임신 파열에 의한 복강내 출혈 환자의 수술을 많이 보아 왔고, 때로는 산부인과 의사를 도와 수술을 해왔던 외과 의사로서 병리 현상과 해부학적 구조를 알고 있으면 수술을 못할 것은 아니지만, 선뜻 해주겠다고 나서기도 힘든 일이었다.

나는 선배에게 당직을 하며 야유회를 가지 않은 산부인과 선생님을 계속 찾아보라고 했다. 당시는 호출기를 가지고 있었을 때였으니 호출기의 신호음을 못 들었을 수도 있지 않겠느냐며, 다른 병원으로 전원이 힘들면 환자에게 수혈을 하면서 좀 더 연락을 취해보라고 했다. 그러면서도 외출은 못하고 무거운 마음으로 있었다. 그러나 30분도 되지 않아 다시 전화가 왔다. 연락이 되지 않으니 나와서 수술을 해달라고 사정하면서, 자기네 병원의 앰뷸런스를 보내겠다는 것이다.

　의사의 임무는 환자를 치료하는 것이니 비록 그 병원의 운영체계가 마음에 들지 않아도 선배 의사의 입장을 생각해서 수술을 해주기로 승낙하였다. 병원에서 보내 온 앰뷸런스를 타고 병원에 도착하니 환자는 수술실로 옮겨져 수술 준비를 모두 해놓은 상태였다. 환자는 좀 창백해 보였지만 혈압 등의 생체리듬은 정상이었다. 환자는 첫 번째 임신은 유산을 시켰고, 두 번째 임신으로 임신 3개월이 된 상태였다. 그동안 3파인트의(수혈하는 혈액의 단위로 일반인들은 '병'이라 칭함) 수혈을 하고 있었다.

　간호사에게 누가 설명을 해서 수술 승낙서를 받았느냐고 물으니, 부원장인 소아과 선생님께서 모든 준비를 해 놓았다는 것이다. 그래도 나는 직접 수술을 할 의사로서 보호자를 보고 설명할 필요가 있다고 생각해 보호자를 불러달라고 했다. 환자의 어머니가 초조한 모습으로 내 앞에 안내되었다. 보호자에게 환자의 과거 병력을 물어 본 후 최선을 다해 수술할 테니 걱정하지 말고 기다리라고 안심을 시키고 수술을 시작하였다.

　개복을 하고 보니 꽤 많은 양의 혈액이 골반강을 중심으로 복강 내에 고여 있었다. 좌측 나팔관에 파열 부위가 있었으며, 복강내 혈액과 함께 복강 내에 나와 있는 태아의 생명체를 발견할 수 있었다. 파열된 나팔관을 제거하고 결찰한 다음 복강 내 혈액을 모두 씻어낸 후 무사히 수술을 끝냈다.

　환자는 순조로운 회복을 보였다. 회복실에서 회복상태를 관찰하며 완전히 마취에서 회복된 후 병실로 옮겨지는 것을 확인할 때까지 병원에 있었다. 그러면서 선배 부원장님과 이야기를 나누다 그 병원의 경영방침이 아주 심한 중환자가 아닌 이상 환자를 절대 다른 병원으로 이송시키지 않는다는 것을 알고는, 환자에게는 참으로 위험천만한 일이라는 생각을 하였다. 그리고 그렇게 무리해서 병원을 운영해야 되는지 의구심이 들었다.

내가 근무하는 병원도 아니고, 응급실 당직 의사가 있었지만 수련을 받지 않은 일반 의사인데다, 선배 부원장은 소아과 의사이기 때문에 수술 환자에게 응급상황이 발생하면 처치에 어려움이 있을 수도 있기 때문에 나는 신중하게 환자를 지켜보다 안심해도 되겠다는 확신이 생긴 후에야 집으로 돌아올 수 있었다.

연락이 안 되어 애태우던 당직 산부인과 의사는 늦게야 알고 밤에 집으로 전화를 걸어왔다. 그는 자기가 연락을 받지 못했던 이유를 설명하면서 고맙다는 인사를 하였다.

가족과 함께 보내려던 일요일의 계획이 무산된데 대하여 가족들에게는 미안했지만 한 생명을 살리는데 기여했음에 자위를 느끼며 보낸 하루였다. 가족과 함께 하는 휴일의 단란한 즐거움마저 포기해야하는 외과의사라는 직업은 가족들의 이해 없이는 직무를 다할 수 없다. 그때 갓 전문의사가 되어 사회에 나온 나로서는 그 병원이 병원 경영에만 집착하여 그렇게 무모하게 환자를 입원시키고 수술을 해야 했는지 이해할 수 없었다. 지금도 그때를 생각하면 개운치 않다.

긴급 지원요청을 받고
개복 상태에 있는 환자를 수술하다

서울 근교의 병원에서 일할 때였다. 중소병원이었고 많지 않은 의료진이 일하는 병원이었지만, 호흡이 맞아 재미있게 근무하고 있었다. 경영자는 일반의사였고, 원장님은 대학 선배가 되는 신경외과 전문의였다.

어느 날 오후 진료를 하고 있는데, 개원을 한 후배 의사에게서 전화가 왔다. "난소낭종이 의심되는 환자를 수술하기 위해 개복을 하고 보니 난소낭종이 아니고 알 수 없는 낭종인데 잘 모르겠다"면서 "개복상태에서 기다리고 있을 테니 와서 수술을 도와달라"는 것이었다.

아무리 후배의 사정이 딱해도 내가 근무하는 병원에서 환자를 진료하다 말고 후배에게 갈 수는 없는 노릇이었다. 힘들겠다고 하면서 개복창을 봉합하고 마취를 깨운 뒤 보호자들에게 설명해 주고 다른 종합병원으로 이송하라고 했지만, 그 후배는 그럴 수가 없다며 와달라고 떼를 쓰는 것이었다. 참으로 난감한 일이었다.

일단 전화를 끊게 하고 원장님과 의논하였다. 원장님께서는 "그 친구는 겁도 없는 모양이군. 남의 병원은 생각하지도 않고 자기만 생각하면 되나"하시면서 "만약 반선생이 안가면 그 친구는 수술을 포기하고 그 환자를 다른 병원으로 보내겠는가?"하고 물으시는 것이었다. 그 물음에는 대답하기 어려웠다. 그 후배의 성격으로 보아 환자를 다른 병원으로 이송시키지 않을 것이란 생각이 들었기 때문이다. 그런데 또 전화가 왔다. 오는데 얼마나 걸리겠느냐는 것이었다. 이 후배는 내가 와서 도와 줄 것으로 믿고 있는 것이었다.

하기야 이미 그 전에도 한밤중에 응급 수술을 하다가 쉽지 않다고 도움을 요청해 도와준 적이 있었고, 개인 의원에서는 수술하기 어려운 담석증이나 갑상선 종양 환자라든가 위암, 대장암 환자가 발견되면 토요일 오후나 일요일에 와서 수술을 해달라고 일방적으로 수술 일정을 잡아놓고 부탁했었다. 그때마다 수술을 해주었던 경우가 많았기 때문에 이 후배는 아무 때나 자기가 어려움에 처하면 내게 지원요청을 하면 된다고 생각하는 경향이 있었다.

그렇더라도 내가 근무하는 병원의 형편도 생각하지 않고 와달라고 생떼를 쓰고 있으니 참으로 난감한 일이었다. 내가 고민을 하자 원장님께서 "나와 다른 과장님들이 외과 환자를 처리할 테니 가서 도와주시오"라고 하시면서 "그 친구는 당신이 와서 도와줄 거라고 믿고 일을 벌였는데, 가서 도와주지 않으면 수술대에 누워있는 환자만 불쌍한 것 아니요"하시는 것이었다. 원장님의 배려가 고마웠다.

병원을 나서 자동차의 비상등을 켜고 과속으로 서울의 서쪽 끝에서 동쪽 끝에 있는 후배 병원으로 달려갔다. 얼마나 과속을 하였는지 병원을 나선지 40분이 채 안되어 후배 병원에 도착했다. 수술복을 갈아입고 수술실에 들어가 보니 중년의 여성 환자가 수술대에 누워 있었다. 마취과 의사에게 환자의 상태를 물으니 환자 상태는 안정적이라고 하면서 빨리 수술을 끝내주었으면 좋겠다고 했다. 자기는 난소낭종 수술이라고 해서 수술이 일찍 끝날 것으로 생각하고 다른 병원의 마취 일정을 잡아 놓았는데, 이 환자가 늦어지는 바람에 다른 병원의 수술도 연기시켜놓고 있다는 것이었다.

일단 환자에게 접근하여 복강 속을 살펴보니 양측 난소는 정상적으로 있었다. 그러나 좌측 난소 상부로 커다란 낭종이 있었다. 그 낭종은 좌측 결장을 밀어올리고 후복막에 싸여있는 커다란 낭종이었다. 좌측 결장을 중앙으로 밀치고 살펴보니 좌측 신장에서 발생한 낭종으로 판명되었다.

후배는 초음파 검사를 하면서 복강 내에 커다란 낭종이 보이니까 무조건 난소 낭종으로 판단하고 서둘러 수술을 하도록 했던 것이다. 후복막을 치고 들어가 낭종을 분리하기 시작하면서 살펴보니 좌측 신장은 여러 개의 크고 작은 낭종들의 집합체였고, 그 중 큰 낭종이 아래쪽으로 자라 골반 쪽으로 뻗어 있었다.

후배의사는 초음파 검사를 자세히 하지 않고 진찰을 하면서 미리 진단을 예견하고는 난소 낭종으로 단정했던 것이다. 우리가 환자를 진찰할 때 병명을 미리 예측하고 검사를 시행하는 것은 맞는 일이지만, 그렇다고 한 가지 병명에 집착하다 보면 이러한 우를 범할 수 있다. 다발성 낭종으로 커진 신장을 주위로부터 조심스럽게 분리하여 성공적으로 제거했다. 다행히 주위와 염증성 유착이 없어 어렵지 않게 분리하여 제거할 수 있었다.

무턱대고 일을 벌여놓고 어려우면 수습해 달라고 전화를 걸어대는 후배가 야속했지만, 그렇다고 어려워서 도와달라고 하는 것을 나 몰라라 외면할 수가 없어 도와주곤 했던 것이 그 후에도 습관이 되어 버렸다.

작은 의원인데도 종합병원에서나 할 수 있는 대형 수술이 필요한 환자를 병원급 의료기관으로 보내지 않고, 내게는 묻지도 않고 주말에 수술 일정을 잡아놓고 연락하는 일이 그 후로도 여러 차례 있었다. 때로는 싫은 소리도 했지만 그렇게 노력해서 지역사회에서 능력 있는 병원으로 인정받아 지금은 큰 병원으로 성장하였다.

이제 와서 보면 다행스럽고 당시 내가 도와주었던 일에 보람을 느낀다. 그렇지만 그 후배에게는 지금도 볼 때마다 조언을 아끼지 않는다. 환자에 너무 욕심을 내다보면 무리를 하게 되고, 사고도 뒤따를 수 있으니 조심하라는 것이다. 너무 돈을 좇으면 의사로서의 직업윤리를 벗어나 언젠가 좋지 않은 일이 생길 수 있으니 주의하라고 당부하는 것이다.

혈흉환자를 치료하다 일어난
간 손상

전공의 수련을 마치고 외과 전문의가 되어 서울 근교의 개인 종합병원에서 근무할 때의 일이다. 그 병원은 서울의 변두리나 다름없는 위치에 있었지만, 행정구역으로는 경기도였다. 당시 독일 차관에 의해 설립된 약 100병상 규모의 의료법인 병원으로 군 복무를 대신하는 공중보건의사의 파견을 받는 병원이었다.

이곳은 지역 특성상 교통사고 환자가 많았다. 그래서 외과 계열의 환자가 많았고, 응급실이 바쁜 날이 많아서 응급실을 전담하는 일반의사가 밤과 낮 시간을 교대하며 근무하고 있었다. 인턴만 마친 일반의사는 환자를 파악한 후 신경외과, 정형외과 및 외과로 연락하여 해당 과의 전문의사가 응급실로 가서 환자를 돌보곤 하였다.

당시 그 병원에는 산부인과 전문의사가 공중보건의사로 파견 나와 근무하고 있었지만 산부인과 환자는 많지 않았다. 그는 주로 응급실에서 응급실 담당 의사를 도와주는 것을 재미있어 하면서 일하고 있었다. 미혼에 집이 지방이었으므로 특별한 일이 없으면 야간에도 병원 당직의사 숙소에 머무르면서 응급실에서 환자를 돌봐주곤 하였다.

이 산부인과 과장님은 환자를 돌보는데 적극적이어서 내가 응급실에서 환자를 치료할 때마다 옆에서 조수를 서주면서 궁금한 것을 묻곤 하였다. 나도 즐겁게 가르쳐 주면서 "이러다 산부인과 과장님도 외과의사가 되겠다"고 농담을 건네기도 하였다.

어쨌든 나는 외과의 기본적인 술기를 아는 산부인과 과장님이 도와주어 환자를 돌보는데 편리한 점이 있었다. 때로 수술이 있으면 수술실에 들어와 조수를 서주기도 했는데 간호조무사가 조수를 설 때보다 수월하게 수술할 수 있으니 고마웠다. 그래서 응급환자를 돌볼 때 묻는 것에 대하여 자세하게 가르쳐 주면서 응급실 환자를 잘 보살펴줄 것을 당부하곤 했다.

이렇게 산부인과 과장님과 함께 환자를 돌본지도 어느덧 1년이 다 되어가는 어느 날이었다. 한밤중에 전화벨이 울려 받아보니 병원에서 걸려온 전화로 응급실에서 찾는다고 했다. 흔히 있는 일이기 때문에 응급실에 또 환자가 왔나보다 하고 연결을 부탁했다. 응급실 담당의사가 아닌 산부인과 과장님이 전화를 받는 것이었다. 오늘도 산부인과 과장님이 응급실에서 담당 의사와 함께 근무하고 있는 모양이구나 생각하며 무슨 환자냐고 물어보았다. 산부인과 과장님이 "50대 후반의 남자 환자가 교통사고로 왔는데 우측 늑골에 여러 군데 골절이 생겼으며 혈흉과 기흉이 함께 있어 숨이 차다"고 하였다. 그러면서 흉곽에 배액 튜브를 넣어야 될 것 같다는 것이었다. 내가 다른 장기의 손상은 없느냐고 물어보면서 혈흉을 동반한 기흉이 확실하냐고 재차 물어보았다.

환자는 소형 화물차를 운전하다 대형 트럭과 충돌하면서 핸들에 가슴을 부딪쳐 가슴만 다친 것 같다면서, 다른 곳의 골절은 보이지 않고, 복부 통증은 있으나 팽만은 없고, X-ray 상에서 유리기체도 보이지 않는다고 했다. 바이탈사인(혈압, 맥박 및 호흡상태 등)은 혈압이 약간 낮은 것 외에는 이상이 없으며, 아직 혈액검사 결과는 나오지 않았다고 했다. 흉부 X-ray에서는 우측 흉곽에 물이 차있는 음영과 함께 공기가 차있는 소견을 보여 산부인과 과장님이 주사기로 뽑아보니 피가 나오더라는 것이었다.

배액관을 삽입해야 하는 상황은 맞는 것 같았다. 그런데 뜻밖에도 산부인과 과장님이 "제가 배액관을 삽입할 테니 과장님은 아침에 출근하셔서 보셔도 되지 않겠습니까?"라는 것이다. 나는 깜짝 놀라 "과장님이 하실 수 있겠습니까?"물으니 "그동안 과장님이 하시는 것을 많이 보았고, 또 그때마다 제가 묻는 것을 친절하게 가르쳐 주셨기 때문에 할 수 있을 것 같습니다. 이것 때문에 밤중에 나왔다가 다시 들어가실 필요가 있겠습니까? 그동안 열심히 배웠으니 한번 믿어 보십시오"라고 말하는 것이었다.

시계를 보니 새벽 3시가 되어가고 있었다. 지금 병원에 간다면 적어도 30분은 소요될 것이고, 간단히 흉곽에 배액관을 삽관하고 나면 새벽 4시 정도가 될 것 같았다. 그렇다면 다시 집에 오기도 그렇고 병원에서 아침 진료시간까지 기다리고 있기도 어중간

한 시간이었다. 또 산부인과 과장님이 흉곽천자로 혈흉을 확인했다고 하니 혈흉은 맞을 것 같았다. 그래서 산부인과 과장님께 우선 수혈을 하도록 하고, 우측 흉부에 절개창을 시행할 위치와 절개창의 크기에 대하여 설명해주었다. 절개 후 늑골간에서 켈리(수술용 기구)를 이용하여 늑골간을 벌릴 때의 방향까지 설명해주고 삽관 후에 배액통에 잘 연결할 것을 부탁하였다. 그리고 삽관이 끝나면 전화를 해달라고 부탁하였다.

불안하기는 했지만 그동안 수 십 번을 옆에서 봐왔기 때문에 자신감에 넘쳐서 하겠다고 하니 잘 할 수 있으리라고 믿고 기다렸다. 약 30분이 지난 후 전화가 왔다. 삽관을 잘 마쳤고 배액통으로 피가 많이 나와 한차례 비우고 다시 연결했으며, 정맥주사 라인을 두 곳 잡아 한 곳으로는 수혈을 하고 있고, 또 다른 곳으로는 수액을 공급하고 있다고 했다. 바이탈 사인은 삽관 전이나 크게 변화가 없다고 하면서 중환자실로 옮겨 자기가 살펴볼 테니 편히 쉬라는 것이었다. X-ray 촬영으로 흉관이 흉곽내로 잘 들어가 있는지 확인하라고 부탁하였다. 그리고는 다른 연락이 없기에 시술이 성공적으로 되었다고 생각하고 다시 잠을 청했다.

이른 아침 막 잠에서 깨려는데 전화벨이 울렸다. 받아보니 병원이었다. 무슨 일이냐고 물어보니 중환자실에서 연락을 취해달라고 했다는 것이다. 중환자실 간호사가 "과장님 새벽에 응급실에서 가슴에 튜브를 삽입하고 올라온 환자가 삽관부위에서 출혈이 많이 되고 혈압이 떨어지며, 처음보다 배도 불러졌으며, 의식도 혼미해지고 있다"는 것이었다.

응급실 당직 선생님과 산부인과 과장님께서 보고 계시는데 원인을 알 수 없다면서 내게 연락하라고 했다는 것이다. 산부인과 과장님이 전화를 바꾸었다. 그러나 산부인과 과장님도 "수혈을 계속 하고 있는데도 튜브 삽관을 한 절개창에서 출혈이 이어지고, 배가 불러오면서 혈압이 수축기 혈압 90mmHg로 떨어졌다"고 했다. 흉부에 삽입된 배액관에서는 피가 많이 나오고 있지는 않는다면서 원인을 알지 못하겠다는 것이었다. 나는 흉곽내 삽관을 하면서 문제가 생긴 모양이라고 생각하면서 황급히 준비하고 병원으로 갔다.

중환자실로 가서 환자를 살펴보니 의식이 혼미하고 안색이 창백했다. 혈액검사를 하도록 지시하고 피를 많이 준비하도록 했다. 삽관부위를 살펴보니 삽관 부위가 내가 이야기했던 위치에서 한 늑골 아래로 시행되어 있었고, 배액관을 고정하기 위해 봉합을 해서 절개창이 좁혀져 있음에도 출혈이 되고 있었고, 복부팽만도 있었다.

삽관 후 촬영한 X-ray를 보니 배액관이 우측 횡경막 밑에서 흉곽으로 들어간 사실을 알 수 있었다. 이것을 산부인과 과장님이 알지 못했던 것이다. 산부인과 과장님에게 사진을 보여주며 설명하니 자신의 잘못에 대하여 죄책감에 어쩔 줄 몰라 했다. 나도 산부인과 과장님을 믿고 맡긴 잘못이 있으니 누구를 탓할 수도 없었다.

이제 저질러진 일을 빨리 수습하는 것만 남았다. 삽관을 하다가 복강 내 장기 즉 간에 손상을 입혀 출혈이 되고 있다는 것을 직감했다. CT가 없던 시절이므로 방사선과 과장님이 출근해야만 초음파검사를 시행할 수 있었는데 아직 출근 전이라 기다려야 했다. 교통사고 환자로 보호자가 와서 수술동의서를 작성해주지 않으면 수술하기도 어려운 상황이었다. 경찰에 연락하니 인적사항을 파악하여 보호자를 찾고 있으나 아직 보호자를 찾지 못했다는 것이다. 나는 환자가 수술을 받아야하기 때문에 보호자를 빨리 찾아 병원으로 오도록 조치해달라고 독촉하면서 기다릴 수밖에 없었다.

보호자를 기다리는 동안 방사선과 과장님이 출근하여 X-ray를 본 후 흉관이 간을 손상시키며 흉곽으로 들어간 것 같다는 의견을 냈다. 이어서 복부 초음파검사를 시행해보니 복강 내에 많은 양의 피가 고여 있는 것 같다고 했다. 출근하여 환자를 본 지도 2시간이 지났지만 보호자는 나타나지 않았다. 환자는 성인이었으므로 환자에게 수술이 필요함을 설명하고 환자 본인의 수술동의서만 받아서 수술하기로 결정했다. 환자에게도 보호자가 언제 올지 모르니 본인의 동의로만 수술을 하자고 설명하여 승낙을 받았다.

개복을 하고 보니 흉관이 간의 우측엽 상부를 손상시키면서 우측 횡경막을 뚫고 흉곽으로 들어가는 바람에 흉곽의 피가 복강 내로 흘러내렸던 것이다. 다행히 간의 실질이 많이 손상되지는 않았고, 심한 출혈이 발생하지는 않았다. 흉관을 제거한 후 다시 삽입하기로 하고 손상된 간은 대망을 이용하여 일차봉합을 시행하여 출혈을 막았다. 다음으로 손상으로 찢겨진 횡경막을 봉합하였다. 그런 다음 복강 내의 또 다른 손상은 없는지 확인했으나 다행히 다른 손상은 없었다. 복부의 개복창을 봉합하기 전에 흉곽내로 흉관을 삽입하여 흉곽내의 혈액을 배액하도록 하였다. 마지막으로 복강 내에 배액관을 삽입한 후 개복창을 봉합하였다.

이 모든 수술과정을 산부인과 과장님이 조수로 도와주면서 진행하였기 때문에 수술을 잘 마칠 수 있었다. 모든 수술을 끝낸 후 수술실에서 이동 X-ray 촬영을 하여 흉관의 위치를 보고 정확하게 삽입되어 있는지 확인하였다. 나는 응급실에서 처음 흉관을 삽관한 후 촬영한 X-ray 사진과 내가 수술 후 촬영한 X-ray 사진을 비교해 보여주면서 산부인과 과장님에게 무엇이 잘못되었는지 설명해 주었다.

산부인과 과장님이 시술 후 촬영한 X-ray 사진을 바르게 보았다면 그때 바로 나에게 연락이 되어 더 빨리 수술을 할 수 있었을 것이다. 그렇게 되지 못해 아쉬웠다는 점을 일깨워 주면서 아무리 남이 하는 시술이 쉬워 보여도 직접 실행해보지 않고는 함부로 할 수 없다는 것을 깨달은 사건이었다. 그리고 외과의사가 돌봐야 할 환자를 확인도 되지 않은 다른 과 의사에게 맡긴다는 것이 얼마나 무모한 일이었나 하는 반성도 하게 되었다. 다행히 환자는 아무런 합병증 없이 치유되어 약 15일 후에 퇴원하였다.

노인 환자의 담낭절제술 도중 발생한 후복막 출혈

　70대 후반의 남자 환자가 담석을 동반한 담낭염으로 내과에 입원하여 약물치료를 받다가 호전이 없어 수술적 치료를 위한 협진의뢰가 왔다.

　이 환자는 약 6개월 전에도 같은 증세로 입원하여 협진의뢰가 왔던 환자인데 교육계에서 일하다가 정년퇴임한 분이었다. 6개월 전에도 담낭에 여러 개의 담석이 있으며 담낭염이 나타났기 때문에 수술을 권유하였으나 늙은 나이에 무슨 수술이냐며 거절했던 환자였다. 그러나 나는 그 당시에도 "지금 만약 약물치료로 호전이 된다 해도 또다시 염증이 나타날 수 있으므로 빨리 수술을 하는 것이 좋다"고 설명해 드렸던 환자였다. 이번에도 내과로 입원하여 1주일 간 약물치료를 받고 있었으나 열이 떨어지지 않고 통증도 호전되지 않아 내과에서 환자를 설득하여 외과 협진을 받게 된 것이다.

　나는 환자를 보면서 이제 환자분은 수술을 하지 않으면 치료가 불가능할 뿐만 아니라 패혈증에 빠져들 수 있다는 경고를 하고, 보호자인 아들에게도 강한 경고를 하였다. 항생제로 염증이 가라앉지 않는다면 수술을 통해 병소를 제거하는 방법밖에 없음을 설명하고는 선택은 환자와 보호자에게 맡겼다.

그러나 환자분의 고집이 너무 강하다 보니 자식들도 아버지를 설득하기가 쉽지 않았다. 나는 속으로 현직에 계실 때 학생들이 좀 힘들었겠구나 하는 생각을 했다. 이렇게 또 하루를 보냈다. 이튿날 아침 회진을 하는데 보호자가 찾아왔다. 밤새 자식들과 환자분이 상의를 한 끝에 수술을 받기로 결정했으니 오늘 수술을 해달라는 것이었다. 물론 환자는 응급 상황이니 수술을 받겠다고 동의를 한 이상 빨리 준비하여 수술을 하기로 했다.

당시만 해도 70대 후반이면 고령이기 때문에 마취과에서 신경을 쓰는 상황이었다. 입원 중에 검사한 결과를 보면 특별한 이상 소견은 없었다. 마취에 결격 사유가 될 만한 이상은 없었다. 먼저 수술이 예정되어 수술실로 옮겨진 환자의 수술을 마친 후 이 환자를 수술하기로 순서를 정했다.

개복을 하고 보니 담낭은 심하게 팽창되어 터질 듯 했고, 담낭벽은 국소적인 화농성 괴사를 보이는 곳이 여러 군데 있었다. 조심스럽게 담낭을 분리하였다. 담낭관을 찾아 카테타를 삽입한 후 수술 중 담도촬영을 하여 담도 내에 담석이 있는지 확인하였다. 다행히 담도 내에는 담석이 없었다. 담낭적출술로 수술을 끝낼 수 있는 다행스런 상황이었다. 물론 수술 전 시행했던 복부 초음파 검사에서도 총담수관에 담석이 보이지는 않았고, 총수담관의 팽창도 없었으므로 담낭적출술만 시행하면 될 것으로 예상은 했었다.

　담낭을 적출해 냈을 때였다. 갑자기 마취과장님이 환자의 혈압이 떨어진다는 것이었다. 나는 환자의 수술과정에 특별히 혈압을 떨어뜨릴만한 조작이 없었는데, 무슨 일인가 찾아보기 시작하였다. 수술 중 담도조영술을 위해 사용했던 조영제 때문에 생긴 부작용인가 생각해 보았지만, 지금까지 많은 수술을 하면서 조영제 부작용으로 혈압이 떨어지는 일은 경험한 적이 없었다. 그래도 조영제의 부작용을 의심해서 스테로이드제를 주사하도록 준비를 시켰다.

　그런데 잠깐 사이에 소장과 장간막이 부풀어 올라온 것을 감지할 수 있었다. 소장을 헤치고 보니 후복막에 혈종이 생기면서 혈종이 확장되고 있음을 알 수 있었다. 원인은 알 수 없으나 후복막 출혈로 인한 출혈성 쇼크가 온 것이다. 빨리 혈액을 준비하고 수혈을 하도록 지시하고 원인을 생각해 보았으나 알 수 없었다. 복부 대동맥 파열은 아닐지라도 후복막에 있는 어떤 혈관이 파열되면서 출혈되고 있다는 생각을 할 수밖에 없었다.

　그러나 문제는 어떤 혈관에서 무슨 원인으로 파열이 되어 출혈이 되는지 알 수가 없었다. 출혈 부위를 찾는다는 것도 우리 병원에서는 불가능한 일이었다. 나는 보호자를 수술실로 불렀다. 그리고는 적출해 낸 담낭과 시커멓게 출혈이 되어 부풀어 올라 있는 후복막을 보여주고 환자의 상태에 대하여 설명하였다. 그리고 원인을 알 수 없는 후복막 출혈이 있으니 원인을 찾아 치료하려면 수술을 마치는 대로 서울의 대학병원으로 옮겨가 치료할 수 밖에 없다는 점을 설명해 주었다. 보호자를 내보낸 후 배액관을 간 밑에 삽입하고 수술창을 봉합하여 수술을 마쳤다.

환자는 수혈을 받으면서 혈압도 오르고 어려움 없이 마취에서 깨어났다. 환자의 상태를 집중적으로 관찰하며 돌보기 위해 중환자실로 옮겨서 돌보게 하였다. 중환자실로 옮겨진 환자는 수혈을 하면서 바이탈사인은 어느 정도 유지가 되고 있었다. 나는 또다시 보호자들과 이야기를 나누었다.

후복막의 어느 혈관에서 무슨 이유로 출혈이 된 것일까를 알아야 출혈을 막을 수 있는데, 그것을 찾는 일이 쉬운 일은 아니겠지만 그렇다고 계속 출혈을 방치해 생명을 잃게 할 수는 없는 일이라고 보호자들에게 설명해 주면서 대학병원으로의 전원을 종용하였다. 이 상황에서 환자를 계속 돌봐야 한다면 참으로 부담스러운 일이 아닐 수 없는 노릇이었다. 출혈을 막을 방법도 없이 계속 수혈을 하면서 환자의 상태를 돌본다는 것은 고역이 아닐 수 없다. 솔직히 나도 환자에게서 자유로워지고 싶은 생각이 들어 더욱 전원을 종용하였다.

그러나 환자도 인천을 떠나 서울로 가는 것을 매우 싫어했고, 더 이상 몸에 손을 대서 무슨 시술을 한다는 것에 대한 거부감이 너무나 강했다. 자식들도 아버지의 의지를 꺾을 수 없다는 것을 잘 알고 있었기 때문에 아버지를 설득하려 하지 않았다. 담낭수술을 받은 자체를 기적처럼 받아들이는 자식들이었다. 나도

2~3일 설득하다가 포기하고 말았다. 환자와 보호자가 모든 것을 운명으로 받아들이고 우리병원에서 치료를 받다가 죽어도 할 수 없다며 나를 원망하지 않겠다는 것이었다. 더 이상 살려고 노력하는 것은 늙은 나이에 무의미하다는 것이다.

환자의 고집이 확고하니 자식인들 어찌할 도리가 없었다. 그러니 나도 더 이상은 대학병원으로 전원을 권할 수가 없었다. 수술 후 중환자실로 옮겨 수혈을 계속하며 관찰한지도 1주일이 되었다. 환자는 숨이 차다는 불편 말고는 식사도 하면서 상태를 유지하고 있었다. 등 쪽에는 출혈에 의한 피하혈종의 흔적이 보라색으로 심하게 물들어 있었고, 복부는 부풀어 올라와 있으나 복대로 압박해 놓을 수밖에 없었다.

환자는 일반병실로 옮겨 가족과 함께 있기를 원했다. 그리고 가족들도 이제는 언제 돌아가실지 모르니 원이나 없게 일반병실에서 함께 있게 해달라는 것이었다. 담낭적출술을 하고 삽입한 배액관을 통해서는 아직도 혈액이 섞인 색깔의 분비물이 많이 배출되고 있었다. 후복막 출혈의 혈액이 스며 나오는 것이 아닌가 하는 생각이 들었다.

환자와 보호자의 원을 들어주어 수술 7일째 되는 날 환자를 1인실 일반병실로 옮겼다. 병실로 옮긴 환자와 보호자들은 늘 함께 있을 수 있다는 것만으로도 기뻐하고 있었다. 병실에는 언제나 많은 가족들이 있었다. 환자의 안정과 감염예방을 위해서라도 많은 사람의 출입을 자제해달라고 부탁했지만, 환자나 보호자가 모두 생전의 기간이 얼마나 될지 모르니 오히려 병원 측에서 이해해달라며 협조를 부탁하는 것이었다.

시간이 지나면서 환자는 복부팽만이 점점 심해졌고, 식사도 거의 못하여 수액만 공급하는 상태가 되었다. 수술 후 2주일이 지나면서부터는 열이 나기 시작하면서 심한 기침과 함께 호흡곤란이 나타나기 시작했다. 기침을 심하게 하면 배액관을 통한 분비물이 많이 흘러 나왔다. X-ray 촬영을 해보니 폐렴 소견을 보였다. 환자와 보호자에게 설명하고 중환자실로 다시 옮겨갈 것을 권유했지만 환자와 보호자 모두 병실에 있다가 임종을 맞겠다면서 만약의 경우 심폐소생술은 하지 말아 달라는 것이었다.

하기야 이 환자의 경우 심폐소생술을 시행하면 더욱 많은 양의 출혈이 발생할 수 있으므로 심폐소생술도 어려운 일임을 미리 보호자들에게 설명해 두었던 것이었다. 이제 수혈과 수액공급 및 항생제 투여, 그리고 산소공급 말고는 환자에게 달리 할 일이 없었다. 그러나 환자의 상태는 하루가 다르게 악화되고 있었다. 환자 감시장치를 부착하여 환자 상태를 살피게 하였다.

이렇게 병실로 옮겨 열흘을 지낸 후 환자는 가족들이 지켜보는 가운데 눈을 감았다. 사후에라도 출혈 부위와 원인을 확인하기 위해 부검을 해보는 것이 어떻겠느냐고 그동안 대화가 잘 되었던 큰아들에게만 조심스럽게 제안하였으나, 아버님 자신이 또다시 몸에 칼을 대는 것을 반대하였을 뿐만 아니라 다른 자식들도 아버님의 몸에 더 이상 칼을 대는 것은 불효라며 거절을 하는 것이었다.

나는 지금도 이 환자의 후복막 출혈 원인을 알아내지 못하고 영구 미제 사건으로 남기게 된 것이 안타깝다. 이런 경우 의사는 가족과 의사라는 사명 사이에서 고민에 빠진다. 가족 입장에서는 더 이상 가망 없는 환자가 편안하게 지내다가 세상을 떠나게 하고 싶은 것이 당연한 결정이다. 그러나 의사는 앞으로 올 또 다른 환자의 치유를 위해 부검하고 연구하고 싶은 것이 인지상정이다. 이런 상황을 겪다 보면 사후 사체기증이나 장기기증 같은 제도가 활성화되기를 기대하게 된다.

말기간암 환자에게
치핵수술을 하다

성탄과 연말을 맞아 세상이 온통 들떠 소란스럽던 세모의 어느 날, 고향 지인의 전화를 받았다. 자기가 잘 알고 지내는 고향 친구가 현재 간암 말기로 대학병원에 입원했는데, 병원에서는 치료할 것이 없으니 퇴원하라고 한다는 것이었다. 그런데 환자는 치질이 심해 치핵이 항문에서 빠져나와 통증이 심하다는 것이다. 입원해 있는 대학병원에 며칠을 살다가 죽더라도 항문의 통증 없이 살다가 죽는 게 소원이니 치질(치핵) 수술을 해달라고 부탁했지만 거절당했다는 것이다. 마취 위험과 부작용이 있고 수술을 할 경우 출혈의 위험성이 있으므로 수술할 수 없다면서 진통제나 복용하면서 지내라고 한다는 것이었다.

그러니 죽은 사람의 소원도 들어준다는데 그 환자의 소원 좀 들어달라는 것이었다. 그러나 내 입장도 아무리 잘 아는 지인의 부탁이라도 대학병원에서 거절한 환자를 내가 손을 댄다는 것이 말이 되겠냐고 반문하면서, 환자와 보호자의 원이 그렇다면 대학병원 측에 특별한 각서라도 쓰고 수술을 부탁해보라고 일러주었다.

몇 시간이 지나 그 지인에게서 다시 전화가 왔다. 내 말을 그 친구의 보호자에게 전하여 대학병원 측에 수술을 요구해 보았으나 거절당하고 말았다며 환자는 더 이상 대학병원에 입원해 있을 수 없어 퇴원 권유를 받았기 때문에 퇴원하여 고향으로 가야 하는데, 그들의 고통을 덜어달라고 간곡히 부탁하는 것이었다. 나는 하는 수 없이 내가 수술을 해주겠다는 것은 아니고, 환자의 상태가 어떤지 보고 도움이 될 조언을 해줄 수 있으면 해 줄 테니 만약 환자가 대학병원에서 퇴원하여 고향으로 가게 되면 나에게 들려 조언을 듣고 가도록 전해 달라고 하였다.

나는 이 환자가 하루 이틀쯤 지나 올 것으로 생각하고 있었으나, 환자는 그날 오후 일과가 끝날 무렵 우리 병원에 도착했다. 대학병원에서 더 이상 입원할 필요가 없다고 해서 퇴원하여 치질(치핵) 수술을 부탁하러 온 것이다. 환자는 부종과 황달이 심하고, 복수로 복부팽만이 심해 허리를 구부리기도 힘들었지만 호흡곤란은 심하지 않았다. 입원 기간 중에 실시한 검사 결과지를 가져왔는데, 빈혈 소견도 보였고 혈소판 수치도 정상수치의 하한선에 있었다. 혈청 알부민 수치 또한 낮았고, 빌리루빈 수치와 간효소 수치는 모두 높았다.

환자는 무엇보다 항문이 아파서 앉기를 힘들어했다. 환자의 항문을 진찰했다. 혈전성 치핵 여러 개가 탈출한 상태로 부종도 심하고 출혈성 소견과 함께 참출물이 분비되고 있었다. 탈출된 치핵이 항문관 내로 들어가지 않으니 환자가 통증으로 고통스러워하는 것은 자명한 일이었다. 탈출된 치핵을 만지기만 해도 통증으로 고통스러워했다. 환자는 하루를 살다 죽어도 좋으니 수술을 해서 아프지만 않게 해달라고 사정하는 것이었다.

나는 수술의 위험성을 설명해 주고, 수술을 해도 수술창이 어느 정도 회복될 때까지는 통증이 있으므로 환자가 생각하는 것처럼 그렇게 수술만 하면 통증이 없어 마음 놓고 앉을 수 있는 것이 아니라고 말해 주었다. 환자는 차라리 수술을 하다 편안히 죽는 편이 더 좋겠다면서 수술을 해달라고 떼를 쓰는 것이었다.

나는 치핵이 탈출되어 있으면 항문강 내로 환원시켜주고, 온수 좌욕을 하면서 보존요법을 할 수 있도록 설명해주려고 부른 것인데 이제는 무조건 나에게 매달리는 것이었다. 그러니 지푸라기라도 잡으려는 심정으로 매달리는 환자를 냉정하게 몰아낼 수 없는 형편이 되고 말았다. 혹을 불러들여 붙인 꼴이 되었다. 참으로 난감했다. 환자는 집으로 갈 생각을 하지 않고 입원수속을 밟게 해 달라면서 아들에게 입원수속을 하지 않고 무엇하고 있느냐고 역정을 냈다. 아들인들 내가 입원하라고 허락을 하지 않으니 환자와 나를 번갈아 쳐다보면서 어찌할 바를 몰라했다.

겨울은 해가 짧으니 곧 어두움이 내려앉았다. 나는 밤이 되므로 먼 길을 가야하는 환자를 이대로 돌아가게 할 수는 없어 오늘 하루 입원해 있다가 내일 집으로 가는 조건을 달고 입원을 하도록 했다. 그러나 환자는 내일 수술을 해달라고 하면서 그렇게 알고 입원하겠노라고 나를 압박하였다.

나는 밤새 환자를 어떻게 달래서 집으로 보낼까 궁리하느라고 잠을 설쳤다. 다음날 아침 출근해 회진을 돌면서 퇴원을 하시라고 말하려 했지만, 환자가 먼저 "오늘 수술 받으려고 아침도 먹지 않고 기다리고 있다"면서 수술을 기정사실로 말하는 것이었다. '물려도 단단히 물렸구나' 하는 생각이 들었다. 환자와 보호자에게 수술 후 척수액이 계속 누출되거나, 수술창 지혈이 안 되어 출혈이 계속되면 그것 때문에 더 어려운 상황에 처할 수도 있다면서 수술을 거절하려 안간 힘을 썼으나 환자는 막무가내였다.

깊은 고민 끝에 모든 것은 하느님의 뜻에 맡기고 환자의 청을 들어주기로 했다. 그리고 혹시라도 있을 수 있는 불미스러운 상황에 대비하여 환자와 보호자에게 각서를 쓰게 하였다. 이 수술은 대학병원에서조차 위험해 거절하는 것을 전적으로 환자와 보호자의 강한 요청에 의해 행하는 것이며, 수술 후 나타나는 어떠한 문제라도, 최악의 경우에는 사망에 이르는 일이 있어도 병원이나 의료진에게 어떠한 민형사상의 책임을 묻지 않겠다는 내용의 각서를 자필로 쓰고 환자와 보호자가 서명하도록 하였다. 환자와 보호자는 주저 없이 내가 설명한 내용보다 더 자세히 병원에 부담이 가지 않게 하겠다며 장문의 각서를 쓰는 것이었다.

나는 마취과장님의 부담을 덜어주기 위해 내가 직접 환자에게 척추마취를 시행하고 수술을 시작하였다. 수술 중 일반 환자에 비해 출혈이 좀 많았던 것 외에는 다행스럽게도 별 문제없이 수술을 끝낼 수 있었다. 그리고 수술 후의 경과도 일반 환자와 별

다름 없었다. 수술 다음날부터 환자는 나와 있던 치핵이 제거되어 앉는 것이 편해졌다면서 수술창의 통증에도 불구하고 만족해하였다. 다만 일반적인 환자는 수술 당일이나 다음날 퇴원시키는 것이 원칙이었지만, 이 환자는 좀 더 관찰하기 위해 며칠 더 입원하도록 하였다. 환자는 오래 입원하는데도 불만 보다는 오히려 고마워하는 것이었다. 하기야 대학병원에서는 더 입원하고 싶어도 있을 수 없는데, 여기서는 입원을 더 하라고 하니 환자로서는 고맙게 받아들이는 것이었다.

나는 퇴원에 앞서 복수를 좀 뽑아내고 퇴원시키는 것이 앞으로 또 다시 차올라오더라도 불편함을 덜어줄 수 있다고 판단하고, 환자와 보호자와 상의한 후 퇴원 전날 환자의 상태를 체크하면서 복수를 뽑아내고 알부민 및 영양제를 투여해 주었다. 수술 후 닷새째 되는 날 수술 부위도 많이 호전되고 통증도 참을 수 있을 정도로 완화되어 앉는 자세를 취하기도 편해진 환자를 퇴원시켰다.

고향인 청주로 내려가면서 고맙다는 인사를 수없이 했던 환자는, 퇴원 후 집에서 약 두 달을 치핵으로 인한 고통에서 벗어나 사시다가 편안하게 하늘나라로 가셨다. 그의 아들은 아버지께서 "통증에서 해방시켜 주어 며칠 안 되는 삶이나마 편안하게 살게 해주어 고맙다"는 말씀을 늘 하셨다면서 고통 없이 임종을 맞게 해주어서 고맙다는 인사를 해왔다.

나는 그 짧은 기간을 살 것을 알면서도 통증 때문에 수술을 고집했던 환자의 심정을 이해하려고 노력했다. 나에게는 도박이었고 모험이었지만, 그 통증은 겪어보지 않은 사람은 모를 것이다. 그 환자를 생각하면 어떤 상황에서든 환자의 편에 서서 생각하는 의료인이 되고자 다짐해본다.

바늘에 찔린 후 발병해
패혈증에 빠진 괴사성 근막염

　미싱공으로 일하는 30대의 젊은 남자 환자가 우측 대퇴부에 심한 부종과 함께 통증 및 오한과 발열 때문에 병원에 왔다. 환자는 초여름 날씨에도 추위에 떨듯 떨면서 얼굴이 창백하고 입술도 푸른색을 띠고 있었다.

　환자는 약 1개월 전 작업 도중 미싱 바늘에 우측 무릎 위를 찔렸으나 대수롭지 않게 생각하고 약국에서 소독약을 사다가 소독하고, 며칠 후 통증이 있어 진통제를 사서 먹고 지냈다고 했다. 그런데 약 보름 전부터 주위가 부어오르고 통증이 심해져 약국에서 약을 조제 받아(당시는 의약분업이 되기 이전이므로 약국에서 의사의 처방 없이도 항생제를 포함하여 약을 조제하였음) 복용했다. 그러나 시간이 지나면서 부종도 심해지고 부위가 넓어지면서 통증도 심해지고 열도 났지만, 병원을 찾기 어려워 계속 약국에서 약만 사먹고 참다가 이제 더 이상 참을 수 없어 병원에 왔다는 것이다.

　환자는 얼굴에도 부종이 있어 보였고, 창백하고 추위에 떨듯 입술도 파랗게 떨고 있었다. 체온을 재보니 40도에 육박했고 혈압도 낮게 측정되었다. 우측 하지를 보니 무릎부위부터 둔부에 이르기까지 심한 부종을 보였다. 피부는 피하출혈에서 보이듯 약간의 보라색을 띠면서 팽만해 있었고, 압통이 있으면서 피하에 수액이 있는 듯 했다. 우리병원에 CT가 없었으므로 초음파검사를 시행하였다.

방사선과에서는 초음파검사에 나타나는 것은 우측 무릎에서 둔부에 이르기까지 대퇴부의 외측에 깊고 넓게 피하 수액이 있는 것으로 보아 농이 고여 있는 것 같다고 했다. 혈액검사에서는 패혈증을 의심하는 소견이 나왔다.

환자와 보호자에게 수술적 치료가 필요함을 설명해 주고, 입원시킨 후 응급 수술을 준비했다. 괴사성 근막염 의심 하에 초음파검사에서 보여주는 농이 고여 있는 부위를 넓게 절개하니, 조직이 부패할 때 나는 악취와 함께 많은 양의 고름(농)이 솟구쳤다.

우선 보호자에게 환자의 상태를 보여줄 필요가 있었다. 보호자를 수술실로 불러 절개창과 그곳에서 나오는 고름과 괴사된 조직을 보여주면서 환자의 상태가 심각함을 설명해 주고 보호자를 내보냈다. 그런 다음 고름이 나오는 부위를 따라 절개를 확장하니 무릎관절에서 둔부에 이르기까지 절개해야 했다. 피하 지방과 함께 근막이 괴사되어 검푸른 고름과 괴사된 조직을 모두 제거하며 주위 조직을 변연절제를 하였다. 심한 출혈이 되고 있었다. 우선 압박 지혈을 하면서 수혈을 하고 괴사된 조직을 최대한 제거하였다. 이 환자가 살아있는 것이 기적이라는 생각이 들었고, 언제 이 공간에 새로운 조직이 살아나 회복될지 걱정되었다.

수술을 마친 후 중환자실의 격리실로 환자를 옮기고, 수술 다음날부터 절개창을 열어놓은 상태에서 오전과 오후에 두 차례씩 소독약으로 씻어내는 드레싱을 해 주고 고단백 음식을 해서 먹이도록 독려하였다. 중심정맥 영양요법을 시행하는 것을 고려하였으나 환자의 경제적인 부담을 고려하여 보호자에게 고단백 음식을 해와서 먹이도록 배려해 주었다.

약 15일이 지나면서부터 수술창이 깨끗해지면서 새로운 조직이 돋아나기 시작하였다. 환자는 1개월이 지난 후 중환자실에서 일반병실로 옮겨 치료를 하면서 상태가 좋은 가장자리 절개창부터 봉합을 시행하여 열려있는 절개창을 좁혀주기 시작하였다. 비교적 순조로운 회복세를 보인 환자는 입원 45일 만에 퇴원하여 통원치료를 받게 하였다.

나는 환자에게 "일찍 병원에 왔으면 이런 고생을 하지 않아도 될 것을 늦게 와서 호미로 막을 것을 가래로도 못 막고, 포크레인을 동원하여 막은 결과가 되었는데, 이제 살아 나가는 기분이 어떠냐"고 물으면서 앞으로는 이러한 우를 범하지 말라고 일러 주었다. 그리고 아무리 하찮은 상처라도 함부로 손대면 큰 화근을 불러올 수 있다는 것과 모든 질병이 초기에 빨리 병원을 찾아 치료하는 것이 얼마나 중요한 일인가를 말해 주었다.

두 차례 위내시경 검사에서 위암이 확진되었으나 수술 시에는 암이 없던 환자

40대 중반의 여자 환자가 조기 위암 진단을 받고 수술을 위해 입원하였다. 환자는 상복부 불쾌감으로 약 1개월 전 인천의 개인 의원에서 위내시경을 시행하면서 위 점막에 이상 소견이 있어 조직검사를 시행했는데 조기 위암으로 판명되어 수술을 권유받았다고 했다. 그러나 환자는 개인 의원의 검사를 받아들이지 못하고 15일 전 쯤 우리 대학병원 내과에서 위내시경 검사와 조직검사를 다시 받고 조기 위암으로 확진 받았다. 그래서 수술을 받기 위해 외과로 전과되어 입원하였다. 개인 의원에서 시행한 위내시경 검사와 우리 병원에서 시행한 위내시경 검사의 위점막 소견은 별 차이가 없었다. 위의 하체부 후벽 점막에서 조직검사를 시행했는데 경미한 점막의 변화를 볼 수 있었다.

은사님인 민 교수님(작고)의 집도로 수술을 시행하였다. 당시는 개복수술을 하던 시기였으므로 개복을 해 수술 시야를 확보한 다음, 손으로 병변부위를 만져보고 주위의 림프절 전이가 없는지 살펴본 다음 수술 범위를 정하는 것이 일반적인 수술 순서였다.

민 교수님께서는 환자의 절제할 위에서 내시경 상 병변이 있다고 기술된 위벽을 만지더니 병변으로 의심되는 부위의 위벽이 정상적인 위벽처럼 만져진다고 하시면서 우리 전공의들에게 만져보라고 하였다. 우리 전공의들도 돌아가면서 위벽을 만져보았으나 위벽에서 병변을 느낄 수 없었다. 그리고 위소만곡부를 포함한 주위를 점검하였으나 림프절 종대도 발견되지 않았다. 교수님께서는 어떻게 하는 것이 좋겠느냐고 우리 의견을 물어보시더니 위를 절개하여 육안으로 직접 위점막을 확인한 후에 수술을 결정하자고 하시는 것이었다. 그리고는 위를 절개하여 위점막을 살펴보았으나 병변으로 의심될만한 곳이 없었다.

우리는 수술을 진행하지 않고 내과에서 시행한 위내시경 검사 결과지 및 병리조직검사 결과지를 다시 검토해 보았다. 내시경 검사 소견 및 내시경 검사 사진에도 분명히 위 하체의 후벽에 병변이 있는 것으로 나타났고, 조직검사를 하여 조기 위암으로 병리 검사가 나온 것이 틀림없었다. 그리고 인천의 개인 의원에서 시행한 위내시경 검사 및 조직검사도 조기위암으로 나왔음이 진료의뢰서에 기록으로 있었다.

우리는 잠시 수술을 중단하고 수술대에 서서 토론을 하였다. 그리고 결론을 내린 것은 우리의 육안적인 소견이 병변을 발견하지 못했다고 하더라도 이미 두 차례의 내시경 검사 및 조직검사에서 조기 위암으로 확진 되었으니 위암이 있다고 보고 위아전절제술을 시행하는 것이 합당하다는 결론을 내렸다. 그리고는 위아전절제술을 시행하였고, 모든 것은 수술을 시행한 후 적출물을 가지고 검사한 병리조직검사의 결과를 기다리기로 하였다.

환자는 순조로운 회복을 보여 주었다. 병실에 들어가면 늘 기도를 하고 있었고, 암 환자처럼 보이지 않을 정도로 근심 걱정이 없는 사람처럼 보였다. 환자가 퇴원할 때가 되었는데도 조직검사 결과가 나오지 않았다. 환자를 퇴원시키기 전에 조직검사 결과에 대해 환자에게 설명해 주고 앞으로의 치료에 대하여 설명해주는 것이 당시의 관행이었다. 그리고 조직검사는 보통 수술 후 1주일이면 결과가 나오는데, 조기 위암의 경우 매핑(절제된 위를 지도를 그리듯 세밀하게 표본을 만들어 조직검사를 시행함)을 하기 때문에 일반적인 조직검사보다 결과가 조금 늦게 나오는 경우가 많았으므로 이 환자의 조직검사도 늦어지는 모양이라고 생각하고 있었다.

그러나 환자를 퇴원시켜야 하는데 조직검사가 나오지 않아 진행상황을 알아보기 위해 병리과로 전화를 했다. 병리과에서는 그러지 않아도 이 환자 때문에 지금 토론을 하고 있다면서 절제된 위에서 암이 발견되지 않았다는 것이었다. 위 내시경검사에서 시행한 조직표본을 다시 점검하고 외부 개인의원에서 보내온 조직표본 슬라이드를 다시 점검하는 등 모든 점검을 했다는 것이다. 그런데 그동안의 검사 결과는 조기 위암이 맞는데 정작 수술로 절제한 위에서는 암세포가 발견되지 않았다면서 이것을 어떻게 설명해야 할지를 두고 난감한 상황이라는 것이었다. 나는 일단 병리검사실의 진행상황을 교수님께 말씀드렸다. 교수님께서는 환자의 퇴원을 어떻게 하는 것이 좋겠느냐고 우리 의견을 묻고는 일단 환자에게 사실대로 설명해주고 퇴원시키는 것이 좋겠다는 결론을 냈다.

교수님께서 회진을 하면서 환자에게 다음날 퇴원하라고 말씀하시고는 "자세한 설명은 '반선생'이 해 드릴 것"이라고 하셨다. 회진이 끝난 후 내가 설명을 해드리라는 지시를 한 것이었다. 나는 회진을 마치고 환자에게 가면서 어떻게 이야기를 해야 하나 하고 고민하였다. 혹시 암이 없는 위를 왜 절제했느냐고 따지면 그 이유를 어떻게 설명하여 환자를 이해시킬 것인가 하는 고민을 하면서 무거운 마음으로 환자의 방문을 열고 들어섰다. 환자는 퇴원을 한다는 생각에 기쁜 표정으로 정리를 하고 있었다. 나는 환자에게 "환자분께서 이런 수술 결과를 어떻게 받아들이실지 모르겠고, 또한 축하해야 할지 모르겠지만 수술 전 두 차례나 시행한 위내시경 검사에서 조기위암으로 판명되어 수술을 통해 위를 약 3분의 2를 절제하였습니다. 그런데 수술 후 절제한 위에서는 암이 발견되지 않아 어떻게 보면 절제하지 않아도 되는 위를 절제했다고 후회와 원망을 하실 수도 있게 되었습니다. 그러나 우리는 내시경 검사 결과가 암으로 나왔고, 내과에서는 수술적 치료를 위해 외과로 의뢰가 왔기 때문에 위암 수술을 할 수밖에 없었던 것입니다. 우리도 수술실에서 고민을 많이 했습니다. 만약 우리가 육안적인 소견으로 위점막에 암이 없는 것 같다고 위를 절제하지 않고 수술을 끝냈는데 얼마간의 시간이 지난 후 다시 위에서 암이 발견되어 다시 수술을 시행해야 하는 상황이 발생한다면 환자분께서 우리를 원망하며 어떻게 생각하셨겠습니까. 그러니 새 생명을 얻었다고 생각하고 이해해주셨으면 고맙겠습니다. 교수님께서도 그러한 마음을 전하라고 하셨습니다"라고 말씀을 드렸다.

설명을 듣고 난 환자는 얼굴에 기쁨의 미소를 보이며 "감사합니다. 천주님과 성모님께서 저를 살려주셨습니다. 사실 저는 개인의원에서 암 진단을 받고 그때부터 주님께 살려달라고 매일 열심히 기도했습니다. 그리고 루르드로 성지순례를 가는 사람에게 그곳의 성수를 가져다 줄 것을 부탁하여 그 성수를 받은 후부터는 매일 한 방울씩 먹으면서 치유를 청하는 기도를 해왔습니다"라고 하면서 기도책과 묵주 그리고 성수(사실 그것이 묵주기도서와 묵주, 성수인 것을 안 것은 내가 가톨릭 신자가 된 후에 안 일이지만)를 보여주는 것이었다. "이제 루르드의 성모님께서 저를 살려주셨으니 기쁘게 주님의 뜻에 따라 새로운 인생을 살아가면서 보답해야 되겠네요"하면서 기뻐하는 것이었다.

나는 이 상황이 혼란스러우면서도 환자가 긍정적으로 받아들여 주니 다행스러웠다. 그리고 더 이상 병실에 있으면서 환자와 이야기를 하다가는 뜻하지 않은 일이 있을 수도 있으니 환자가 기쁘게 받아들일 때 병실에서 나오는 것이 좋겠다고 생각했다. 환자에게 더 이상 궁금한 사항이 없으면 내일 아침에 뵙겠다고 하고는 병실을 나왔다.

　환자는 다음날 우리 의료진에게 기쁨에 넘친 밝은 표정으로 고맙다고 인사를 하고는 퇴원하였다. 그리고 환자가 퇴원하고 얼마간의 시일이 지난 후 병리검사는 '암세포 없음'으로 최종 보고가 되었다. 이 환자를 보면서 이런 기적 같은 일이 있을 수 있을까, 하는 생각을 했다. 그러나 그 후에도 이런 기적 같은 일이 주위에서 일어나는 것을 나는 목격했고, 또한 직접 체험도 했다.

서혜부 림프절 결핵으로
고통 받던 젊은 여자환자

중년 여인이 두 딸과 함께 진료실에 들어섰다. 두 딸은 20대 후반으로 보였으며 젊고 미모도 훌륭했다. 내가 묻기도 전에 어머니 되시는 분이 말문을 열었다. 우리 집안 동생의 이름을 대며 소개로 왔다면서, 동생은 어려서부터 잘 알고 또한 집안끼리도 잘 알고 지냈다고 했다.

잠시 집안 이야기를 나눈 다음 차트를 보고 '선미'가 누구냐고 물었다. 큰 딸이었다. 어디가 불편하냐고 물었더니 "좌측 서혜부에 종기가 나서 1년 이상 동네 의원에서 절개배농 및 약물치료를 받았지만 자꾸 재발한다"고 했다. 치유가 되는 듯 하다가 다시 재발하여 절개배농을 여러 차례 하고 약을 먹느라고 결혼하고도 임신을 피하고 있다고 했다.

환자를 진찰해보니 좌측 서혜부에 여전히 절개창이 있었고, 주위가 부풀어 올라 농이 나오고 있었다. 병변 주위를 촉지해 보니 여러 개의 림프절 종대가 촉지되었다. 환자와 가족의 결핵에 대한 병력을 물어보았으나 결핵에 대한 병력은 없었다. 그래도 병력과 촉진소견으로는 결핵성 병변이 의심되었다.

우리나라는 결핵이 많은 나라로 화농성 병변을 볼 때는 환자의 증상과 함께 병변을 잘 살펴 '한농'이라 불리는 결핵성 농양을 생각해볼 필요가 있다. 화농 부위를 절개배농하면서 특징적인 소견을 볼 수 있는데 개인 의원에서 그것을 간과했을 수 있다는 생각을 했다. 그리고 초음파 검사(지금 같으면 골반부위 CT를 시행하였겠지만)를 시행하도록 했다.

초음파 검사에서는 예상했던 대로 여러 개의 림프절 종대가 좌측 서혜부의 종축을 따라 깊이 자리 잡고 있음을 볼 수 있었다. 다행히 우측 서혜부는 림프절 종대가 없었다. 서혜부의 림프절 곽청술을 시행한 후 결핵성으로 확진이 되면 결핵약을 복용할 필요가 있다고 판단했다.

나는 환자와 보호자에게 전신마취 하에 수술을 하여 서혜부의 림프절을 모두 제거하는 것이 좋겠다고 설명하고 수술을 위해 입원시켰다. 수술을 시행하면서 보니 좌측 서혜부 종축을 따라 여러 개의 림프절이 군락을 이루며 골반강의 후복막 층 장골 깊숙이까지 자리하고 있었고, 부분적으로 괴사성 병변을 보이는 것도 있었다.

종대된 림프절을 모두 제거한 후 수술창은 봉합하지 않고 개방시켜 놓았다. 치유 상태를 봐가며 지연봉합을 할 계획을 세웠다. 적출한 조직은 병리검사를 의뢰하였다. 그리고 조직검사를 기다리지 않고 항결핵제를 투여하기 시작하였다. 병리조직 검사는 예상했던 대로 결핵성 림프절염으로 나왔다. 환자의 수술창은 순조롭게 회복되어 수술 2주일 되는 날 지연봉합을 시행하고 퇴원하여 통원치료를 하게 하였다. 퇴원 후 환자는 항결핵제를 복용하며 더 이상 재발되는 종기(결핵성 한농)로 고생하지 않아도 되었다.

우리나라도 한때 결핵 퇴치국으로 결핵에서 해방된 듯 했지만 아직도 우리 주위에는 결핵 환자가 많이 발견된다.

'선미' 환자는 결핵 치료를 받으면서 그의 가족은 나를 주치의로 생각하고 모든 건강상의 문제가 있으면 찾아왔다. 때로는 집으로 식사에 초대하기도 하고, 음식을 만들어 우리 집으로 보내기도 하면서 가까운 집안처럼 지내게 되었다. 건강을 찾은 '선미'는 그 후 두 아이를 낳아 벌써 큰 아이가 대학생이 되었고, 지금도 나와 우리 가족과는 가까운 집안처럼 지내고 있다.

2부

잊지못할사람들

골절상 치료로
복막염이 발병했다는데

정형외과 입원환자가 수술 후 갑자기 복통을 호소한다면서 외과로 협진의뢰가 들어왔다. 73세의 남자환자는 1년 전 좌측 상완골 골절로 내부 고정술을 받았다가 골절부위가 잘 융합되어 고정 장치를 제거하기 위해 입원한 것이다. 상박신경총마취 시행하에 고정 장치를 제거한 후 병실로 돌아와 한 시간쯤 지난 후 갑자기 복통을 호소했다고 한다.

상박신경총마취 시행 시에 올 수 있는 합병증으로는 기흉이 있을 수 있고, 그 경우에는 호흡곤란이 있는데 복통을 호소한다는 것은 정형외과에서 시행한 수술과는 전혀 관계가 없다고 판단했다. 문진을 하였으나 특별히 복통을 유발할 단서를 잡을 수 없었다. 그러나 진찰 소견은 심한 압통과 반사통이 있는 것으로 보아 복막염이 의심되었다. 복부 X-ray 촬영과 혈액검사를 하도록 하고 결과를 기다렸다.

보호자들은 병원에서 수술을 잘못하여 환자가 갑자기 아픈 것이라고 주장하고 있었고, 정형외과 의사도 팔에서 핀을 제거하는 수술을 했는데 왜 배가 아픈지 모르겠다고 이해가 안 된다며 보호자들의 항의에 대답을 하느라 애를 먹고 있었다.

검사결과 X-ray에서 양측 횡경막하에 많은 양의 유리기체가 보였다. 환자 보호자에게 사진을 설명하면서 '위장관의 천공에 의한 복막염'이라고 알려주면서 수술이 필요함을 설명하였다. 환자에게 있던 위나 십이지장 궤양이 천공되어 생긴 것이지 정형외과 수술과는 아무런 연관이 없다고 설명해 주었다. 그러나 보호자들은 골절상을 입은 것 이외에는 건강했던 노인이 수술 후에 갑자기 복막염이 생겼으니 이것은 병원에서 수술을 잘못해서 생긴 과실이라고 떼를 쓰는 것이었다. 보호자들은 그사이 7~8명으로 불어나 병실에서 큰소리로 "병원에 치료하러 왔다가 병을 얻었다"면서 소리를 지르며 환자를 치료하는 문제에는 관심도 없이 소란을 피우는 것이었다.

수술을 하려고 해도 연세도 많고, 환자는 약 1년 전부터 소화가 잘 안 되는 것 외에는 궤양을 의심할만한 증상도 없었다고 하니 보호자들에게 수술만이 생명을 구할 수 있는 치료방법이라고 설득을 하면서도 어느 부위에서 왜 천공이 되었는지를 설명하기는 어려웠다. 한참동안 소란을 피운 보호자들은 병원이 책임을 지라면서 환자만 남겨놓고 썰물처럼 모두 병원을 떠나고 말았다.

보호자들이 모두 떠나가고 없으니 환자의 치료에 대하여 상의할 사람도 없어 환자에게 비위장관 감압튜브를 삽입하고는 저녁 늦게 퇴근을 준비하는데 병실에서 환자 보호자가 설명을 듣기를 원한다면서 면담을 청한다는 연락이 왔다. 나는 "그동안 모든 자녀들과 친척들이 설명을 들었고 떼를 쓰다 갔는데 또 다시 무슨 설명을 원하느냐"고 물었더니 '이번에 온 보호자는 아까는 없었던 새로 온 보호자'라는 것이었다. 그래서 돌아가서 다른 가족들에게 설명을 들으라고 돌려보내라고 했으나 간호사의 말은 보호자가 원장님께 꼭 말씀드릴 것이 있으니 면담을 해달라는 것이었다.

새로 온 보호자를 만나려고 진료실로 안내하도록 했다. 그 보호자는 진료실에 들어서면서 고개를 깊숙이 숙이며 자기는 환자의 막내아들인데 낮에 자기 형제들이 행한 무례함을 용서해달라는 것이었다. 나는 어안이 벙벙하여 무슨 일이냐고 물었다. 보호자는 병실에서 간호사들에게 자기 형제들이 낮에 행한 일을 모두 들었다면서 한편으로는 창피하기도 하고 또 한편으로는 아버지를 살리기 위한 노력은 해야겠다는 생각에서 나를 찾았다고 했다.

그러면서 "사실은 아버지가 1년 전에 모 종합병원에서 진찰을 받고 위암임을 알았으나, 병원 측에서 고령이라 수술이 어렵다"는 이야기를 들었다고 했다. 그래서 여생을 편안하게 모시라고 했는데, 복막염이 위암과 연관된 것은 아닌지 모르겠다는 생각이 들어 알려드리고자 왔다는 것이었다. 항암치료를 받았는지를 물어보았으나 암 진단 후 1년이 넘도록 어떠한 치료도 받지 않고 지내왔다고 했다. 그러면서 자기 형제들이 위암환자인 아버지가 복막염이 되었으니 얼마 못 사시겠다는 생각을 가지고 병원 측에 무엇인가 요구하고자 행패를 부린 것 같아 부끄럽다는 것이다.

막내아들의 이야기를 듣고 보니 다른 보호자들의 행동이 너무나도 계획된 듯해 보였고 그래도 이런 양심적인 자식이 있으니 환자분은 다행이구나 싶었다.

막내아들에게 "아버지의 상태는 위암의 궤양성 부분이 천공되어 복막염을 일으켰을 가능성이 있으며, 1년 전 진단을 받았을 때 차라리 수술 했으면 좋았을 것을 아무런 치료도 없이 1년을 방치한 상태에서 위암 부위가 천공되었다면 수술 성공을 보장하기 어렵다"는 설명을 해주었다. 그리고 수술을 하지 않는다면 병의 진행이 어떻게 될지 알 수 없고 환자가 얼마나 살 수 있을지, 환자의 예후도 예측할 수 없음을 설명했다.

할 수 있는 치료는 현재 환자에게 행한 비강위장감압튜브를 통해 위장관 내용물을 제거하면서 복강 내에서 복막염이 확산되는 것을 가능한 한 차단하고, 중심정맥내 영양공급과 복막염에 대한 약물투여를 함으로써 천공부위가 막히기를 기다려볼 수밖에 없다고 설명해 주었다. 또한 이에 따른 경제적 부담이 있음을 설명했다. 환자의 막내아들은 흔쾌히 치료해달라고 수락했다.

환자의 치료는 막내아들과 소통하기로 하고 치료하기로 결정하였다. 흡입기를 비강위장감압튜브에 부착하여 위장관 내의 내용물을 최대한 흡입해냄으로써 천공부위로 누출되는 것을 막고, 중심정맥 내 영양공급을 시작한지 2주일이 지났다. X-ray 사진에서는 복강내 유리기체가 완전히 보이지 않았고 환자의 복통도 없어졌다. 일주일을 더 기다려 비강위장감압튜브로 공기를

300cc 넣고 X-ray 사진을 찍어 천공부위로 새나오는 공기가 있는지 확인한 결과 공기의 누출이 없음을 확인하고 비강위장감압 튜브를 제거하였다. 천공된 부위가 암 조직이 자라면서 막힌 것으로 판단했다. 환자 보호자인 막내아들과 상의하여 수술은 불가능해도 항암치료를 하기로 결정하고, 식사를 시작한 후 1주일이 지난 후부터 7개월 간 항암제를 투약하였다. 환자는 고령에도 불구하고 항암치료에 잘 견뎌 주었다.

처음 암 진단을 받았을 때 수술을 했더라면 더 좋았을 것이란 아쉬움이 있었다. 암을 발견하고 고령이라 수술이 불가능하다고 했던 병원이 야속하게 여겨졌다. 나는 더 나이가 많은 환자에게도 수술을 한 경험이 있었기에 고령이라도 전신상태가 수술을 받는데 어려움이 없다는 판단이 나면 수술을 해야 한다는 생각을 가지고 있었다. 그래서 더더욱 진단을 내렸던 병원의 결정이 납득되지 않았다.

이후 환자의 막내아들은 본인과 본인 가족의 건강에 이상이 있으면 찾아와 묻곤 하며 나와 우리 병원을 절대적으로 믿는 사람이 되었다. 이 노인은 항암치료를 끝낸 후 3년을 더 생존하고 결국 암이 악화되면서 영원한 안식처로 떠났다.

크론병 천공에 의한 복막염 환자

따뜻한 봄기운이 몸을 나른하게 하는 어느 날 오후 외래 진료실에서 환자를 치료하고 있는데 응급실에 복막염이 의심되는 40대 중반의 여성 환자가 내원했다는 연락이 왔다. 응급실로 가서 환자를 진찰했다. 문진과 이학적 소견 그리고 방사선 검사를 종합해 보면 장티푸스 장염의 천공에 의한 복막염으로 의심되었다. 지금이야 장티푸스 장염이 거의 없지만 1980년대 중반만 해도 심심치 않게 발생할 때였다.

환자 박 씨는 심한 복통을 일으키기 전부터 심한 오한과 발열, 간헐적인 복통과 설사가 수일간 지속되었다고 했다. 그동안 개인 의원을 다니며 치료를 받아오다가 증세가 심해지고 먹지도 못하여 다른 병원에 갔더니 수술을 권하면서 그 병원에서는 힘드니 다른 병원으로 가라고 해서 이제야 왔다는 것이다. 그러나 임상병리검사 소견은 심한 백혈구 증가를 보여 장티프스는 아닐 것으로 판단되었다.

환자의 전신 상태는 무척 쇠약하고 영양 상태도 불량하였다. 157~8cm의 키에 체중도 40kg 정도라고 했다. 응급수술을 준비한 후 개복을 하고 보니 복강 내에 오염된 소장내용물이 가득 차 있었다. 오염이 가장 심한 부분은 회장-맹장 이행부였다. 조심스럽게 장을 검사해 보니 회장 말단부에 천공 부위가 있었으며, 천공 부위의 장벽에 염증성 병변이 심하고 장벽은 심한 부종을 보였다.

일단 천공부위를 수술용 패드로 감싸놓고 또 다른 부위에 이상은 없는지 살펴보았으나, 위장에서 직장까지의 위장관의 다른 부위는 천공이 없었다. 천공 부위가 회장 말단부로 회장-맹장 이행부와 가깝게 접해있고 천공부위 장벽의 염증성 병변이 심해 일차봉합을 하는 것이 적합하지 않다는 판단을 내리고는 회장-맹장의 부분절제술을 시행하고 회장-상행결장 문합술을 시행하였다.

복강내를 생리식염수로 깨끗이 씻어내고 복강내에 배액관을 삽입하고 복부를 봉합하였다. 수술 후 환자는 보통 환자와 다름없는 회복을 보이는 것 같았다. 수술 후 3~4일 지나 가스도 나오고 하여 비강위장감압튜브를 제거하고 수술 후 1주일 만에 미음을 먹기 시작하였다. 그러나 미음을 먹은 날 밤에 복강내에 삽입해 놓은 배액관을 통해 많은 양의 분비물이 나온다는 당직 의사의 연락이 왔다. 급히 병원에 도착해 환자의 배액부위를 보니 소장 내용물이 분비되는 것을 발견했다.

다시 환자를 금식시키고 비강위장감압튜브를 삽입하였다. 문합부위의 누출이 생긴 것이다. 정맥내 영양공급을 시행하여야겠다는 판단 하에 중심정맥 카테타(안정적으로 중심정맥에 수액을 공급할 수 있는 수액관)를 삽입하고 다음날부터 정맥내 영양공급을 시작하였다. 그런데 일주일이 지나도 문합부 누출로 인한 분비물 배액은 줄어들지 않았다.

일반적인 경우 병리조직 검사 결과가 수술 후 일주일 정도면 통보되는데, 어찌된 일인지 절제된 장의 조직검사가 2주일이 지나도 결과가 통보되지 않았다. 검사기관에 문의해보니 우리병원에서 의뢰하는 검사기관에서 의심스러운 소견이 보여 정확한 병리조직검사를 위해 세브란스병원으로 검사의뢰 하였는데, 세브란스병원에서도 정확한 검사를 위해 여러 병리조직 교수님들이 표본을 보면서 토의를 하고 있다고 했다.

궁금증에 참을 수가 없어서 세브란스병원으로 문의를 했더니 크론병이 거의 확실한 것 같은데 공식 리포트를 보내기 위해 내부 컨퍼런스를 할 것이라는 답을 들었다. 그 당시만 해도 크론병이나 궤양성대장염과 같은 만성 염증성 장 질환은 희귀한 질환이었고, 더욱이 이러한 질병의 천공에 의한 복막염은 경험을 하지 못했었다.

크론병의 천공에 의한 복막염이라면 장티푸스성 장염에 의한 천공과는 달리 생각해야 하므로 혹시라도 잔여 병변이 있어 그로 인한 문합부 누출이 있지 않나 확인하는 것이 필요하다는 생각이 들었다. 환자 및 보호자에게 병에 대한 설명을 하고 재수술을 할 필요가 있음을 설명했다. 환자 및 보호자의 동의하에 첫 수술을 시행한지 20일이 되어 재수술을 시행했다.

다시 개복을 하고 보니 문합부위가 장간막 쪽으로 열려있으면서 누출이 되고 있었고, 주위의 염증성 부종과 열린 문합부위로 회장부분의 점막에 궤양성 소견이 보였다. 크론병이라는 진단 하에 소장과 결장의 다른 부위에 병적 소견이 없는지 촉진으로 장 전체를 양손에 놓고 자세히 더듬어 관찰하였다. 문합부에서 상부로 약 60~70cm 부위까지 두 곳에서 장벽의 심한 비후성 변화를 촉진할 수 있었다. 결장부분은 이상 소견을 촉진할 수 없었다. 약 1m 정도의 소장을 포함하여 다시 광범위하게 우측결장까지 절제한 후 소장-횡행결장 문합술을 시행하고 복강내를 생리식염수로 깨끗하게 씻어냈다. 복강내 배액관을 삽입하고 개복된 복부를 봉합하였다.

환자를 중환자실로 옮겨 비강위장감압튜브로 위장관 내용물을 흡입시키면서 정맥내 영양공급으로 회복을 위해 노력했다. 재수술2주 후부터 비강위장감압튜브로 물을 시작으로 유동식을 투입하여 문합부위의 완전성을 확인하였다. 비강위장감압튜브를 제거하고 복강내 배액관도 제거하였다.

환자에게 죽을 먹이기 시작하고 이틀이 지나자 심한 복통을 호소하였다. X-ray 복부촬영을 한 결과 장유착성 부분폐쇄 소견을 보였다. 다시 금식을 시키고 정맥을 통한 영양공급을 계속하여 환자의 전반적인 상태를 호전시키고 원내에서 운동을 하며 체력을 향상시키도록 노력하였다. 환자의 노력으로 상태가 호전되고 다시 식사를 시작하여 배변도 정상적으로 하게 된 후 환자는 입원한지 약 두 달 반 만에 퇴원하였다.

퇴원 후에도 박 씨는 간헐적으로 복통이 있을 때면 나를 찾곤 했다. 그럴 때마다 장 유착에 의한 장 폐쇄가 심화되지 않게 외래 차원에서 치료를 했다. 환자는 정기적으로 장 검사를 받으면서 추적 관찰을 하다가 봉직하던 병원이 부도로 폐업할 때까지 약 10여 년을 돌보았다. 그리고 인천의 한 대학병원 내과에 근무하는 후배의사에게 환자를 소개하고 앞으로 정기적인 검진을 하며 돌보아 줄 것을 부탁했다. 박 씨 환자와의 관계는 내가 봉직하던 병원을 떠난 지금도 계속되고 있으며, 그의 딸과 아들의 결혼식에도 내가 참석해서 축하를 해주었다.

수술 후 약 20여년이 지난 어느 날 심한 우측 하복부 통증을 호소하며 찾아왔다. 환자의 이야기를 들으니 상태가 좋아 한동안 내가 소개해주었던 대학병원을 찾지 않았다고 했다. 환자를 진찰한 후 그 대학병원 후배에게 전화를 했다. 어렵게 전화가 연결되어 환자의 상황을 설명하고 내일이라도 급히 대장내시경 검사를 비롯하여, 환자를 전반적으로 검사해 달라고 부탁하였다.

환자를 금식시키고 수액을 공급하며 대장검사를 위해 장세척을 시행하였다. 그리고 다음날 대학병원으로 검사를 보냈다. 오후에 후배의사에게서 연락이 왔다. 검사결과 과거 수술 후 시행한 문합부에 염증성 병변이 있으며, 소장결장문합부위 이외의 다른 부위에 또 다른 소장과 결장이 통하는 누관이 형성되어 있어 조직검사를 시행하고, 조영술과 함께 CT 촬영을 시행하였다고 했다. 그 결과 문합부위에 인접한 부위에 소장결장 누공이 형성되어 소장에서 결장으로 넘어가는 통로가 두 곳이 되었다는 것이다. 다행히 그 누공이 복강 내로 누출되는 것은 없고, 오랜 염증성 병변과 함께 또 다른 하나의 통로가 형성된 듯 하다는 것이었다.

크론병의 재발로 보이므로 입원시켜 다시 약물치료를 하겠다고 했다. 환자를 잘 부탁하고 박 씨 남편과 통화를 하며 이 병은 방심해서는 안 되니 앞으로는 열심히 병원에 다니면서 의사의 말에 순종하도록 일렀다. 다행히 환자는 약 2주간의 입원치료 후 퇴원하였다. 그리고 지금은 정기적으로 대학병원을 다니며 검사를 받고 약을 복용하고 있다.

박 씨와 그의 남편과는 지금까지도 1년이면 여러 차례 통화를 하며 지낼 정도로 가깝다. 특히 그의 가족이나 친척까지도 건강에 대한 상담을 요청해오고, 또한 필요하면 내가 치료를 해주고 있다. 그리고 매년 명절(설과 추석)이면 자기를 살려주었고 끝까지 돌보아주어 고맙다며 잊지 않고 인사를 보내와 부담스럽기도 하지만 고맙게 받으면서 박 씨 환자와의 관계를 유지해오고 있다.

반복되는 장 폐쇄로
고통 받던 학생

어느 날 핸드폰으로 낯익은 목소리가 들려왔다. 성재 어머니의 목소리는 특이하여 잊히지 않는다. 내 이름을 대면서 맞느냐고 묻고는 맞는다고 대답하니 자기가 성재 엄마인데 기억을 하겠느냐는 것이다. 약 15~6년 만에 듣는 목소리지만 그 특이한 음성은 그대로였다. 안부를 물었더니 아직도 과거에 일하던 개인병원에서 청소와 세탁 일을 한다고 했다. 기쁜 소식이 있어 내게 전하고 싶은데 전화번호를 알 수 없어 일하는 병원의 원장님께 부탁하여 전화번호를 알았다는 것이다. 그러면서 성재도 이제 서른 살이 넘었고, 건강하게 학교도 졸업하고 결혼도 하여 아들을 낳았다는 것이다. 그래서 기쁜 마음에 나를 찾아 소식을 전하고 싶었다고 했다.

성재가 응급실로 복통을 호소하며 내원했을 때는 중학생이었다. 나이 또래에 비해 체구도 작고 살집이 없이 앙상하게 뼈만 남은 빈약한 학생이 눈에는 겁이 가득해 보였다. 검진 결과 복부에는 여러 차례 수술 받은 흔적이 있는 장 폐쇄였다.

병력을 물어보니 3년 전 초등학생 때 천공성 충수염에 의한 복

막염으로 수술을 받았으며, 그 후로는 수도 없이 장이 막혀 수
술을 받았던 병원에 입원하여 코에 튜브를 넣고 치료하기도 했고
두 세 차례 수술도 받았다고 했다. 그럼에도 반복해서 장 폐쇄가
나타나 다른 병원에서 치료를 받아보려고 우리병원을 찾아왔다
는 것이다.

성재 어머니의 음성은 톤이 높으면서 상당히 불안정했다. 성재
처럼 복부수술을 받은 경우에는 장 유착이 생기며 장 유착으로
인한 장 폐쇄가 올 수 있음을 설명하였다. 그래서 비수술적으로
위장관의 내용물을 흡입해 내면서 폐쇄된 장이 풀리기를 기다려
야 한다고 설명하고 가급적 수술은 피하는 것이 좋다고 말했다.

이미 수차례 수술을 받았으니 다시 수술하기도 어렵고 또한
수술을 한다 해도 다시 장 폐쇄가 올 수 있음을 설명해 주었다.
그리고 수술을 하면 할수록 장 유착은 더 심해질 수도 있고, 그
로 인한 장폐쇄도 더 자주 나타날 수 있으므로 비수술적 치료가
최선이며 참고 기다리는 인내심이 필요하다고 이야기해 주었다.

그리고 우선 비강위장감압튜브를 삽입하고 흡입기를 부착하여
위장관 내용물을 제거하며 폐쇄된 장이 풀리기를 기다리면서 수
액공급을 하였다. 환자가 너무 쇠약하여 영양공급을 위한 치료
가 필요했지만 경제적인 어려움으로 중심정맥으로 인한 영양공
급은 할 수 없었다. 성재는 비수술적 치료로 폐쇄된 장이 풀려
퇴원시키면 오래 가지 않아 다시 폐쇄가 나타나 입원하는 일이
반복되곤 하였다.

성재와 성재 어머니는 반복되는 입원과 튜브삽입으로 인한 고통 때문에 다시 한 번 수술을 해서라도 완전 치유를 해달라고 사정을 하곤 했다. 그러나 수술을 하는 것도 쉬운 일이 아니었다. 이미 여러 차례 유착박리 수술을 받았기 때문에 장 유착이 매우 심할 것이기 때문이다. 이를 박리하기도 쉽지 않을뿐더러 설령 박리를 시켜놓아도 또다시 유착으로 장 폐쇄가 올 수 있어 환자와 보호자가 사정한다고 해서 선뜻 수술을 할 수 있는 상황이 아니었다. 다른 병원으로 환자를 떠넘기고 싶은 마음도 들었지만 성재와 어머니는 경제적인 문제도 있고 하니 우리병원에서 해결해 달라고 매달렸다. 난감한 일이었다.

대학병원에서 수련을 받을 때 은사이신 황규철 교수님(작고)께서 언젠가 반복적인 장 유착에 의한 장 폐쇄 환자를 튜브프리케이션(Tube-Plication : Long tube를 이용한 장의 주름형성술)으로 수술할 수 있다는 설명을 해주신 기억을 떠올렸다. 그리고 문헌을 찾아 수술방법과 수술성적이 어떠했는지 알아보았다.

성재 학생의 반복되는 장폐쇄증이 과연 비수술적 방법만으로 해결되어 정상적으로 먹고 싶은 음식을 먹고 건강하게 학교도 다니며 살아갈 수 있을까? 하는 물음이 나를 억누르고 있어 병원에 출근해 성재나 성재어머니를 보는 일은 괴로움이었다. 그렇다고 다른 병원으로 가라고 해도 여러가지 이유로(아마도 경제적인 이유가 가장 큰 것이겠지만) 내게만 매달리고 있으니 강제로 다른 병원으로 이송시킬 수도 없었다.

성재가 우리 병원을 처음 찾아와 입원한지도 2년이 지났고 반복적인 입원 횟수도 아홉 번이나 되었다. 성재어머니는 이번에는 수술을 해서 풀어주지 않으면 퇴원하지 않겠다고 떼를 쓰기 시작했다. 성재어머니에게 프리케이션 수술에 대한 설명을 해주면서 한번 해볼 수 있겠지만, 나도 스승님께 들어보았던 수술 방법으로 문헌에서만 보았고 실제로 시행은 해보지 않았으니 마지막으로 해볼 수 있는 방법임을 이야기하였다. 그리고 이 방법으로 수술을 해도 다시 유착성 장 폐쇄가 나타나면 그 때는 할 수 있는 방법이 없다는 점을 알려주었다. 그래도 수술을 원하는지 결정하라고, 이번에는 내가 성재어머니를 압박했다. 그래야만 다시는 수술 이야기를 못하고 그것이 내가 자유로울 수 있는 방법일 것 같았다. 다음날 아침 일찍 성재어머니가 진료실로 찾아왔다. 수술을 해달라는 것이었다.

막상 수술을 하려니 걱정되는 것은 나였다. 복강 속의 유착된 장을 분리한다는 것이 얼마나 힘들까 생각하니 한숨이 절로 나왔다. 그러나 이제는 피할 길도 없었다. 수술을 하기로 결정한 이상 최선을 다하는 일만 남았다. 위장관 감압튜브를 긴 튜브(Long tube)로 삽입하고 수술을 시작하였다. 미리 예측은 했지만 우선 복막에서부터 유착된 장을 분리하는 일부터가 난공사였다. 그리고 유착된 장을 분리하려니 장막과 장간막의 손상이 심했다. 손상된 장막과 장간막을 조심스럽게 손질하며 십이지장부터 회장까지의 전체 소장을 분리하였다.

그리고 긴 튜브를 밑으로 내려 튜브의 끝을 회장–맹장 이행부에 위치시켰다. 이어 튜브가 들어있는 소장을 주름치마 접듯 지그재그로 접어 올라갔다. 또 잘 접히지 않는 부위는 장간막과 장간막을 봉합으로 고정시켰다. 이제 수술 후 장이 유착되겠지만 주름치마 접듯 지그재그로 접은 상태로 유착되도록 유도해 놓은 것이다. 수술은 어렵게 마쳤다.

수술 후 튜브는 흡입기에 부착하여 장 내용물을 흡입하며 약 10일간 감압을 시켰다. 그사이 환자는 장운동도 돌아오고, 가스 분출도 잘 되었다. 흡입기를 튜브에서 제거한 후 성재에게 물을 먹여 보았다. 물을 먹은 성재는 물맛이 꿀맛이란다. 2주가 지난 후부터 튜브를 하루에 약 50cm 정도씩 뽑기 시작했고, 그러면서 물을 미음으로 바꾸어 먹이기 시작했다.

1주일에 걸쳐 튜브를 제거하고 5일이 지난 후부터 죽을 먹게 했다. 죽을 먹는 상태에서 1주일을 더 지켜본 후 성재를 퇴원시켰다. 그사이 수술상처는 치유가 끝났으므로 성재를 퇴원시키면서 "다시는 병원으로 나를 찾아오지 말거라. 만약 다시 장 폐쇄가 오면 아무리 돈이 없어도 성재어머니가 모든 것을 버릴 각오를 하고 대학병원으로 가서 치료를 해달라고 매달려라. 그런 큰 병원의 의사선생님들을 괴롭혀라. 그런 병원에는 의사선생님들이 많으니까 괴롭혀도 서로 협진하여 돌보니까 의사선생님들도 힘이 덜 들 것"이라고 말해 주었다.

정말 2년 넘게 성재 학생에게서 받은 스트레스는 엄청난 것이었다. 나 나름대로는 독한 말을 한다고 한 것이다. 정말로 또다시 장 폐쇄가 온다면 비수술적으로 위장관감압튜브를 삽입했다 제거했다 하는 일 밖에는 해줄 것이 없다고 생각했다. 또 다시 수술을 한다는 것은 생각만 해도 끔찍한 일이었다.

한편 성재 학생도 어린 학생이 그 오랫동안 튜브를 삽입했다 제거했다 하였으니 코와 목이 얼마나 아팠을까 생각하면 측은한 생각이 이루 말할 수 없다. 그런 성재 학생이 퇴원하고 다시 학교에 다니면서 체육시간에 힘이 들어 운동은 못하고 참관을 하겠다며 진단서를 써달라고 수차례나 성재어머니가 찾아왔었다. 이렇게 고등학교를 졸업할 때까지 간접적이기는 해도 성재어머니와의 만남이 있었다.

그로부터 15~6년이 지나 성재 어머니의 전화를, 그것도 성재가 건강하게 성장하여 결혼도 하고 아들도 낳았다는 소식을 들으니 얼마나 기쁜 선물인가. 어렵지만 아들 하나만 바라보고 착하게 사는, 그래서 아직도 많은 나이임에도 일하던 병원에서 힘든 일을 하며 살아가는 성재 어머니께 하느님께서 큰 선물을 주신 것이라고 생각하며 모성애의 위대함을 생각해 보았다.

70대의 대장피부누공 환자

70대 중반의 남루한 차림인 여자 지 씨 환자가 추운 겨울 날씨에 고통스러운 표정으로 혼자 진료실로 들어왔다. 환자가 들어서자 사람의 분변 냄새가 불쾌하게 났다. 어디가 불편해서 오셨느냐고 물으니 수술 후 우측 복부에 난 상처 때문에 치료를 받으러 왔다고 했다. 직감적으로 복부 상처가 오염 되었구나 하는 생각이 들었다. 추위를 피하려 두껍게 끼어 입은 낡은 옷을 벗기고 복부를 관찰하며 놀랐다. 복부 정중앙에 넓은 수술창이 있는데, 넓은 수술창은 장위에 피부로 덮인 수술창 탈장을 보이고 있었고, 우측 옆구리 쪽으로는 분변이 배출되는 누공이 형성되어 있었다. 그리고 누공 주위의 피부는 짓무름으로 부식이 심하였다. 그러니 환자의 통증이 심할 수밖에 없었다.

환자에게 병력을 청취했다. 20여 년 전 교통사고로 장이 파열되어 지방 종합병원에서 개복수술을 시행하였으나 상태가 좋지 않아 재수술을 하였고, 그 후에도 수술창의 염증으로 수술창을 열어놓고 농을 닦아냈으며 우측 복부로 인공항문을 냈었다고 했다.

그 후 환자는 서울의 유명 대학병원으로 옮겨 수차례 수술을 하면서 수술창의 염증으로 벌어진 탈장부위는 피부이식을 시행하여 장을 덮어 주었고, 인공항문은 복원술을 받고 항문으로 정상적인 배변을 하게 되었다. 그러나 그 후 다시 인공항문이 있었던 부위가 곪아 그 부위를 열어 농을 제거하면서 치료를 해왔다고 했다. 그 후부터 현재의 상태가 지속되어 심한 악취와 함께 변이 포함된 농이 나왔다고 했다.

　　그러나 최종 치료를 했던 대학병원에서는 더 이상 치료가 안되니 그대로 살라고 해서 가해자 측과 치료종료로 합의를 보고, 20여년을 현재의 상태로 살아왔다고 했다. 때로는 심한 악취와 통증으로 괴로워 병원에 갔으나 해줄 것이 없으니 집에서 닦으라고 문전박대를 해서 집에서 스스로 닦으며 살아왔고, 그래도 주위가 쓰라리고 아플 때는 병원을 찾아갔으나 그럴 때 마다 거의 외면을 당하고 소독만 받고 왔다는 것이다. 그러다보니 가족들도 냄새가 역겨워 가까이 오기를 꺼려 손자들도 안아주지 못하고, 옷에 냄새가 배어 허름하고 낡은 옷만을 입고 생활하며 자식들과도 함께 사는 것이 부담이 되어 아들이 따로 마련해준 거처에서 혼자 산다고 했다.

　　노인이 홀로 생활하다 보니 환자분의 몰골은 초췌하기 그지없었고 영양상태도 불량했다. 누공 부위를 깨끗이 치료해드린 후 자식에게 연락하여 다음에는 함께 오시라고 했다. 이렇게 사실 수는 없으니 근본적인 치료로 누공을 없애는 치료를 할 수 있도록 자식에게 설명을 해 드릴테니 꼭 연락하여 함께 오시도록 당부를 했다.

다행히 다음날 지 씨 환자의 아들이라고 하면서 전화가 왔다. 나는 그 아들에게 "어머니를 치료해 드려서 고통에서 해방시켜드리라"고 설명하며 전화로는 길게 설명할 수 없으니 어머니가 치료받으러 오실 때 모시고 함께 오도록 부탁했다.

전화 통화를 한 다음날 아들은 어머니를 모시고 병원에 왔다. 나는 지 씨 환자의 아들에게 비슷한 환자를 치료했던 경험을 이야기 해주면서 치료가 불가능한 것이 아님을 이야기해주었다. "다만 어머니를 수술했던 의사분이 경험이 없어 수술하기를 회피하거나 아니면 워낙 여러 번 수술을 했던 환자에게 또다시 수술을 하기가 부담스럽고 엄두가 나지 않았을 것이다. 그리고 막상 수술을 했다가 누공이 계속되면 환자에게 미안하기 때문에 수술을 꺼렸을 것"이라고 설명하고 수술을 부탁해 보라고 했다.

그러나 보호자의 말은 "어머니를 수술했던 의사선생님은 어머니를 다시 보려고 하지 않고 병원에 가도 밑에서 일하는 젊은 의사에게 떠넘기고 만다"는 것이었다. 더욱이 지금은 그 의사도 그 병원에서 떠나시고 안계시다는 것이었다. 그렇다고 나에게 수술을 해달라는 것이었다. 그러나 의원을 운영하는 나로서는 이런 수술을 할 수 없음을 설명해 주고 내가 비슷한 환자를 치료했던 경험을 들려주고, 가서 이야기 해보라고 해 주었다. 보호자는 어머니를 치유할 수 있다는 말에 희망을 가지고 다시 한 번 수술을 했던 병원에 가보겠다고 했다.

나도 20여 년 전 70대의 여자 변 씨 환자가 다발성 회장말단부 천공에 의한 복막염으로 수술을 시행한 후에 지 씨 환자와 비슷한 경험을 한 적이 있었다. 변 씨 환자는 심한 복통으로 집근처 내과의원에서 치료를 받다가 환자 상태가 나빠지자 우리병원 응급실로 보내졌다. 진찰을 해보니 범발성 복막염이 의심되었으나 복부 X-ray 사진에서는 유리기체는 발견되지 않았다.

그러나 환자의 상태는 외과적인 수술을 요한다는 판단밖에는 약물치료로는 해결될 환자가 아니었다. 문제는 환자의 전신상태가 너무나 쇠약하고 좋지 않았다. 발병한 이후로 제대로 먹지도 못하고 잦은 설사로 탈수도 심한 편이었고 전해질 불균형도 심했다. 내과의원에서 매일 수액 한 병씩을 맞았다고 했으나 근본적인 문제가 해결되지 않아 환자의 상태가 나빴다. 환자 보호자에게 수술 후의 여러 가능성 심지어는 생명을 구할 수 없을지도 모른다는 설명을 하고 각서를 받은 후 수술을 시행하였다.

개복을 하고 보니 복강 내에는 장 내용물로 가득 오염이 되어 있었고, 회장 말단부와 맹장부분은 장벽이 심한 염증성 병변과 함께 부분적으로 괴사를 보이기도 했다. 나는 수년 전에 크론씨병의 천공에 의한 복막염 환자를 수술하고 고생했던 경험이 있어 이 환자도 같은 병이 아닐까 하는 생각에 광범위 절제술을 시행하고 회장우측결장문합술을 했다. 복강을 깨끗이 씻어내고 배액관을 삽입후 복부를 봉합하였다.

그러나 수술 5일 후에 수술창이 감염되어 봉합사를 제거하고 수술창을 개방하고 치료하기 시작하였다. 그리고 일주일쯤 지난 때에 배액관을 타고 장 내용물이 흘러나오기 시작했다. 문합부 누출이 생긴 것이었다. 환자에게 중심정맥하의 영양공급을 하여 회복을 도왔으면 하였으나 보호자들은 경제적인 이유로 거절하였다.

수술 2주 후에 나온 병리조직검사는 의외로 장결핵이었다. 재수술을 생각해 보았으나 쉬운 문제가 아닐 뿐만 아니라, 또 다시 문합부 누출이 생기지 않고 깨끗하게 치유된다는 보장을 할 수도 없는 일이었다. 게다가 환자와 보호자도 모두 거절하였다. 환자에게 음식을 공급하자니 문합부 누출이 막히지 않게 생겼고, 일반적인 포도당 수액만으로는 영양 상태를 향상시킬 수도 없고, 그러니 항결핵제도 투약할 수 없는 막막한 심정이었다. 영양공급을 향상시킬 좋은 방법이 없었다.

나는 모험을 하기로 했다. 문합부 누출로 인한 장 내용물이 복강 내로 흘러들어 다시 복막염을 유발하지 않는다면 차라리 장 피누공을 인위적으로 형성되게 한 후 환자의 상태가 좋아진 다음에 누공을 막아주는 수술을 하는 것이 좋지 않을까 생각했다. 그리고 만약 누공을 막아줄 수 없다면 차라리 인공장루로 생각하고 인공장루주머니를 차고 다니게 하는 편이 낫겠다는 생각으로 보호자들에게 계획을 설명하니 보호자들도 동의해 주었다. 하기야 보호자들의 입장에서는 어려운 경제적인 형편에서 언제까지 병원에 어머니를 입원시켜놓을 수도 없는 입장이었다.

복강 내의 오염이 어느 정도 해결되고 장피누관이 형성되었으리라고 판단되는 수술 약 2개월 후부터 음식을 드렸다. 그리고 음식을 먹으면서도 배액관으로 나오는 분비물은 회장루에서 나오는 것과 같은 종류의 장 내용물이었다.

처음 음식을 먹을 때에는 많은 양의 분비물이 나왔으나 시간이 지나면서 줄어들기 시작하였다. 다행히 모험은 성공적으로 진행되어갔다. 배액관을 제거하고 누공이 형성되도록 방치하였다. 변 씨 환자는 음식을 먹기 시작하여 배변도 잘 보고 누공으로는 분비물이 많이 나오지는 않았다.

보호자들에게 이야기하여 고단백 음식을 드리도록 부탁하여 병원에서 드리는 식사 외에 집에서 해온 고단백 음식을 더 드시게 했다. 변 씨 환자는 나날이 얼굴에 화색이 돌고 체중도 늘기 시작하였다. 음식을 먹기 시작한 1개월 후에는 감염되어 개방시켰던 수술창도 깨끗하게 되었으나, 넓은 수술창의 장을 덮고 있는 것은 육아조직이었으므로 불안하였다. 피부이식을 한 후 퇴원을 준비하자고 보호자에게 설명하여 동의를 받았다. 어느 정도 피부가 탄력을 받는 상태에서 대퇴부의 피부를 떼어다가 이식을 하였다. 다행히 피부이식은 한번으로 성공하였다.

이제는 복부의 수술창도 피부가 덮어주니 환자는 옷을 입을 수 있었다. 변 씨 환자는 병원에 온지 약 5개월이 지난 후 누공 부위의 피부 관리는 집에서 닦아주도록 교육을 시킨 뒤 통원치료를 하도록 하고 퇴원하였다. 퇴원 후 환자는 집에서 누공 주위 피부를 깨끗이 닦으면서 관리를 하고 외출 시에는 인공장루주머니를 부착하였다.

그러나 시간이 지나면서 누공 주위 피부가 짓무르고 아프며 지저분하고, 특히 가족들이 역겨운 냄새가 나는 것을 참기 어렵다고 호소하기 시작했다. 물에 빠진 사람 건져놓으니까 보따리 찾아달라는 속담이 있듯 이제 변 씨 환자는 누공을 해결해 달라고 매달리기 시작했다. 손자들을 마음대로 안아줄 수도 없고, 손자들이 할머니한테서 냄새가 난다고 안 오려고 하니 서운하다는 것이었다.

복벽 탈장에 심한 장유착 상태에 있는 환자의 장피누공을 해결하기 위해 다시 복부에 칼을 댄다는 것은 또 다른 문제를 만들 수 있는 가능성이 있다. 그래서 환자와 보호자에게 불편한 점이 있더라도 현재의 상태로 살아가는 것이 최선의 방법일 것이라고 설득하였다. 그러나 누공 주위의 치료를 위해 병원을 찾는 일이 빈번해지면서 수술로 해결해달라는 요구도 점점 심해졌다. 이제는 환자를 만나는 일이 부담스럽게 느껴졌다. 그래서 때로는 단념하도록 모질게 이야기하기도 했다. 그러나 환자와 가족의 집착도 끈질겼다.

하는 수 없이 복부를 열지 않고 해결할 수 있는 방법을 찾아보기 시작했다. 수술 전 금식과 장세척으로 장을 깨끗하게 비우고 누관을 파내는 방법(Coring out)으로 누관만을 제거하는 방법을 생각해 보았다. 그리고 누관과 연결된 결장의 열린 부위를 변연 절제술을 하듯 정리한 다음 결장을 봉합하고 누관을 파낸 부위는 봉합하지 않고 자연히 조직이 차올라올 때까지 기다린 다음, 빈 공간이 어느 정도 새로운 조직으로 차올라와 수술창에 문제가 없음을 확인하고 봉합하는 방법을 생각해볼 수 있을 것 같았다. 그러기 위해서는 수술 전과 수술 후 누공부위가 막힐 때까지 금식을 시키며 영양공급을 정맥내로 해줄 필요가 있는데, 보호자들이 경제적인 부담을 할 수 있을까 걱정이 되었다. 보호자들의 의견을 들어볼 필요가 있었다. 그래서 변 씨 노인의 자녀들을 불러 수술을 해볼 수 있는 방법과 함께 실패할 수도 있다는 것을 말해 주고, 그 기간 동안 중심정맥을 통한 영양공급을 해야 함을 설명하였다.

어머니의 삶의 질이 중요하다고 주장하는 자녀들은 처음 수술했을 때와는 달리 돈이 들어도 어머니가 누공의 고통에서 해방된다면 경제적인 문제는 감당하겠다는 것이었다. 누공으로 고통받은지 1년이 다 되어 누공을 제거하는 수술을 하기로 하고 환자를 입원시켰다.

중심정맥을 잡고 다음날부터 금식을 시키며 장 세척제를 복용시켰다. 3일간 장세척을 하니 장 내용물이 더 이상 나오지 않는 것을 확인할 수 있었다. 장내 세균을 제거하고자 수술 하루 전 항생제를 복용시켰다. 수술 당일 위장관 감압튜브를 비강을 통해 삽입했다. 수술은 누관을 따라 파고 들어가 결장 누출부까지 완전하게 제거한 후 열린 결장부분은 염증조직을 깨끗하게 제거하고 봉합했다. 물론 유착과 염증성 변화가 심해 쉽지는 않았다. 피부결장 누관을 제거한 공간은 봉합하지 않고 개방해 두었다. 조직이 재생되어 자연스럽게 충전되기를 기다렸다. 그동안 위장관 내용물을 흡입해 내서 장 내용물을 없애주는 노력과 함께 중심정맥을 통한 영양공급을 시행했다.

수술 1주일이 지나면서 개방해 두었던 누공부위에 조직이 차올라오는 것을 확인할 수 있었다. 위장관감압튜브를 제거했다. 그리고 3일 후(수술 10일 후)부터 물을 먹게 하고 하루씩 단계별로 미음과 죽으로 올라갔다. 다행히 누공이 있던 부위에 이상 소견이 없었다. 수술 후 2주 째 되는 날 누공을 제거했던 개방된 수술창을 봉합하고 죽을 먹으면서 배변에 문제가 없는 것을 확인하고 수술 20일째 되던 날 변 씨 노인은 퇴원하였다.

그동안 환자는 항결핵제도 더 이상 복용이 필요 없을 정도로 장결핵에서 해방되었다. 변 씨 노인의 결장피부누공을 치료한 후에도 비슷한 유형의 환자를 한 번 더 치료한 경험이 있어, 진료실을 찾은 지 씨 노인과 아들에게 장피누공을 치료할 수 있으니 희망을 가지고 수술했던 병원에 가서 수술을 강력하게 요청하라고 말해주었다.

그 후 약 1주일이 지나 치료를 받으러 온 지 씨 노인과 아들은 수술을 받았던 병원에서 누공을 없애는 수술을 하기로 했다고 희망에 차서 기뻐하며 돌아갔다. 그리고 약 2개월이 지나 지 씨 노인과 아들이 수술을 잘 받았다면서 기뻐하며 고맙다고 다시 찾아왔다. 물론 수술창이 감염이 되어 다시 열었다가 좋아진 후 봉합했다면서 다시 봉합한 수술창은 우리 병원에서 치료받겠다는 것이었다. 그동안 지 씨 노인에게서 나던 역겨운 냄새는 사라졌고, 할머니도 손자들을 만날 수 있고 안아줄 수 있게 되어 행복하다고 했다. 지금도 지 씨 노인은 남해의 고향집을 오가면서 몸에 이상이 있으면 나를 찾아온다.

이럴 때 외과의사는 감사하다. 신이 주신 재능으로 한사람의 환자와 가족들을 고통에서 헤어나게 하였으니 삶의 보람이 아니겠는가. 이처럼 삶의 질이 중요한 것을 다시 한 번 느끼면서 외과의사의 손은 예술가의 손과 같아야 한다는 생각을 해본다. 그리고 이 땅에 많은 외과의사들이 사명감을 가지고 보람 있게 환자를 돌볼 수 있게 되기를 기대해 본다.

상장간정맥 폐쇄에 의한
소장 및 결장 괴사

나는 언제나 출근을 하면서 응급실에 들러 지난밤 응급실로
내원한 환자들은 어떤 환자들이었으며, 또 그 환자들을 어떻게
처치하였는지 확인하는 것으로 하루 일과를 시작하였다.

그날도 출근하면서 응급실에 들어섰다. 50대 중반의 남자 환자
가 심한 복통을 호소하고 있었다. 당직의사에게 그 환자에 대하
여 물어보니 환자가 도착한지 얼마 안 되어 제대로 파악이 안 되
었는데 복막염이 의심된다는 것이었다.

환자는 복통이 심하여 식은땀을 흘리면서 진통제라도 놓아달
라고 호소하는 것이었다. 문진을 해보니 환자는 새벽부터 갑자기
배가 아프면서 구역질이 나서 병원을 찾아왔다면서 안절부절 못
하였다.

혈압은 약간 낮은 편이었고 맥박은 빨랐다. 체온은 미열을 보
였다. 복부는 약간 팽만되었으며 압통 및 반사통이 심하였다. 과
거력상 환자는 특이한 병력은 없었지만 심한 음주와 흡연을 하
는 사람이었다.

X-ray 소견상 소장폐쇄 소견을 보였다. 복부 수술을 받은 병력

이 없는 사람에게서 나타나는 장폐쇄는 수술 후 나타나는 장 유착에 의한 장폐쇄와는 다른 관점에서 생각해야 한다. 일반적으로 유착성 장폐쇄는 위장관 감압튜브를 비강을 통해 위에 삽입하여 위장관을 감압시키면서 비수술적 치료를 하다가 폐쇄가 풀리지 않거나 악화되는 소견을 보이면 수술을 시행하는 것이 치료의 수순이었으나, 이 환자와 같이 수술력이 없는 장폐쇄 환자는 장유착에 의한 장폐쇄가 아니므로 복강내에 장폐쇄를 유발한 병변이 있을 것이므로 처음부터 수술적 치료를 하는 것이 원칙이다. 더욱이 이 환자와 같이 심한 복통을 호소하면서 장폐쇄 징후가 보이면 응급 수술을 해야 한다.

수술실에 응급 수술이 있음을 알리고 수술준비를 하도록 지시한 후 외래 진료실에 들러 약속된 외래 환자를 본 다음 수술실로 가서 수술을 시작했다. 개복을 하고 보니 전체의 소장이 풍선처럼 부풀어 있으면서 장의 색깔이 흑갈색으로 죽어 있었다. 장간막 동맥을 만져보니 동맥의 맥박이 전혀 느껴지지 않았다. 그리고 장간막을 펼쳐보니 상장간막 정맥이 혈전으로 가득 막혀있었다. 상장간막 정맥으로 들어가는 모든 분지의 정맥도 혈전으로 막혀있었다. 소장 전체와 우측 결장의 혈액순환이 막혀있고 장은 이미 괴저되어 살아날 수 없는 상황이었다.

상태가 심각하고 수술 후에 나타날 수 있는 여러 가지 문제점도 고려해야 하므로 보호자에게 병변을 보여주고 설명해놓는 것이 후에 일어날 수 있는 문제를 풀어나가기가 쉬울 것으로 판단하였다. 보호자를 수술실로 들어오게 하여 문제가 된 장을 보여 주고 환자의 상태가 좋지 않다는 것을 알려 주었다.

문제는 전체 소장과 우측 결장을 절제할 때 나머지 장을 문합하여 살릴 수 있는 장의 길이가 얼마나 되느냐는 것이다. 그래도 혈액순환이 되고 있는 공장 기시부가 트라이쯔인대(Treitz ligament) 하방 약 20cm 정도 되었고 간만곡부를 지나 횡행결장과 하행결장은 혈액순환이 되고 있었다.

괴저성 병변을 보이는 전체의 소장과 우측결장을 절제하고 공장 기시부와 횡행결장을 문합하는 수술을 시행하였다. 수술 후 환자의 소화관은 위, 십이지장, 약 20cm 길이의 공장과 바로 이어지는 좌측 부분의 횡행결장과 하행결장만 남게 된다. 수술 후 환자에게 나타날 단장증후군(Short bowel syndrome)을 염려하지 않을 수 없었지만, 그래도 우선 환자의 생명을 살려놓고 보아야하기 때문에 다른 방법을 생각할 수 없었다. 문제는 장간정맥 혈전이 왜 발병하였으며 또 다른 부위에는 이런 현상이 없는지 확인할 방법이 없다는 것이었다.

다행히 수술대에서 촉지되는 다른 부위의 동맥들은 맥박이 좋았고 장기의 빛깔도 정상적이었다. 수술을 마친 후 절제한 장을 보호자들에게 보여주며 환자의 상태를 다시 한 번 설명하고, 이후 나타날 문제점들에 대하여 설명하였다. 이제 수술은 끝났으나 문합부가 잘 융합되어 누출과 같은 병발증이 없어야 되는 것이고, 그 다음으로는 단장증후군을 어떻게 해결해 주느냐 하는 것이었다.

중심정맥에 의한 고농도 영양요법을 시행하였다. 다행히 문합 부위는 아무 문제없이 잘 융합되어 수술 2주 후부터 정상적인 음식을 먹게 하였다. 예상했던 대로 음식을 먹고 나면 오래지 않아 묽은 변으로 배설되는 것이었다. 장 내용물을 장내에 오래 머물게 하고 설사를 방지하기 위하여 약물을 복용시키고 정맥을 통한 수액과 영양제의 투여를 병행하며 환자가 신체조건에 적응되도록 도왔다. 환자의 경제적인 문제로 수술 후 약 1개월 만에 퇴원하고 외래를 통해 추적관찰을 하였다. 환자는 하루 여러 차례의 식사를 통해 삶의 의지를 불태웠으나 체중은 점점 줄어들고 근육은 위축되어갔다. 그리고 골격만 앙상한 상태로 열심히 살아갔다.

환자의 삶에 대한 애착과 의지력이 대단했다. 이렇게 수술 후 4~5년이 지났을 무렵 환자는 회갑을 맞았다고 회갑 떡을 들고는 기쁘게 찾아왔다. 그리고는 하루에 여러 차례 식사를 하고 또 여러 차례 화장실을 다니기는 해도 약물 복용도 줄였으니 공기 좋은 시골에 가서 살면 어떻겠느냐고 물어왔다.

사실 체력도 허약해져 있고 면역력도 떨어져 있을 사람에게 의료시설이 가까이 없는 시골에 가서 살라고 하는 답을 주기는 쉽지 않았다. 그러나 환자는 이미 마음의 결정을 하고 온 것 이므로 내가 막는다고 포기할 사람이 아니었다.

환자에게 수술소견을 요약해 주고 시골에 가더라도 가까이에 병원을 정해놓고 필요할 때 가서 이 기록물을 그 병원의 의사선생님께 드리고 도움을 받으라고 했다. 그리고 필요하면 전화도 하고 본인이 오기 힘들면 보호자를 보내 약을 공급받으라고 했다. 이렇게 환자는 시골로 전원생활을 하겠다고 갔다. 그리고 시골로 간 후 약 2년 가까이 연락을 받았으나 그 이후 소식이 끊겼다.

무소식이 희소식이기를 바라며 그 환자의 평화와 행복을 빌 수밖에 없었다. 내 의창에 바람처럼 스쳐가는 사람들이라 해도 의사는 끝까지 의사로 남아 가끔씩 안부를 궁금해 하고 건강하게 살아가 주기를 빌어준다.

외상성 췌장 파열을 입은
조직폭력배 환자

외래 진료가 끝날 무렵 응급실에서 범발성 복막염이 의심되는 환자가 있다는 연락이 왔다. 수술이 필요하다면 수술실 직원들이 퇴근을 하지 못하게 해야 하므로 급히 응급실로 갔다. 30대 후반의 젊고 건강해 보이는 환자는 복통을 심하게 호소하고 있었고, 특히 압통과 반사통이 복부 전체로 심했다. 복부 팽만은 거의 없었다. 그러나 환자의 진찰 소견만으로도 수술이 필요한 복막염 환자였다. 수술실에 응급 수술이 있으니 대기하라고 연락을 취하게 하고 환자를 자세히 진찰했다. 복통은 2일 전에 발병했으며 술을 많이 마시고 2층 계단에서 구른 후부터 복통이 나타났다는 것이다. 전날 밤 개인 의원에 가서 진통제 주사를 맞고 집에 갔다가 다시 심해져 그 병원에 갔더니 큰 병원에 가보라고 해서 왔다고 했다. 과거 병력은 없었고 음주와 흡연은 심하다고 했다.

맥박이 빠른 것 이외에는 발열도 없고 혈압도 정상이었다. X-ray 소견상 의심되는 유리기체도 보이지 않았다. 복부 초음파 소견은 복강내 특히 간 밑에 혈액으로 의심되는 수액이 고여 있고, 장의 부종이 심해 병소를 뚜렷하게 찾을 수 없다고 했다. 이러한 경우에 복부CT가 필요한데 우리 병원에 없는 것이 답답할 뿐이었다.

보호자라는 사람들은 직장 동료라는 건장한 젊은 사람들이 7~8명 있었고, 다른 가족은 없었다. 환자에게서 평소에 특별한 위장관 질환을 의심할 만한 소견은 없었다고 했다. 환자는 외상에 의한 장파열 보다는 장간막 손상에 의한 복강내 출혈일 가능성이 높다고 생각되었다.

환자와 보호자로 온 동료들에게 수술이 필요함을 설명하고 수술동의서를 쓰도록 했다. 그런데 수술동의서를 써야 할 직계 가족이 없는 것이 문제가 되었다. 그때 직장 동료라고 온 사람들 중 연장자인 듯 보이는 사람이 자기가 보호자로 쓰겠다며 다른 사람들에게 자기 이름을 쓰라고 하였다. 그는 내게 명함을 건네고는 수술을 잘 부탁한다면서 꼭 이 병원에서 수술해 달라는 것이었다.

명함을 보니 인천의 모 건설회사 사장으로 되어 있었다. 나는 환자가 건설회사 직원이고 직원이 술 먹고 다쳐서 동료들과 사장이 환자를 데리고 온 것으로 생각하였다. 사장과 직원들이 의리가 있다고 생각하며, 그래도 수술을 해야 하는 환자이니 가족에게 연락해 달라고 부탁했다.

수술을 시작해서 개복을 하니 복강 내에 피는 고여 있지 않고 참출물이 고여 있으며, 우측 상부의 후복막 부종이 심하고 십이

지장 주위와 췌장 두부주위의 후복막은 괴사 소견을 보이고 있었다. 부종이 심한 후복막을 절개하고 보니 췌장 두부가 파열되어 있었고 주위는 괴사된 조직과 참출물로 범벅이 되어 있었다.

2층 계단에서 아무리 심하게 굴렀어도 이렇게 된다는 것이 도저히 이해되지 않았다. 무슨 말 못할 사정이 있을 것 같은 예감이 들어 환자를 다른 병원으로 전원시키고 싶었다. 보호자들이 있는지 확인하니 수술실 앞에 동료들이 있다고 했다. 수술을 잠시 중단하고 동료들을 만나 가족이 왔는지 확인하였으나 가족은 아직도 오지 않았다고 했다.

하는 수 없이 동료들에게 환자의 상태를 설명하고 이러한 환자의 수술은 외과에서 가장 힘들고 까다로운 수술이며 수술 후 나타날 수 있는 여러 가지 합병증이 있으니 대학병원과 같은 3차 의료기관으로 옮겨서 수술을 받도록 하자고 권유하였다. 동료들은 사장님께 연락을 취해 보아야 한다며 공중전화로 가서 전화를 하였다. 그리고 돌아와서는 사장님이 그대로 여기서 최선을 다해 수술을 하라고 했다면서 최선을 다해서 살려달라고 부탁하는 것이었다.

하는 수없이 수술을 하기로 했다. 사실 인턴과 가정의 전공의를 데리고 외과 분야에서 가장 힘든 수술 중 하나인 휘플술식의 수술(위의 말단부와 담낭, 총담수관, 십이지장 및 췌장 두부를 모두 절제한 후 위와 공장, 총수담관과 공장, 췌관과 공장을 문합하고 각 문합부마다 누출을 막기 위해 배액관을 삽입하는 복잡한 수술)을 한다는 것은 무모할 정도이다.

내가 수련을 받을 때도 이러한 수술을 하려면 수술실에 들어가기 싫어하는 수술이었고 수술 후에도 환자 관리가 힘든 수술이었다. 이러한 수술을 중소 종합병원에서 한다는 것은 여간 부담이 되는 것이 아니었다. 그러나 피할 수 없는 운명이므로 밤을 새워 그리고 다음날 낮 시간까지 계속하여 수술을 시작한지 24시간이 지나서야 마쳤다.

마취에서 깨어난 환자를 중환자실로 옮겨 집중치료를 하도록 하였다. 비강위장관감압 튜브는 흡인기에 부착하여 위장관액을 제거하고, 총수담관공장문합부에 삽입한 티자관(T-tube) 배액관과 췌관공장문합부에 삽입한 배액관은 배액이 잘되도록 하여 담즙배액주머니에 연결하였다. 혹시라도 환자가 무의식중에 배액관이나 감압튜브를 제거하는 일이 없도록 손을 침대에 고정시켜 놓았다.

수술이 끝난 후 환자의 부인이 병원에 와서 중환자실 보호자 대기실에 있었다. 부인이 왔음에도 회사 동료들도 항상 함께 있었다. 참으로 의리 있는 동료들이고 회사라고 생각했다. 나도 환자를 돌보기 위해 병원에서 또 하루를 지냈다.

다음날 오전 외래 진료실로 검찰청 수사관들이 와서 면담을 요청하였다. 내가 죄지은 일이 없는데 왜 나를 찾아왔을까 의아하게 생각하며 그들을 맞았다. 수사관들에게 "나를 찾아온 목적이 무엇이냐"고 물었더니 어제 수술을 받은 환자에 대하여 묻고자 왔다면서 수술 소견을 묻는 것이었다.

아무리 검찰청 수사관이라도 타인의 병력을 함부로 알려달라는 것은 불법이므로 이유를 물었더니 수사상 필요하다는 것이었다. 그러면서 병원에서는 환자가 왜 다쳤다고 말했느냐는 것이다. 나는 환자와 회사동료들이 이야기 한 대로 술에 취해 2층 계단에서 굴러 떨어져서 다쳤다고 했다고 답해주었다. 그리고 환자가 어디를 얼마나 다쳤는지 이야기해 달라고 해서 췌장 손상을 입은 상태와 수술을 시행한 경과 및 환자의 예후가 안심할 수 없다는 점을 설명해 주었다.

수사관들은 계단에서 굴러 떨어져서 그렇게 다칠 수 있느냐고 물었다. 나는 "사실 수술을 하면서도 그것이 궁금했다. 2층 계단에서 굴러 떨어져서 췌장이 파열된다는 것이 이해가 되지 않아 무엇인가 숨기고 있다는 의심을 가졌었다"고 설명하면서, 수사관들에게 의문점을 이야기 해주었다.

수사관들은 환자가 폭력조직원이며 반대파 조직원들에게 집단으로 폭행을 당해서 방치되었다가 개인 의원을 거쳐 병원으로 옮겨졌다고 설명해 주었다. 그런데 환자의 복부에서는 외상의 흔적을 발견하지 못했는데 어떻게 이처럼 심하게 다칠 수 있느냐고 물어보니, 모포로 싸서 물을 붓고 엎어놓고 몽둥이나 쇠파이프로 구타를 하면 외상이 잘 나타나지 않는데 바로 이 환자가 그렇게 집단 폭행을 당했다고 하였다. 수사관들은 환자가 사망하지 않았나 하고 찾았다는 것이다.

후에 알게 된 일이지만 이 폭행사건은 당시 그 지역에서 서로 다른 두 파의 폭력 조직 간에 이권 다툼으로 벌어진 사건으로 환자가 속한 조직과 환자의 처남이 속한 조직 간의 싸움이었다. 환자의 처남이 속한 조직원들이 반대파의 중간 행동대장이었던 환자를 집단 폭행한 것이었다. 그리고 환자를 치료하는 과정에서 보니 환자의 부인은 결국은 남편 보다는 오빠가 속해 있는 남편을 폭행한 조직에 기울어 있음을 보고는 놀라움을 금할 수 없었다.

또한 처음에 병원에 와서 수술동의서에 서명을 한 건설회사 사장은 이 조직의 보스였고, 회사 동료들이라던 사람들은 조직원들이었다. 이 동료들은 늘 2~3명씩 짝을 지어 병원을 지키며, 자기 동료 조직원들만 환자에게 면회를 허용했다. 부인 이외의 다른 사람들에게는 환자에게 접근하지 못하도록 엄격히 통제하고 있었다. 그리고 검찰 수사관들이 나타나면 어떻게 알았는지 모두 자취를 감추었다가 수사관들이 돌아가면 나타나곤 하였다. 건설회사 사장이라고 명함을 건넸던 보스는 처음 응급실에 왔을 때 이후로는 병원에 나타나지 않았다.

환자는 수술 후 비교적 의료진의 말을 잘 듣는 듯 했고 병원을 지키고 있는 동료들도 비교적 병원의 규칙을 잘 따라 주었다.

수술 후 4일이 지나자 환자의 상태가 안정을 보였다. 모든 부착된 배액관으로도 배액이 잘되고 있었다. 보호자(동료들)가 중환자실은 복잡하고 다른 중환자들 때문에 환자가 안정이 안되니 환자를 1인병실로 옮겨달라고 했지만 거절했다. 그리고 환자는 손을 묶어놓은 것을 불편해 하며 풀어달라고 하였다. 환자의 편의를 생각해서 보호자(동료들)가 면회를 하는 시간에만 묶은 손을 풀어놓아 팔을 움직이고 보호자들과 손을 잡게 허락했다. 그리고 면회가 끝나면 다시 손을 묶어 고정시켜 혹시라도 있을 수 있는 배액관을 뽑는 일이 없게 하였다.

환자의 면회는 동료 조직원들이 철저하게 감시하여 부인과 동료 조직원에게만 면회를 허용하며 의료진의 지시에도 잘 협조해 주었다.

이제 병원에 상주하는 동료 조직원들은 나에게 공손하게 인사도 잘 하고 나의 말도 잘 들었다. 자신들의 조직에 대하여는 이야기하지 않았지만 그들이 폭력 조직임은 이야기하고 반대파에게 공격당했지만 당하고 있지만은 않을 거라면서 언젠가 보복할 것이라고 말했다.

수술 후 6일째 되는 날은 토요일이었다. 오후 늦게까지 환자들을 점검하고 퇴근하였다. 저녁 늦은 시간 쉬고 있는데 병원에서 전화가 왔다. 응급실인줄 알고 받았더니 중환자실이라고 했다. 중환자실에 있는 환자는 이 환자 말고는 없는데 무슨 일이냐고 물었더니, 저녁 면회시간에 환자가 보호자들과 언쟁을 하며 소리를 지르고 침대에서 일어나 몸에 부착된 모든 배액관을 뽑아버렸다는 것이었다.

이 소식을 듣는 순간 나는 눈앞이 캄캄했다. 아직 수술 후 일주일도 되지 않아 모든 문합부위의 융합이 완전하다고 볼 수 없는 상태에서 문합부위 협착을 방지하고 감압을 시키고자 삽입한 배액관들을 모두 뽑아버렸다니… 비강을 통한 위장내 감압튜브 이외에는 총담수관공장문합부에 삽입한 T-tube(티자관)나 췌장공장문합부에 삽입한 배액관은 다시 삽입할 방법이 없는 것이다. 그리고 이들 문합부가 융합이 안되고 누출이 되면 다시 수술을 하여 문합을 하기도 불가능한 상황이었다.

그래도 환자를 보고 어떤 방법이라도 강구하기 위해 병원으로 갔다. 환자를 야단치고 비강위장감압튜브를 삽입하고 흡인기에 부착한 후 이러한 배액관들의 중요성을 다시 한 번 강조하였다. 또한 환자와 다투어 환자를 흥분시켜 이러한 상황을 유발하도록 한 보호자(동료)들을 야단치고 앞으로 올 수 있는 문제점을 설명해주었다. 이제는 환자를 주의 깊게 관찰하며 복강 내에 삽입한 배액관으로 분비되는 분비액을 자세히 관찰하며 지켜볼 수밖에 없었다.

그로부터 이틀 후 그러니까 수술 후 8일째 되는 날 복강내 삽입된 배액관을 통해 평소보다 많은 분비액이 나왔다, 위 내용물은 아니었으나 담즙액이 포함된 듯한 췌장액이 의심되었다. 이것은 췌장공장문합부의 누출을 의심해야 하는 일로 난감한 일이 아닐 수 없었다. 시간이 지나면서 복강내 배액관을 통해 분비되는 분비액이 담즙은 없었으나 췌장액임을 확인할 수 있었다. 다행히 총담수관공장문합부와 위공장문합부는 잘 융합되었고, 췌장공장문합부만 누출이 생긴 것이다.

다시 수술을 하여 문합을 한다는 것은 도저히 불가능한 일이므로 영양공급을 통해 자연 융합되기를 기다릴 수밖에 없었다. 환자 및 보호자의 동의하에 중심정맥을 통한 영양공급을 하기로 하였다. 복강내 삽입된 배액관을 통한 분비물의 배출이 줄어드는 듯 하여서 위장관감압튜브를 제거해 환자를 편안하게 해 주었다.

수술 후 1개월이 지나면서부터 치료비 문제로 환자 측에 문제가 생긴 것 같았다. 그동안 병원 측에서 중간정산을 요구하였지만 차일피일 미루더니 환자의 부인과 동료들 간에 치료비를 서로 떠넘기면서 복잡한 기류가 나타나기 시작하였다. 치료비가 많이 나오므로 특수 영양공급을 중단하고 먹게 해달라고 요구하며 병원의 지시를 외면한 채 면회시간을 이용하여 보호자들이 환자에게 음식을 먹이기 시작하였다. 또한 이를 제지하는 의료진에게 난폭하게 대하기 시작하였다. 그래도 주치의사인 내 말은 잘 듣던 동료들도 나에게 거칠게 대하기 시작하더니 환자의 부인은 나타나지 않고 동료들만이 병원을 드나들며 그들만이 환자면회를 하기 시작하였다.

이때부터 환자도 의료진의 말을 잘 듣지 않고 거칠어졌다. 그리고 중환자실 간호사가 보기에 면회객 중에 부인 말고는 여자가 없었는데, 부인이 오지 않는 다음부터 어떤 여자가 매일 한 번씩 면회를 와서는 물약 같은 것을 먹이고 갔다. 그런데 그것을 먹은 다음 환자는 조용하게 한 동안 있다가 일정 시간이 지나면 불안정해지고 거칠어진다며 무슨 약을 먹이는 것 같다는 보고를 하였다.

그리고 급기야는 중심정맥에 삽입한 도관을 환자가 뽑아버리는 불상사를 일으켰다. 나는 문제의 여자 면회객을 만나 환자에게 먹이는 것이 무엇이냐며 보여 달라고 하였더니 몸보신을 위한 한약이라는 것이다. 그리고 아무리 몸에 좋은 한약이라도 병원의 허락 없이는 함부로 줄 수 없고 병원에서 무엇인지 확인한 다음에 주어야한다고 하였다. 그 여자는 다음날 한약을 포장했던 비닐 팩을 가지고 와서 자기를 못 믿는다며 따졌다. 그리고는 도리어 병원에서 환자를 잘못 수술해서 퇴원을 못하게 해놓고 영양제만 놓으면서 치료비가 많이 나오게 한다고 항의하는 것이었다. 그러나 그 비닐 팩이 환자에게 먹였던 내용물이 담겼던 것인지는 알 수 없었다. 내용물이 들어있는 포장지를 보여줄 것을 요구하였으나 듣지 않는 것이었다. 그리고는 중환자실 직원들의 눈을 피해 환자에게 먹이곤 했다.

이때부터 환자의 동료들도 같은 말을 하며 병원에서 환자를 책임지라고 하기 시작하는 것이었다. 환자 또한 말을 듣지 않고 췌장액이 배액되는 배액관을 뽑아버렸다. 수술 후 2개월이 지나면서부터 동료들인 폭력 조직원들이 부쩍 늘어나 많은 사람들이 교대로 병원을 드나들면서 중환자실을 험악하게 몰아가기 시작하더니 나의 말도 잘 안 듣기 시작하였다. 그리고 환자를 1인 병실로 옮겨 달라는 것이었다. 췌장액 배액관을 어렵게 다시 삽입하면 얼마 되지 않아 뽑아버리는 일이 반복되면서, 나와 환자 및 동료 조직원들 간에는 기싸움이 시작되었다.

중환자실의 다른 환자들을 보호하기 위해 환자를 1인 병실로 옮겨주고 병실 간호사들에게 밀착하여 돌보게 하였다. 그러나 병실로 옮긴 후에는 음식도 통제되지 않았고, 면회오는 동료 조직원들도 안하무인격으로 병원을 드나들며 통제를 받지 않는 것이었다. 심지어는 병실에서 담배를 피우는 사람들도 목격되었고, 간호사들의 보고에 의하면 환자도 담배를 피우는 것 같다고 했다. 환자에게 확인하면 아니라는 대답만 하니 현장을 목격하지 않고서는 단정적으로 담배를 피웠다고 할 수는 없었으나, 심증적으로는 병실의 화장실에서 담배를 피우는 것 같았다. 이제 동료 조직원들은 병실을 자기 조직의 아지트쯤으로 활용하는 것 같은 느낌이 들었다.

나는 검찰청 수사관들에게 이런 어려움을 하소연 하였으나 그들도 제재할 길이 없다는 것이었다. 수사관들은 환자가 퇴원하기만 기다리고 있었다. 병실로 옮긴 후 약 보름, 그러니까 수술 후 약 3개월이 지날 무렵부터 환자의 상태에 이상이 나타나기 시작하였다. 췌장액 배액부위에서 악취와 함께 농이 나오기 시작했고 이어서 심한 고열이 나타났다. 췌장공장문합부 주위가 감염이 되었음을 나타내는 것이었다. 초음파 검사상 문합부 주위에 농양주머니가 형성된 것은 없었으나, 분비물은 많았다. 흉부 X-ray 검사에서는 폐렴소견도 보였다.

환자를 다시 중환자실로 옮겨서 치료를 하였으나 치료에 협조하지 않는 환자나 동료 조직원들 때문에 환자 상태는 오히려 점점 악화되고 있었다. 환자의 상태가 악화되면서 환자를 대학병원으로 옮겨서 치료를 받아보도록 권유도 해 보았지만, 가족이 아닌 동료 조직원들은 우리병원에서 끝까지 치료를 하겠다며 거절하였다. 부인에게 연락을 해도 연락이 되지 않는 답답한 상태에서 치료에 온 힘을 기울였으나 호전이 없었다. 3세대 항생제를 투여하였지만 반응이 없었고 환자는 패혈증에 빠졌다. 환자는 우리의 노력에도 불구하고 수술 후 약 4개월 만에 패혈증에 의해 사망하였다.

환자가 사망하자 치료비를 한 푼도 내지 않은 동료 조직원들의 태도가 급변하여, 병원을 위협하며 치료를 잘못해서 사망했으니 보상을 하라는 것이었다. 그리고 시신을 옮기지도 못하게 하고 직원들을 위협하기 시작하였다. 상대방 조폭에게 당한 분풀이를 병원에다 대고 하면서 돈을 뜯어내려는 계획된 행동 같았다. 우리는 경찰에다 보호를 요청하고 검찰 수사관에게 사정을 알렸다.

나는 중간 보스쯤 되는, 병원을 자주 드나들어 안면이 있는 부책임자격인 조직원을 불러 수차례 설득을 통해 사망 다음날에서야 시신을 영안실로 옮길 수 있었다. 그리고 치료비는 하나도 받지 못하고, 그들의 요구조건을 일부 수용해주고는 장례를 치르게 하였다. 병원을 찾는 다른 환자들을 생각한 조치였다. 그러지 않고서는 환자를 진료할 수가 없었다. 조직폭력배들이 병원을 지키면서 험악한 분위기를 만들고 있으니 병원 직원들도 겁에 질려 근무가 어렵고 환자들도 병원에 접근하기가 어려웠다.

결국 그들은 동료의 죽음으로 금전적인 이득을 취하려고 한 것이라는 생각밖에 들지 않았다. 환자를 수술한 후 검찰에 참고인 진술을 해준 일이 있었다. 그리고 환자가 죽고 나니 검찰에서 또다시 보강이 필요하다며 참고인 진술을 해달라고 찾아왔다. 검찰이 요구하는 대로 수술에서부터 치료와 그동안 환자에게 있었던 일과 사망에 이르기까지의 상황을 설명해 주었다. 검찰의 설명은 가해자들을 구속 기소하여 재판을 받는 중인데 상해치상 혐의로 기소했지만 피해자가 죽었으니 상해치사로 바꾸어야 되기 때문에 참고인 진술을 받은 것이라고 설명해 주는 것이었다.

그리고는 한동안 이 환자에 대하여 잊고 있었는데, 몇 달이 지난 후 가해자들이 징역 7년을 선고받았다고 검찰에서 알려왔다. 그 후 6~7개월이 지났을까, 보기에도 인상이 좋지 않은 건장한 젊은 사람 두 명이 찾아왔다. 면담을 하면서 그들이 죽은 환자의 가해자 편에서 온 사람임을 알았고, 그들의 용건은 그 환자가 죽은 것은 자기들이 폭행한 정도가 심해서 죽은 것이 아니라 병원에서 내가 수술을 잘못했고 치료를 잘못해서 죽은 것이니, 고등법원의 항소심 재판에 증인으로 나가 수술 잘못과 치료 잘못을 인정하는 증언을 해달라는 것이었다.

황당한 제안이었다. 나는 그 환자를 수술하고 치료하느라 4개월 동안 노력하였는데 이제 와서 나의 잘못으로 환자가 죽었다고 진술을 해달라니 어처구니없는 일이었다. 나는 그들에게 죽은 환자가 처음 응급실에 도착하여 수술하고 치료하며 죽을 때까지의 모든 기록이 병원에 보관되어 있는데, 나와 병원의 잘못으로 환자가 죽었다고 의심된다면 차라리 수사기관에 신고하여 수사를 받게 하라고 말하며 거절하였다. 그들은 피해자 측 조직원들에게 병원에서 치료비도 받지 않고 합의를 본 것이 병원 측의 잘못 때문이라고 생각하는 것 같았다. 나는 그렇게 합의한 것은 병원을 정상적으로 운영하기 위한 고육책이었다고 설명하였다. 그들과 입씨름을 하며 그들을 설득시켜 돌려보냈다.

그 후 피고인(가해자)측 변호사에게서 증인의 의견을 묻는 설문지가 왔다. 설문지에는 성실하게 답해 주었다. 그로부터 얼마간의 시간이 지난 후에 또 고등법원에서 증인으로 출두하라는 우편물이 왔다. 나는 이 문제를 평소 친분이 있는 법조인(당시 판사로 재직 중이었음)과 의논하여 증인으로 참석하지 못하겠다는 답신을 재판부에 보냈다. 피고인들이 원하는 답이 아니어서 그들에게 불리하다고 했을 때 나에게 어떠한 위해가 닥칠지 모르기 때문에 증인으로 나갈 수 없다고 답신을 보냈다.

그 후에도 증인 출석 요구는 몇 차례 더 있었고, 그 때마다 증인 출석을 못하겠다는 답신을 보냈다. 마침내는 구인을 하겠다는 통지까지 받았다. 그래도 나는 나의 신변을 안전하게 보호해준다는 보장이 없으면 나갈 수 없다고 회신을 보냈다. 마침 그즈음 법원에서 증인으로 출두했다가 피고인에게 불리한 증언을 했던 증인이 폭력배에게 위해를 입은 사건이 발생하였다. 그러므로 나는 더욱 안전을 문제 삼아 출석할 수 없다는 답을 보냈던 것이다.

증인 출석 문제로 지루한 줄다리기가 계속 되다가 그 재판은 내가 증인으로 참석하지 않은 상태에서 끝났다. 환자를 수술한 지 약 2년에 걸친 힘든 여정이었다. 그러나 재판이 종결되어 가해자가 처벌을 받게 된 후에도 나는 한동안 신변의 안전을 걱정하며 생활할 수밖에 없었다. 이 사건은 의사로서 최선을 다해 산 나의 일생에 가장 많은 회의를 안겨준 아픈 상처였다.

하반신 마비가 있던
괴사성 유방암 환자

　북경에서 개최되는 아시아태평양 암학회에 참석하기 위해 준
비하고 있던 때였다. 중국과 국교가 수립되기 전이라 중국여행을
하는 것은 까다로운 일이었다. 비자발급도 까다로웠고 안기부에
서의 보안 교육도 받아야 하는 등 바쁜 나날이었다.

　집안 누님이 유방에 기분 나쁠 정도의 통증이 느껴진다고 병
원에 오셨다. 좌측 유방에 만져지는 딱딱한 종괴는 작았지만, 주
위 경계가 깨끗하게 느껴지지 않았고 기분이 좋지 않게 만져졌
다. 일단 제거술을 시행하면서 응급동결절편검사를 시행하여 악
성종양으로 나오면 유방절제술을 시행하기로 하고, 다음날로 바
로 수술 일정을 잡았다. 중국에 가기 전 치료를 마치고 퇴원시킨
후 학회에 참석하기 위해서 서둘렀다.

　누님의 유방에서 종괴를 적출하여 동결절편검사를 시행하니
암으로 판명되었다. 따라서 유방암에 대한 유방절제술을 시행하
였다. 오전 수술을 마치고 학회 참석에 따른 준비물을 점검하는
데, 하반신이 마비된 50대 여자 환자(유 씨)가 휠체어를 타고 진
료실에 들어왔다. 문진을 하니 "유방에 종기가 나서 왔다"고 했

다. 언제부터 종기가 있었느냐고 물으니 오래되었는데 하반신 마비로 병원에 오기 힘들어서 이제 왔다는 것이다.

하반신 마비는 어려서 소아마비를 앓은 후부터 시작되어 걷지 못하고 휠체어로 이동하는데, 혼자서는 휠체어를 타지 못해 보호자가 있어야 다닌다는 것이다. 환자는 기독교 신자로 하느님에 대한 믿음이 강했다. 그리고 함께 온 남편 또한 부인을 위해 한시간 이상이 걸리는 거리를 휠체어를 밀고 왔으니 부인에 대한 사랑이 깊다고 할 수밖에 없었다.

환자는 상체 비만이 심한 편이었다. 남편과 함께 환자를 진찰대로 옮기고 진찰을 했다. 좌측 유방의 유륜부를 포함한 외측 상부에 커다란 궤양성 염증을 보이며 피부조직의 괴사가 심했다. 촉진을 해보니 유방전체가 종괴로 만져졌다. 그리고 좌측 액와부와 쇄골상부에서 림프절종대가 여러 개 촉지되었다. 나는 임상적인 진단으로 진행성 암이라고 판단했다. 순서대로 한다면 초음파 검사와 조직검사를 하고 결과를 기다려 수술여부를 결정해야 했다.

환자에게는 종기라고 이야기하고 궤양성 염증을 보이는 부위에 대한 치료나 해주고 기다렸다가 학회에 다녀와서 수순을 밟아 치료를 한다면 한 달 이상 기다려야 했다. 출국 전에 누님의 유방암 수술을 마치고 퇴원까지 시키려고 했던 나로서는 유 씨도 누님과 같이 임상적 진단으로 수술을 시행하고, 출국 전에 퇴원시켜야겠다는 만용이 움직였다.

환자와 보호자에게 진찰 소견을 이야기하고 유방암이니 수술을 받으라고 권유하면서 나의 계획도 설명해 주었다. 유방암이라는 말에 환자와 보호자는 놀라며 어떻게 해야 할지 결정을 못하는 것이었다. 가장 커다란 문제는 경제적인 것이었다. 나는 환자에게 "우리 병원에서 수술하면 큰돈이 들지 않는다. 그리고 병실도 여러 사람이 입원해 있는 병실을 사용하고 불필요한 검사를 자제하면 입원비에 큰 부담을 느끼지 않아도 될 것"이라고 설득했다.

　사실 나는 병원 경영진에게서 "왜 원장님은 같은 수술을 해서 입원했다가 퇴원시키는데 이 지역 다른 병원보다 입원기간도 짧고 입원비도 적게 나오느냐"는 불평을 들어오고 있는 터였다. 그러면 나는 "짧게 보지 말고 길게 보면 나에게 오는 환자를 통해 우리 병원이 환자들에게 더 좋은 평을 듣게 되어 환자가 늘어날 것이니 그것이 병원에 더 이득이 되는 일이 아니냐"곤 해왔으므로 유 씨 환자에게 입원비는 최소화 하여 수술을 해주고 퇴원시킬 생각이었다. 환자와 보호자는 잠시 밖에 나가서 생각할 시간을 달라고 하였다. 한시간 가까이 지났을까 싶은 시간에 환자와 보호자가 들어와서 수술을 받겠다고 하는 것이었다. 나는 다음 날로 수술시간을 잡고 수술실에 알렸다.

　수술은 좌측 유방 완전 절제술과 액와 림프절 절제술 그리고 쇄골상부 림프절 절제술을 동시에 시행하였다. 누님의 경우는 암 종괴도 작았고 림프절 전이도 없는 1기 유방암이었는데 비하여 유 씨 환자는 괴사성 암에다 액와 림프절 및 쇄골상부 림프절에 모두 암이 전이된 4기의 병기를 보였다.

하느님께서 환자의 믿음을 보시고 그의 어려움을 아셨는지 다행스럽게 수술창이 합병증 없이 잘 치유되었다. 유 씨는 중국으로 학회를 떠나기 전에 퇴원시킬 수 있었고, 학회를 다녀와서 항암치료에 대해 논의하기로 했다.

학회를 다녀온 후 환자와 상의하면서 항암치료로 방사선치료와 항암주사요법이 필요함을 설명해 주었다. 그런데 환자는 서울의 대학병원까지 다닐 수 있는 교통편을 마련할 수 없다며 항암제 주사만 우리병원에서 맞겠다는 것이었다. 사실 환자는 만수동 집에서 휠체어를 타고 보호자가 밀면서 병원까지 오는데 1시간 이상이 걸린다. 그러니 힘든 통원치료를 결심하는 것도 쉬운 일이 아닌데, 서울까지 가서 방사선치료를 받으라는 것이 무리인 줄은 알고 있었다. 거기다 경제적인 여건도 어려웠으므로 항암주사만 투여하기로 했다.

세브란스암센터 선배 의사분의 협조아래 정해진 시간표에 따라 항암제 투여를 시작하였다. 환자와 보호자는 궂은 날씨도 아랑곳하지 않고 휠체어에 환자를 태워 밀면서 어려운 과정을 모두 소화해 내고, 약 10개월에 걸친 항암제 투여를 마쳤다. 항암제 투여를 마지막으로 하는 날 유 씨는 남편에게 고마운 마음을 전하면서 나에게 남편과의 관계를 설명해 주었다.

유 씨는 신체장애가 있는 몸이고 가정형편이 어려워 결혼을 못하고 부모와 함께 살아왔다. 그러나 10여 년 전 부모님을 모두 잃고는 의지할 곳 없는 어른 고아가 되었다. 부모와 살던 작은 서민아파트가 유일한 재산이면서 거처로 남았다. 실의에 빠져있을 때 남편을 만났다고 했다. 남편은 결혼 경력이 있으나 일찍 부인과 사별하고 자식도 없이 독신으로 살고 있었다. 건설현장을 다니면서 나름대로의 기술을 인정받아 생활에는 걱정이 없던 사람이었으며 교회를 다니면서 신심도 깊은 사람이라고 했다. 이런 남편이 유 씨의 딱한 사정을 알고 집안 일가친척의 반대도 무릅쓰고 유 씨를 위해 헌신하겠다고 결혼을 요청해왔다고 했다. 유 씨는 처음에는 자신의 작은 서민아파트를 탐내는 불순한 생각을 가진 남자로 생각하고 회피했지만, 시간이 지나면서 또 주위에서 남편에 대한 호평을 들으면서 마음이 끌려 자신의 발이 되어주겠다는 남편에게 의지하게 되었다고 했다.

유 씨의 이야기를 듣고 그의 남편을 다시 한 번 생각하게 되었다. 그리고 비가 오나 눈이 오나, 덥거나 춥거나 변함없이 부인 유 씨를 1시간 이상 휠체어에 태워 병원에 왔던 남편의 사랑과 정성을 다시 생각하게 되었다. 그러니 하느님께서는 그 부부들에게 좋은 치유의 선물을 주실 것이라고 확신했다. 유 씨는 약 10개월에 걸친 항암치료를 한 번도 거르지 않고 받았고, 남편은 항상 유 씨를 지켰다. 그리고 무엇보다도 다행스러운 것은 이처럼 진행된 암이 수술 후 5년이 지날 때 까지도 재발의 징후가 없었다. 나는 유 씨에게 완치 판정을 내리며 하느님께서 이들 부부에게 축복의 선물을 주신 것이라고 축하해 주었다.

그 후로도 내가 일하던 병원이 병원 경영을 맡고 있던 모기업의 부도로 인해 병원의 문을 닫을 때까지 1년 이상을 찾아주었다. 건강에 이상을 느낄 때마다 찾아온 부부는 비록 장애를 가지고 살아가고 있었지만 항상 긍정적으로 웃음을 선사하며 명랑하게 살아가는 사람들이었다. 유 씨 부부를 만나는 일은 언제나 즐거운 일이었다. 유 씨의 남편은 가진 기술로 건설 현장에 나가 일해 얻은 수입으로 부인과 둘이서 욕심 없이 감사하는 마음으로 살아가는 착한 우리의 이웃이었다. 나는 인천을 떠날 때까지 그들과 연락을 취하며 그들의 행복한 삶을 위해 그들의 주치의로서의 삶을 감사하게 생각하며 그들의 건강을 지켜주기 위해 노력하며 지냈다.

다발성대장용종을 동반한
다발성 대장암 환자

30대 후반 남자 환자가 1년 이상의 잦은 설사와 혈변을 호소하며 내원하였다. 환자는 근육질이나 지방층 없이 마른 편으로 만성 병색을 보이고 있었다. 담배는 피우지 않으나 술은 많이 마시며 공사장에서 근로자로 일한다고 했다.

외래에서 에스자결장경을 시행해 보니 상부 직장에 악성으로 의심되는 종괴가 보였고, 에스자결장으로 올라갈수록 많은 용종이 관찰되었다. 환자에게 대장조영술을 시행하도록 권유하고 예약을 하였다. 당시에는 대장내시경이 시행되지 않던 시기였기 때문에 대장의 병변을 보기 위해서는 대장조영술을 시행했던 것이다. 며칠 후 환자가 검사를 마치고 다시 내원하였다.

대장조영술 사진을 보니 상행결장에서부터 에스상결장까지 결장 전체에 많은 용종이 보였고, 직장 상부와 하행결장에는 암으로 의심되는 커다란 종괴가 보였다. 사진을 보고 유전성 가족성 용종증이 암으로 발전된 경우라는 판단을 했다. 그리고 이 질병에 대하여 조사를 해보고 싶은 호기심이 일었다. 그래서 가족력을 알아보았다.

환자는 부모님이 북한에서 월남하여 다른 가족은 없고 형만 한 분 계시다고 했다. 부모님은 일찍 돌아가셨는데 사망 원인은 알 수 없으나 아버지는 술을 많이 마셔서 장염으로 고생하다 돌아가셨다고 알고 있었다.

형과는 자주 왕래를 하지 않아 형의 건강이 어떤지는 알 수 없다고 했다. 형은 결혼하여 조카가 두 명 있는데 10대 학생이라고 했다. 환자는 결혼을 하지 않아 혼자 산다고 했다. 그러므로 가족성 유전성을 알아보려면 환자의 형과 조카들에 대한 검사가 이루어져야 하는데 그들을 병원으로 불러 검사하는 일이 여의치 않았다. 가족 구성원에 대한 검사는 뒤로 미루고 치료에 대하여 환자에게 설명해 주었다.

검사 결과로 보면 전체 결장을 절제하고 회장과 직장을 문합해 주는 대수술을 시행해야 하고, 수술 후 항암치료가 필요할 수 있다는 점과 회장직장 문합 후 나타날 수 있는 문제점 등을 설명해 주었다. 그리고 이 질병의 희귀성을 들어 대학병원에 가서 수술을 받는 것이 어떻겠느냐고 권유해 보았다. 그러나 환자는 경제적인 문제로 우리병원에서 수술을 받겠다는 것이었다.

환자의 뜻에 따라 수술하기로 결정하고 입원하여 수술에 필요한 검사를 하고 준비하였다. 모든 검사에서 마취와 수술을 시행하는데 문제가 될 소견은 없었다. 수술을 시행하여 전체 결장을 박리하여 적출하고 회장의 말단부와 직장의 중앙부를 문합하는 것으로 수술을 마무리하였다.

적출한 결장을 절개하여 보니 전체 결장에 무수히 많은 다양한 크기의 용종이 있었으며, 하행결장이 에스상 결장으로 이행하는 부위와 에스상 결장이 직장으로 이행하는 부위에는 이미 암성변화를 보이는 커다란 암종이 있었다. 조직은 병리검사를 위해 수탁기관으로 보내졌다. 환자는 합병증 없이 순조로운 회복을 보였다. 병리조직 검사는 보통의 조직검사 때 보다 시간이 더 걸려서 2주일 후에 결과가 나왔다. 조직검사 결과는 예상대로 다발성 대장 용종증에 복수의 대장암 병변이 있으며, 암의 진행은 장벽의 전층을 침범하여 장막층까지 진행되어 있었고, 주위 림프절 전이가 되어 있었다.

환자에게 항암치료가 필요함을 설명하고, 가족성을 확인하기 위해 환자의 형과 조카들도 검사받도록 권유하였다. 그러나 환자는 평소에도 형님과 자주 왕래가 없었는데 자신이 이러한 병에 걸렸으니 형님과 조카들이 진찰을 받으라고 연락할 수 없다며 소극적인 태도를 보였다.

그래도 나는 앞으로 환자의 예후에 대하여도 가까운 혈족에게 알릴 필요가 있다고 생각해서 자세한 설명은 내가 하겠으니 형님을 병원으로 불러만 달라고 간곡히 요청하였다. 나의 끈질긴 요청으로 마침내 환자의 형님을 병원으로 불러내는데 성공하였다.

나는 동생의 병과 예후에 대하여 설명해 준 후 형님과 두 아들이 대장검사를 받도록 권유하였다. 그러나 형님은 거절하였다. 나는 검사비용을 받지 않고 무료로 대장조영술을 받게 해주겠다고 제안했지만 "하루 벌어먹고 살기도 바쁜 사람한테 쓸데없는 짓을 하여 멀쩡한 사람을 환자로 만들어 수술하려고 그러느냐"면서 역정을 내고는 진료실을 박차고 나가는 것이었다. 나는 밖으로 나가 환자의 형님을 붙잡았으나 완강하게 뿌리치고 나가는 그를 더 이상 붙들 수 없었다.

결국 이 환자의 가족력은 조사할 수 없었다. 하는 수 없이 환자와 향후 항암치료에 대하여 설명하면서 서울의 암센터로 가서 항암치료를 받도록 권유하였다. 그러나 환자는 경제적인 이유를 들어 항암치료를 받지 않겠다고 하는 것이었다. 그러나 암이 진행되어 있으므로 항암치료가 필요함을 설명하면서, 서울로 가기 힘들다면 우리병원에서 항암치료를 받도록 설득하였다.

나의 간곡한 설득에 항암치료를 받겠다고 약속한 환자는 결국 한차례의 항암치료를 받은 후로는 병원에 오질 않았다. 아마도 환자는 삶을 포기한 것 같았다. 환자의 병세로 미루어 볼 때 이 환자는 그리 오랜 기간 생존하지는 못했을 것이라는 생각을 했다. 홀로 외로운 삶을 쓸쓸히 마감했을 환자를 생각하면서, 그래도 결혼하고 가족이 있었다면 그렇게 쉽게 삶을 포기하지는 않았을 텐데 하는 생각을 해 보았다.

많은 사람들이 암에 대한 경각심을 가지고 검진을 받으면서 대장내시경 검사가 보편적으로 시행되는 요즈음에는 가족성 다발성 대장용종증 환자가 드물지 않게 발견되어 전국적인 규모의 통계와 연구가 이루어지고 있다. 그러나 내가 이 환자를 발견했을 때만 해도 국내 문헌보고가 많지 않았기 때문에 문헌보고를 할 좋은 예라고 생각하고 의욕적으로 조사하려 했던 것이다. 환자와 그 형제가 협조해주지 않아 더 이상 추적할 수 없었던 점은 지금도 아쉬움으로 남아있다.

만약 이 환자에게 가족이 있었다면 쉽게 삶을 포기하지는 않았을 것이다. 의창에 비치는 세상이 때로는 삭막하지만 사막에 오아시스가 있어 사막이 아름답듯이 의사로 사는 이 길이 결코 후회만 있는 것은 아니다. 그래서 또 도전하는 것이다.

폭력을 진압하다
칼에 찔려 신장을 제거한 경찰관

하루 종일 수술을 하느라 지친 상태에서 수련의들과 함께 오랜만에 저녁식사를 하고 병원에 돌아와 늦게 회진을 돌고 진료실로 돌아왔다. 퇴근하기 전 응급실 상황을 살펴보러 응급실에 들어서는 순간 두 명의 남자 환자가 피투성이가 되어 여러 사람들의 부축을 받으며 병원으로 들어서는 것을 목격했다.

당시 우리 병원이 위치한 지역은 우범지대가 있어서 싸우거나 사고로 다쳐서 응급실을 찾는 환자가 많은 병원이었다. 이날도 그런 환자들이려니 하고 뒤따라 응급실로 들어갔다. 응급실은 이들 말고도 많은 사람들로 혼잡하였다. 응급실 당직의사와 간호사들은 많은 사람들을 정리하면서 환자를 돌보느라 정신이 없어 보였다. 응급실을 둘러보니 방금 들어온 환자 말고는 특별히 중환자는 없어 보였다. 피를 흘리며 들어온 50대 중반의 환자는 머리에서 피를 흘리고 있었고, 30대 후반으로 보이는 환자는 허리를 구부린 채 고통스러워하고 있었는데, 경찰관이라는 그는 복부에서 피를 흘리고 있었다.

나는 간호사에게 두 명의 환자를 빨리 침대로 안내하게 하고,

먼저 머리에서 피를 흘리는 환자를 보았다. 환자는 음식점 주인인데 음식점에서 술과 음식을 먹고 돈을 내지 않고 가려는 불량배가 휘두른 칼에 머리를 다쳤다는 것이었다. 상처를 보니 두피 상단에 크고 깊은 열창이 생겨 출혈이 되고 있었다. 다행히 단순 봉합으로 치료가 충분한 환자였다. 응급실에서 봉합술을 하기로 하고 준비를 시킨 후 복부 출혈 환자에게 갔다.

30대 후반의 경찰관은 좌측 복부에서 출혈이 되고 있었다. 출혈 양이 꽤 많아 보였다. 혈압은 약간 낮았지만 저혈압은 아니었다. 옷을 벗기고 보니 좌측 복부에 커다란 절개창이 나면서 상당한 출혈이 되고 있었다. 양측 팔에 수액을 달도록 하고 수혈을 하도록 지시하고는 다친 경찰관을 문진하기 시작했다.

이 젊은 경찰관은 야간 근무를 하던 중 관할 지역 음식점에서 불량배가 술과 음식을 먹고는 음식 값을 지불하지 않고 나가려다 음식점 주인과 시비가 붙어 주인에게 폭행을 하고 있다는 신고를 받았다. 동료 경찰과 출동하여 시비를 가리려 하는데 불량배가 주방에서 가지고 나온 칼을 휘둘렀다는 것이다. 범인 앞에 서있던 주인은 피하면서 머리를 다쳤고, 주인의 뒤에 서있던 경찰은 미처 피하지 못하고 복부를 찔리고 만 것이다. 그 후 주위 사람들의 부축을 받고 병원에 왔다는 것이다.

문진을 마친 후 자상 부위를 소독하고 깊이를 파악하기 위해 손가락을 넣어보니 상처는 복강 내로 관통되어 있었고, 많은 양의 피가 쏟아져 나왔다. CT나 초음파 검사 등으로 영상검사를 하여 복강 내 어느 장기가 손상을 입었는지 확인을 해야 했다. 하지만 당시 우리 병원에는 복부CT가 없었고, 초음파검사도 야간에는 할 수 없는 상황이었다.

이런 경우에는 복강 내 장기의 손상을 의심하고 개복 수술을 하는 것이 가장 빠른 방법이라고 판단하였다. 서둘러 응급 수술을 지시하고 준비하였다. 이 환자의 수술을 준비하는 사이에 두부 손상을 입은 식당 주인의 절개창을 봉합하였다.

식당 주인의 말에 따르면, 불량배가 주방에서 고기를 자르는 큰 칼을 가지고 나와 자기를 찌르려고 달려드는 것을 보고 고개를 숙이면서 피했는데, 그 칼에 자기 머리의 정수리 부분이 베어지면서 자기 뒤에 있던 경찰관이 칼에 맞았다는 것이었다. 식당 주인의 치료를 끝낸 후 수술실로 들어가 수술을 시작하였다.

개복을 하고 보니 복강 내에 많은 양의 혈액이 고여 있었다. 고여 있는 혈액을 제거하면서 출혈부위를 찾기 시작하였다. 피가 나오는 곳을 찾아보니 좌측 상부 후복막이 열린 상태에서 피가 솟아나고 있었다. 비장만곡부의 대장을 격리하고 후복막으로 들어가 보니 좌측 신장 주위로 피가 범벅이 되어 커다란 혈종을 형성하고 있었다. 그리고 좌측 신장에서 심한 출혈이 되고 있었다. 우선 지압을 하면서 자세히 살펴보니 신장의 정중앙에서 피가 솟구치고 있었는데, 혈관과 뇨관이 모두 손상되었고 신장의 실질 조직도 심한 손상을 입었음을 알 수 있었다.

직감적으로 현재 상황에서는 신장 적출술이 최선의 방법일 수밖에 없다고 판단하고 바로 신장 적출술을 시행하였다. 주위가 혈종에 의해 시야가 좋지 않았기 때문에 다른 장기에 손상을 입히지 않도록 조심하여 좌측 신장을 분리하였다. 좌측 신장을 적출한 후 또 다른 장기 손상은 없는지 살펴보았지만, 장간막 손상만 있을 뿐 다행히 대장 및 소장의 손상은 없었다. 수술을 마치고 나오니 많은 동료 경찰관들이 현장에서 증거품으로 수거한 칼을 가지고 와 있었다. 칼은 정육점에서 고기를 자를 때 쓰는 30cm 정도 길이의 날이 넓고 큰 칼로 고기를 잘 자를 수 있도록 칼날이 예리하였다.

환자는 젊은데다 평소 건강한 사람이어서 빠른 회복을 보였다. 수술 1주일 후에 퇴원하였지만 민중의 지팡이로서 주어진 임무를 수행하다가 화를 입어 건강한 신장을 하나 제거하는 아픔을 겪어야 했다. 그러나 그 경찰관은 임무를 수행하다 보면 때로는 목숨을 잃는 일도 있는데, 이 정도 다친 것으로 끝나서 다행이라면서 다시 열심히 복무하겠다는 인사를 남기고 복귀했다. 참으로 뿌듯했다. 그 경찰관의 투철한 사명의식이 우리 미래를 밝혀주는 횃불 같았다. 공복으로서의 책임을 다하려는 그 경찰관을 영원히 기억하고 싶다.

어머니의 한없는 사랑으로 살아온
젊은 장애인 환자

외래 진료가 거의 끝날 무렵 할머니 한 분이 진료실로 찾아오셨다. 나는 어느 입원 환자의 보호자가 면담을 하려고 오셨으려니 생각하고 무슨 일로 오셨는지 물었다. 나의 물음에 할머니께서는 "약 좀 타러왔다"고 하시면서 환자가 못 오고, 당신이 대신 왔으니 약을 좀 탈 수 있게 해 달라는 것이었다. 나는 의아해 하면서 어떤 사람이 어디가 아파서 약을 타다가 먹이려고 하는지 물어 보았다.

할머니의 이야기는 이랬다. 할머니의 연세는 70이 넘었다고 하셨다. 그러나 곱게 늙으셔서 나이 보다 젊어 보였다. 당신의 아들이 한전에 근무했었는데 20대 초반에 전신주에 올라가 작업을 하다가 떨어져 목뼈를 크게 다쳐 다 죽는 줄 알았는데 그래도 하느님께서 살려주셨다는 것이다. 그러나 생명은 구했지만 온 몸이 마비되어 침대에 누워 살아온 지 18년이 되었다는 것이다. 이제 40이 넘은 아들은 병원에서 퇴원한 후 줄곧 할머니께서 먹이고, 소변과 대변을 받아내며 간병한 지 15년이 되었다고 했다. 아들은 움직이지는 못해도 그동안 큰 병이 없이 잘 지내왔는데 며칠 전부터 사타구니에 콩알만 한 혹이 생기더니 점점 커지면서 곪을 것 같다는 것이다. 그래서 할머니께서 병원에 오셔서 약을 타다 먹이면 나을 것 같아서 오셨다는 것이다.

할머니의 이야기를 들으니 대강 무슨 문제가 생겼는지 짐작할 수 있었다. 그러나 그것이 무턱대고 약만 타다(당시는 의약분업이 시행되기 전이라 병원에서 약을 받아갈 때였다) 먹인다고 해결될 문제가 아닌 것 같았다. 내가 직접 환자를 보고 결정해야 할 문제였다. 할머니께 집이 어디냐고 물으니 송도역 뒤 연수동 가기 전 산 밑이라고 했다. 우리 병원에서 자동차로 가도 20분 이상은 걸리는 거리였다. 그렇다고 환자를 옮겨 온다는 것은 불가능한 일이었다.

할머니의 이야기를 들으면서 아들에 대한 사랑과 정성이 깊음에 마음이 숙연해졌다. 하는 수 없이 내가 직접 가서 눈으로 확인해 보고 약이 필요하면 처방해 드릴 수밖에 없었다. 할머니께 "제가 직접 할머니 댁에 가서 아드님의 상태를 보고 난 후에 필요한 조치를 취해 드리겠으니 잠시 기다리시라"고 하고 병실로 가서 우선 당장 필요한 입원 환자들만 회진을 돌고 처방을 내고 돌아왔다.

할머니를 내 차에 모시고 할머니께서 알려주는 대로 향하였다. 나는 할머니 댁에 가면서 15년 간 할머니께서 혼자 아들 간병을 하셨으니 얼마나 고생이 많으셨을까 안쓰러운 생각이 들었다. 그리고 15년이라는 긴 세월을 침대에 누워 있었을 아들의 몸 상태가 어떨까 하는 궁금증과 함께 욕창으로 심하게 상해있을 거라고 짐작했다. 가는 동안 할머니께서는 계속 고맙다는 말씀과 죄송하다는 말씀을 반복하시는 것이었다. 나는 할머니에게 너무 부담스럽게 생각하지 말라고 하면서 아들에 대한 할머니의 극진한 사랑에 감탄해서 내가 자청해서 가는 것이니 마음 편하게 가지시라고 말씀을 드렸다.

할머님 댁은 산 밑에 위치한 작지만 아담한 한옥이었다. 집안에 들어서니 현관에서 보이는 정면에 성모상과 십자고상이 모셔져 있었다. 할머님께 "성당에 나가시느냐"고 물으니 그렇다면서 '마리아'라고 하셨다. 저녁 시간이었지만 가족은 중년의 여자분한 분만 계셨다. 큰며느리였다. 환자는 작은 아들인데 할머니가 환자가 있는 방으로 안내하였다.

나는 침대에 누워있는 환자를 보고 깜작 놀랐다. 18년을 병상에 누워있는 환자라고는 믿기지 않을 정도로 건강해 보였다. 얼굴에 살이 뽀얗게 올라있으며, 체구도 큰 건장한 체격을 보이고 있었다. 또 한 번 놀란 것은 환부를 보기 위해 환자의 몸을 살폈을 때 환자의 몸에는 욕창은 물론 욕창의 흔적조차 없었다. 그리고 피부는 어린아이처럼 깨끗하고 부드러웠다. 할머니께서 아들의 간병을 지극 정성으로 해왔음을 알 수 있었다.

환부는 좌측 대퇴부의 앞쪽 내측에 있었다. 피하낭종이 직경 약 3cm 이상 커져 있었으며 이미 2차 감염의 징후를 보이고 있었다. 나는 환자의 상태를 보고 치료를 결정하기 위해 왔기 때문에 그 자리에서 환자에게 해줄 것은 아무것도 없었다. 환자의 낭종은 수술적 제거가 필요한 상태였다. 환자와 마리아 할머니에게 내일 저녁에 와서 낭종 제거술을 해주겠다고 약속하고 헤어졌다.

이튿날 나는 국소마취 하에 낭종을 제거할 수술기구를 준비하여 외부로 가지고 갈 수 있도록 소독해 달라고 수술실에 부탁하였다. 일과를 마친 후 준비된 수술기구를 가지고 마리아 할머니 댁으로 갔다. 전공의 시절 은사이신 황규철 선생님께서 "앞으로는 많은 의사들을 조수로 거느리고 수술하기 어려운 시대가 올 것"이라면서 "수술할 때 조수의 도움을 덜 받고 수술할 수 있도록 노력하라"고 일러주신 말씀을 가슴에 새겨왔다. 대학병원을 떠나 일하면서는 국소 마취하에 행하는 작은 수술들은 조수 없이 수술하는 습관을 들여왔기 때문에 혼자서 환자의 감염된 낭종을 제거하는 일에 어려움은 없었다. 수술창이 농에 오염되었기 때문에 수술창은 봉합하지 못하고 시간을 두고 지연봉합하기로 하였다. 그리고 당분간 힘들어도 매일 저녁 퇴근길에 들러 수술창을 치료해 주겠노라고 설명해 주었다.

환자의 수술부위는 순조로운 치유를 보여 5일 후에 수술창을 봉합하고, 그 후로는 격일로 들러 수술창을 치료하여 수술을 시행한 후 2주일 만에 치료를 끝냈다. 봉합사를 제거한 후 치료를 모두 마치고 집을 나올 때 마리아 할머니는 "왕진비는 고사하고 치료비도 못 드렸는데 아들을 치료해 주셔서 고맙습니다. 제 정성이니 받아주세요"하면서 양말을 선물로 주시는 것이었다. 그러면서 "내가 살아있는 한은 내가 아들을 돌봐줄 수 있는데 내가 죽고 나면 저 아들이 어떻게 살아갈 수 있을지 암담합니다. 형이나 형수가 어미만큼 돌봐줄 수는 없겠지요. 그게 걱정이 되어 앞으로 내가 어떻게 눈을 감을 수 있을지 걱정입니다"라고 하시면서 눈물을 글썽이는 것이었다.

그로부터 한 20여년이 지났으니 마리아 할머니께서 아직 살아 계시면서 아들을 돌보고 계실지는 알 수 없다. 설령 할머니가 살아 계시다고 해도 90이 넘은 분이 아들을 간병할 수는 없을 것이라는 생각이 든다. 하느님이 우리에게 저마다 어머니를 주신 것은 세상의 그 많은 자녀를 혼자 돌보실 수 없기 때문이라고 했다. 그러고 보면 어머니는 또 한 분의 하느님이시다. 아들의 병 뒷바라지를 위해 평생을 바치신 어머니 마리아 할머니. 그 분을 생각하면 그 아들은 어떻게 살고 있을까 걱정이 앞선다. 부디 노모의 정성이 헛되지 않았기를 바라면서 항상 그 아들이 건강하게 살아있기를 기도한다.

수술 후 난동을 부린
약물중독 환자

　30대 후반의 남자 환자가 충수돌기염으로 내원했다는 응급실 당직의사의 연락을 받고 응급실로 갔다. 비교적 건강해 보이는 환자를 진찰해 보니 충수돌기염이 맞는 것 같아 환자에게 수술이 필요하니 입원하여 수술을 받으라고 설명해 주었다.

　환자는 설명을 듣고는 수술을 받겠다고 입원수속을 밟았다. 환자는 미혼으로 다른 보호자가 없었다. 성인이기 때문에 환자 본인의 동의만 받고 수술을 시행하였다. 단순 충수돌기염이어서 수술은 쉽게 빨리 끝났다.

　환자는 수술 후 회복도 빨라 수술 후 이틀이 지나자 식사를 하였다. 그런데 환자는 충수돌기염으로 수술 받았던 다른 환자들에 비해 통증 호소가 많아 진통제 주사를 많이 맞는 편이었다. 환자는 호소하는 통증 말고는 수술창에도 이상이 없었고, 식사 및 배변에도 문제가 없었다.

　그런데 이 환자가 수술 3일째 되던 날 갑자기 병동 간호사실에 와서 자기가 가지고 있던 돈이 없어졌다고 책상을 치면서 찾아내라고 소란을 피운다는 것이었다. 나는 환자를 진료실로 안내해

오도록 했다. 환자는 내 진료실에 들어와서도 돈을 찾아내라고 소리를 지르며 흥분했다.

한참이 지난 뒤에 겨우 흥분을 가라앉힌 환자는 자기가 80만 원(당시 충수돌기염을 수술하고 4박5일 입원 후 퇴원할 때 치료비가 10만원 조금 넘었으니 이 돈은 매우 큰 돈이었다)을 침대 시트 밑에 숨겨놓고 있었는데, 오늘 아침에 보니 돈이 없어졌다는 것이다. 그러니 병원에서 그 돈을 변상하라고 난동을 부린 것이다. 환자가 입원해 있던 병실은 6인실로 병상이 모두 차 있었기 때문에 환자 보호자를 비롯하여 면회객 등 여러 사람들이 병실을 드나들었다. 그래서 누가 그 돈을 훔쳐갔다면 병원 측에서는 알 도리가 없는 일이었다. 그래서 입원할 때 귀중품 보관에 대하여 설명하고, 필요하면 병원에 보관을 의뢰하라고 설명해주고 있었다.

이 환자에게도 똑같은 절차를 밟아 설명해 주었다. 그리고 환자도 설명을 들은 것은 인정했다. 그렇다면 그 많은 돈을 병원 측에 보관해 달라고 했어야 옳지 않겠느냐고 설명하였지만, 환자는 그 부분에서는 자기주장만 하고 병원 측에서 절도를 예방하지 못했으니 변상해야 한다는 주장만 되풀이하고 있었다. 환자와의 대화는 평행선만 달렸다.

그러던 중 갑자기 환자가 뛰쳐나가 원무과로 가더니 책상 위로 올라가 큰소리로 돈을 찾아내라고 난동을 부리는 것이었다. 병원 경비원들이 잡아 끌어내리려 해도 날뛰는 환자의 힘을 당해내기가 힘들었다. 이렇게 난동을 부리고 있는데 병동에서 빨리 올라와 달라는 연락이 왔다. 병동으로 올라가니 병동 수간호사가 환자의 병실로 안내하여 환자의 침상매트를 들어 올리면서 그 밑에 있는 주사기를 보여 주었다. 침상매트 밑에는 수십 개의 1cc용 주사기가 있었다. 그 주사기는 우리 병원에서 사용하는 주사기가 아니었다. 그리고 직감적으로 약물중독자가 사용하는 주사기임을 알 수 있었다.

주사기를 들춰보니 누바인(당시에는 비마약성 진통제로 분류되어 사용하던 진통제로서 후에 약물중독 환자가 사용하는 습관성 약물로 지정됨)이 몇 앰플 보였다. 나는 이 환자가 약물중독 환자임을 직감하고 경찰에 신고하도록 했다. 환자가 수술 후 다른 환자들에 비해 자주 통증을 호소하면서 진통제(우리 병원에서도 진통제로 누바인을 사용하고 있었다)를 맞은 것도 환자의 약물 중독성 때문임을 알게 되었다.

원무과를 아수라장으로 만들었던 환자는 결국 출동한 경찰관들에 의해 제압되고 경찰서로 연행되었다. 그리고는 저녁 늦게 경찰서에서 연락이 왔다. 검찰로 넘겨야 되는데 환자의 상태가 퇴원을 해도 되느냐고 물어왔다. 수술창 치료 말고는 입원해 있을 필요가 없다고 답해 주면서 수술창 치료는 격일로 하면 되고, 4~5일 후에는 봉합사를 제거해야 한다고 일러 주었다. 그 후 환자는 약물중독자로 구속되어 실형을 선고받았다는 연락을 받았다.

이 일이 있고나서 약 4~5개월이 지난 후였다. 오후 진료를 마치고 입원 환자 회진을 위해 진료실을 나서려 할 때 누가 노크도 없이 문을 열고 들어서는 것이었다. 바로 경찰로 연행되어 갔던 환자였다. 그러나 의외로 점잖고 차분하게 들어와서는 머리를 숙이고 인사를 하면서 죄송하다는 것이었다. 나는 회진을 미루고 이 젊은 사람과 마주 앉았다. 그리고 차를 한잔 권하며 이야기를 들었다.

환자는 경찰서로 연행된 후 조사를 받는 과정에서 대마초를 피운 것과 다른 습관성 진통제를 사용한 경력이 드러나 검찰로 넘겨져 재판을 받고 4개월의 형을 살고 며칠 전 석방되었다고 했다. 그러면서 병원에 입원 당시 80만원을 가지고 있었던 것은 사실이라는 것이다. 나는 여럿이 입원해 있는 병실에 있으면서 그 많은 돈을 왜 보관하지 않고 본인이 가지고 있었느냐고 물었다. 그리고 병원에 입원하는 사람이 그렇게 많은 돈을 무엇 때문에 가지고 왔느냐고 물었다.

남자는 과거 교통사고를 당한 적이 있었는데 크게 다치지는 않았지만 어깨와 허리 등 몸의 여러 곳에 통증이 나타났고, 그때마다 병원에서 진통제 주사를 맞으면 통증이 사라지곤 해서 자주 병원에 가서 주사를 맞았다는 것이다. 그러면서 자연히 진통제를 습관적으로 맞는 사람들과 어울리게 되었고, 처음에는 그 사람들을 통해 진통제를 구입해 맞았다고 했다. 그러면서 대마초도 피우게 되었다는 것이다. 그런데 대마초나 진통제를 그 사람들을 통해 구입하면 가격이 비싸지만 진통제를 자신이 직접 병원에 근무하는 사람을 통해 구하면 싸게 살 수 있었고, 또 그것을 필요로 하는 사람들에게 팔아 돈을 벌 수 있다는 것을 알게 되었다는 것이다.

당시 누바인 주사약은 습관성 의약품으로 분류되어 있지 않아 병원에서 구매를 담당하는 직원이 약물 중독자에게 병원에 들어오는 가격의 5배 가격에 판매하는 사람이 있었다고 한다. 그에게 주사약을 구입하여 중독자들에게는 구입한 가격의 10배 내지는 20배에 판매해 수익을 올렸다고 했다. 그 당시 누바인 한 앰플이 100원 정도 했을까 할 때이니 한 앰플을 500원에 구입하여 5천 원 내지 1만원에 판매하였다는 것이니 이 사람들의 비정상적인 유통구조를 짐작할 수 있었다.

이 환자도 강원도의 어느 병원에 근무하는 고향 친구인 구매 직원을 통해 누바인을 구입하여 자기도 사용하고 또 필요로 하는 중독자들에게 고가에 판매하여 돈도 벌었다는 것이다. 병원에 근무하는 친구도 처음에는 한 두 앰플 무료로 구해 주다가 돈을 받고 팔면서부터는 돈을 버는 재미에 언제나 원하면 쉽게 구해주었고, 또한 한 병원에서만 많은 양의 약이 구입되어 사용되는 것이 의심받을 수 있다면서 다른 병원의 구매 직원을 소개해줘 이 남자는 약을 손쉽게 구해 팔면서 쉽게 돈을 벌었다고 했다.

수술을 받았던 날도 약을 팔아 번 돈 80만원을 가지고 입원해 침대 시트 밑에 숨겨두었고 자신이 퇴원하여 사용할 약과 주사기는 매트 밑에 보관해 놓았었다고 했다. 그런데 병원에서 퇴원 준비를 하라고 해서, 새벽에 환자들과 보호자들이 잠들어 있는 사이에 돈과 물품을 확인해보니 매트 밑의 물품은 그대로 있는데, 시트 밑에 두었던 돈은 없어져 병원 측에 변상을 요구하면서 난동을 부렸던 것이라고 했다. 그러면서 자기도 이제 출소하여 살아가야 하니, 나에게 80만원의 절반인 40만원만 변상해 달라는 것이었다.

나는 환자의 부주의로 도난당한 것을 병원에서 변상을 해 줄 수는 없다고 거절하였다. 그러나 이전과 달리 환자는 조용하게 고개를 숙이고 자기도 이제 다시 살아가야 하니 한번 도와준다고 생각하고 일부만이라도 변상해 달라고 호소하는 것이었다.

고개를 숙이고 사정하는 환자의 목덜미를 보고 있자니 측은한 생각이 들었다. 한동안 생각하다가 나는 환자에게 병원에서 변상을 해 줄 수는 없고, 내가 이 돈을 줄 테니 적은 액수지만 이 돈으로 재기하는데 보태고 다시는 그런 유혹에 빠져들지 말라면서 내가 가지고 있던 10만원을 주었다. 돈을 받아든 남자는 몇 번이고 고개 숙여 고맙다는 인사를 하고는 병원을 나섰다. 나는 이 남자가 또 다시 손쉽게 돈을 벌기 위해 이런 약을 거래하고 사용하면서 약물 중독에 빠져들지 않을까 걱정되었다.

이 환자의 이야기를 들으면서 병원 직원과 밀착된 약물 유출의 부작용을 알게 되었다. 그 후 나는 약품 관리를 더욱 철저히 하고 특수 약품의 입고와 출고 그리고 병원에서의 사용량과 일치하는지를 체크하게 하였다. 이 환자의 사건이 있고 약 1년여의 시간이 흘러 이 약이 약물중독 환자들에게 유통되고 병원에서 직원을 통해 불법으로 유출되고 있음이 적발되었다는 언론 보도가 있었고, 습관성 의약품으로 분류된다는 보도도 있었다.

금식기도로 해결 못할 일은 없다며
고집부린 대장암 환자

60대 초반의 남자 환자로 우리 병원 직원의 아버지인 전 씨가 변에 피가 섞여 나온다며 병원에 들렀다. 착실한 기독교 신자로 술과 담배를 모르는 분이다.

당시에는 대장내시경이 없던 시기라서 대장조영술을 시행하였다. 좌측 결장에 커다란 암종이 발견되었다. 같은 시기에 비슷한 연배의 남자 환자 최 씨가 비슷한 증상으로 내원했는데, 검사를 시행한 결과 비장만곡부의 암종으로 판명되었다.

두 분 환자는 수술이 필요했다. 최 씨는 술도 마시고 담배도 피우는 분이었지만 수술이 필요하다는 말에 흔쾌히 수술을 받겠다면서 모든 검사를 순리적으로 받았다. 다행히 간이나 림프절 전이는 없어 보였다.

그러나 직원의 부친인 전 씨는 수술을 받지 않고 금식기도로 치료하겠다면서 다른 검사를 받지 않겠다고 거절하는 것이었다. 나는 금식기도도 좋고 하느님께서 치유해주시리라는 믿음을 갖는 것도 좋지만, 우선 암 덩어리는 제거하고 나서 믿음에 의지해야지 암 덩어리가 자라고 있는데 그게 무슨 소용이 있겠느냐고 설득하였다. 직원인 아들도 아버지를 설득하느라 노력하였다.

최 씨 환자는 순리적으로 준비절차를 마치고 수술하여 좌측결장 적출술을 시행하면서 주위의 비대해진 림프절을 모두 적출하였다. 그 사이 직원의 부친인 전 씨 환자는 모든 것을 거부하고 퇴원하였다. 아들 역시 아버지의 고집을 꺾지 못하였다.

최 씨 환자의 수술 후 조직검사는 암의 진행이 근층을 모두 침범한 후 장막까지 진행되어 있었고, 주변의 림프절에 암이 전이되어 있었다. 최 씨 환자에게는 항암치료가 필요함을 설명하고 수술 후 10일째 되는 날 퇴원하도록 하였다.

퇴원했던 전 씨 환자는 퇴원 후 10여 일이 지나 다시 병원을 찾았다. 아들과 주위의 끈질긴 설득으로 기도원에 가더라도 수술은 받고 가기로 결정했다는 것이다. 나는 전 씨 환자에게 "이렇게 다시 오실 것을 왜 그렇게 고집을 부리셨어요? 집에 갔다 다시 오시면 더 좋으신가요?"하면서 마음을 편하게 가지도록 해드렸다. 그러면서 같은 시기에 입원하셨던 최 씨 환자는 수술을 잘 받고 퇴원하게 되었다는 말도 해드렸다.

어렵게 고집을 접고 입원한 환자의 수술 준비를 마치고 수술을 시행하여 좌측 결장적출술을 시행하였다. 수술 후 합병증 없이 순조롭게 회복되었고, 병리조직 검사 결과는 최 씨 환자와 같이 림프절 전이가 있으면서 병변은 결장 전층을 모두 침식한 뒤 장막주위 조직까지 침범된 암이었다. 수술 후 12일에 환자에게 항암치료에 대한 설명을 하고 퇴원하도록 하였다. 그러나 항암치료에 대한 대답은 하지 않는 것이었다.

최 씨 환자는 수술 후 항암치료를 시작하였지만, 전 씨 환자는 병원에 오지 않았다. 아들에게 물어보니 아들의 간곡한 요청도 뿌리치고 금식기도원에 들어갔다는 것이다. 최 씨 환자는 항암치료를 잘 받고 7개월의 기간이 지나 건강하게 살아가고 있을 때, 전 씨 환자는 기도원에서 금식기도로 치료하고 있었다.

기도원에 갔던 환자를 아들이 다시 병원으로 모시고 온 것은 수술 후 8개월이 되었을 때였다. 환자는 온몸이 부종으로 부풀어 있었으며, 심한 황달과 복수로 인한 복부팽만이 심했다. 호흡도 힘들고 걷기도 힘들어했다. 환자를 보니 한마디로 한심하기 그지없었으며 잘못된 신앙에 측은하기도 했다. 신앙도 이쯤 되면 광적인 것이라고 할 수밖에 없었다. 기도원에서 어떻게 이렇게 되도록 붙잡고 있으면서 병을 치유한다고 할 수 있었는지 의아했다. 환자도 자기 몸이 악화되고 있는데 기도로 치유될 것이라고 믿고 있었다니 악마의 유혹에 빠지지 않고는 있을 수 없는 일이었다. 그리고 병원에 근무한다는 아들은 그동안 무엇을 하고 있었는지 도무지 이해가 안 되었다. 가족 중의 어느 누구도 환자의 고집을 꺾지 못했다는 말인가. 나는 그가 사이비 종교집단의 유혹에 빠진 결과라는 생각을 할 수밖에 없었다.

환자는 묻는 말에 대답이 없이 묵비권(?)을 행사하고 있었고, 모든 검사도 받지 않으려고 했다. 음식도 기도원에서 먹던 것을 가지고 와서 그것을 먹겠다고 하는데 분말로 된 음식이 무엇인지 알 수 없었다. 나는 병원식사 외에는 드실 수 없다고 강력하게 말하고 그 분말을 없애버리도록 했다. 가족들도 고개를 저으며 힘들어하는 환자의 고집을 꺾고 검사를 시행해보니 흉강 내에 참출물이 고여 있었으며, 복강 내에도 심한 복수가 있었고, 간에 다발성으로 전이된 종괴가 보였다. 간 내 담도의 팽창과 함께 총담수관 주위의 종괴가 보이면서 총담수관의 팽창이 심했다.

나는 검사 결과를 보호자들에게 보여주고 설명해주면서 병원에서 환자에게 해줄 것이 없어 안타깝다고 했다. 그리고 우리병원 직원인 아들에게 이렇게 되기까지 무엇을 했느냐고 질책을 하였다.

아들의 이야기는 "죽더라도 기도원에서 죽겠다"면서 "하느님의 섭리대로 살다가 하느님께로 가면 되는데, 왜 인간이 하느님의 섭리를 거역하느냐"면서 화를 내고 고집을 부리시므로 어느 누구도 기도원에서 나가 병원에 가자는 말을 할 수 없었다는 것이었다. 나는 참으로 잘못된 믿음이며, 기도원을 운영하고 안수기도를 해주는 목회자는 올바른 종교관을 가진 목사님이 맞는지 의심스러웠다.

그런데 당시는 이 분처럼 기도원에 가서 병을 고친다고 기도원으로 들어가는 사람들을 심심치 않게 볼 수 있었다. 내가 아는 교회 장로님도 불치병 환자의 치료를 위한 금식기도원을 만들어 운영하겠다고 교회와 손잡고 서울에서 멀지않은 곳에 금식기도원을 만들어 운영한 적이 있었다.

결국 전 씨 환자는 1주일 간 병원에 입원해 있다가 집에 가서 임종을 맞겠다고 퇴원한지 10일 만에 환자가 그리던 하느님 품에 안겼다. 나는 잘못된 신앙행위가 한 인간의 생명을 일찍 끝맺게 한다는 것을 올바로 알고 믿는 것이 중요하며, 환자에 대한 치료는 의사에게 맡기고 나서 하느님의 은총을 청하는 것이 올바른 신앙인의 자세가 아닌가 생각했다.

당신을 살려놓고
떠난 부인을 그리는 할아버지

　나는 아침에 일찍 출근하면서 응급실에 먼저 들러 지난밤의 응급실 환자 상황을 보고받고 문제가 있는 환자는 없었는지 살펴본 후 일과를 시작해 왔다. 그날도 평소와 다름없이 응급실에 들렀다. 그런데 70대 중반의 남자 환자분인 조 씨가 응급실 앞에서 안절부절 못하며 초조하게 서 있는 것이었다. 조 씨는 내가 약 1년 전 직장암을 수술한 후 서울의 대학병원으로 보내 방사선 치료를 받고, 다시 우리병원으로 돌아와 항암치료를 받은 환자로 건강하게 지내며 추적관찰을 하는 중이었다. 그분은 나를 보더니 빠른 걸음으로 다가와 눈에는 눈물이 가득 고인 상태로 내 손을 붙잡고 다짜고짜 자기 부인을 살려달라는 것이었다. 나는 깜짝 놀라 무슨 일이냐고 물어보았다.

　환자분의 이야기는 자기 부인이 어젯밤 갑자기 의식을 잃고 쓰러져 119를 불러 우리병원 응급실로 왔다는 것이다. 그런데 검사 결과 뇌출혈이 심해 가망이 없다는 말을 들었다는 것이다. 나는 응급실로 가서 간호사에게 지난밤 응급실로 내원한 환자에 대한 브리핑을 들은 다음 당직의사에게 조 씨 환자의 부인에 대한 자세한 설명을 들었다.

부인은 뇌컴퓨터 촬영 결과 뇌실내 출혈로 인한 커다란 혈종이 형성되어 있었다. 신경외과 과장님이 밤에 나와서 환자를 보았는데, 수술이 거의 불가능한 상태로 수술을 한다 해도 생명을 구하기 어렵다는 것이었다. 환자는 혼수상태로 모든 자극에도 반응이 없고, 동공도 완전히 열려있다고 했다. 환자는 중환자실로 옮겨져 인공호흡기를 부착하고 있었다. 나는 중환자실로 가서 환자를 살펴본 다음, 신경외과 과장님을 만나 환자에 대한 설명을 들어보았으나, 뇌사 상태에 빠졌다고 판단하는 것이 옳은 일이었다.

나는 조 씨 환자를 불러 부인에 대한 설명을 해주었다. 조 씨는 당신 부인이 지난 1년 동안 당신이 수술 받고 서울로 방사선치료를 다니고, 항암치료를 받으러 다니는 동안 당신을 극진히 간병하고 돌봐준 덕분에 당신을 살려놓고는, 이제 부인이 먼저 죽게 생겼다고 통곡을 하는 것이었다.

하기야 조 씨 환자가 암 수술을 받고 치료하는 동안 남매인 자식들은 거의 병원에 나타나지도 않았고, 부인이 항상 옆에서 간병했던 것을 나도 잘 안다. 자식들에게는 아버지의 간병에는 신경 쓰지 말고 집에 가서 손자들이나 잘 보살피라고 하면서 당신이 남편을 간병할 테니 자식들은 병원에 오지 못하게 하던 분이었다. 그래서 늘 병실에 들르면 두 분이 금슬이 좋아 보기 좋다고 덕담을 나누곤 했었다. 그런데 이제 조 씨의 치료가 모두 끝나고 병에서 해방되어 두 분이 재미있는 노후를 살아야 할 때 부인이 뇌사상태에 빠졌으니 조 씨의 마음이 얼마나 아프겠는가.

나는 조 씨의 마음을 달래기 위해 노력하였다. 그리고 조 씨도 아직은 건강을 잘 돌봐야 하니 병원에 계시지 말고 집에 계시다가 면회시간에나 오시라고 설득하였다. 그래도 조 씨는 "부인이 죽어가는데 어떻게 집에 가서 쉴 수가 있겠느냐"면서 중환자실 보호자 대기실에 있겠다는 것이었다. 가까스로 조 씨를 대기실로 보내드린 후에야 진료를 할 수 있었다.

조 씨의 부인은 중환자실에서 치료를 받은 지 1주일 만에 조 씨를 멀리 하고 하늘나라로 갔다. 그런데 조 씨가 부인의 장례를 치른 날 오후 늦게 나를 찾아와 그야말로 대성통곡을 하는 것이었다. 나는 부인을 떠나보낸 슬픔 때문에 그러는 줄 알고 위로해 드리려고 하였다.

한참을 울고 나서 말문을 연 조 씨의 사연은 당신을 위해 고생하다 죽은 부인의 장례를 전통방식으로 잘 치러서 부인에 대한 고마움과 그리움을 알리려 했으나, 자녀들이 교회를 다니기 때문에 교회 방식으로 해야된다고 하면서 음식도 차려놓지 않았고, 절도 하지 않더라는 것이었다. 자녀들에게 "너희들의 어머니가 마지막 가는 길이니 절을 하라"고 했지만 "그런 행위는 하느님을 모욕하는 것"이라며 하지 않더니 심지어 당신이 부인에게 절을 하려 해도 못하게 하더라는 것이었다. 또한 장지에서도 하관을 하고 묘소의 봉분을 만들어 예를 올리는 것이 고작 묵념하는 것으로 끝내고 왔으니 얼마나 어처구니없고 허무하며, 부인에게 미안한지 모르겠다면서 한참을 하소연 했다.

가까스로 조 씨를 위로해 집으로 보내드렸다. 쓸쓸히 집으로 향하시는 조 씨의 뒷모습이 애처로웠다. 집에 가도 부인도 없는 텅 빈 집이 얼마나 허전하고 쓸쓸할까 하는 생각에 내 마음도 무거웠다.

장례식을 치른 이틀 후 오전에 수술을 모두 마치고 오후에 외래진료를 하고 있는데 조 씨가 또 눈물로 얼룩진 얼굴을 하고는 찾아왔다. 또 무슨 하소연이 있어서 오셨구나 하는 생각을 하고는 간호사에게 응급실에 모시고 가서 빈 침대가 있으면 누워서 쉬고 계시게 하라고 한 다음 외래 진료를 마치고 조 씨를 모셔오게 했다. 하소연 할 일이 있어서 오셨으니 그것을 들어주려면 시간을 많이 할애해야 한다는 것을 알기 때문이었다. 차를 한잔 드시게 하면서 무슨 일인지 물었다. 조 씨는 먼저 울음부터 터뜨리더니 "불효자식들 모두 소용이 없다"면서 "하느님을 믿는 사람들은 조상도 없고 조상도 모실 줄 모르느냐"고 하시는 것이었다. "왜 오늘 삼우제 날인데 또 무슨 일이 있으셨느냐"고 물었다. 조 씨의 사연은 이랬다.

장례식 날에는 자식들이 부인의 제사도 올리지 않아 부인의 영혼이 제사음식도 못 먹고 굶은 상태에서 허공을 떠돌았을 것 같아 삼우제만큼은 제사음식을 차려 부인의 영혼을 달래려고 하였다. 어제 시장에 나가 음식을 사다 냉장고에 보관했다가 오늘 삼우제를 지내려고, 제사도 지내지 않는 자식들에게는 삼우제 이야기도 안하고 혼자 묘소에 가서 제를 지내기 위해 음식을 차려 놓았다고 했다. 그런데 음식을 모두 차려 놓았을 때 자식들이 나타나서는 "하느님을 믿는 사람들이 이렇게 하면 되느냐"고 역정을 내면서 당신이 차려 놓은 음식을 모두 걷어 버리고는 장례식 날처럼 제사는 안지내고 묵념만 하고 가자고 했다는 것이다. 그래서 자식들과 대판 싸우고는 "너희들이 이렇게 어머니를 모시지 않는다면 너희들을 안 볼테니 앞으로 내게 오지도 말고 어머니 제사도 지내러 오지 말라"고 하고는 자식들을 쫓아 보내고 혼자서 묘소에 있다가 왔다면서 계속 눈물을 훔치는 것이었다.

나는 조 씨의 이야기를 들으면서 자식들의 종교관이 잘못 된 것 같다는 생각이 들었다. 비록 개신교는 아닐지라도 나도 하느님을 믿지만 그렇게까지 할 필요는 없을 것 같았다. 그것도 다른 사람도 아닌 부모가 아닌가. 또 자신들은 유교의 전통예식을 거부한다 하더라도 하느님을 믿지 않는 아버지가 부인에게 하고자 하는 예식까지 못하게 할 필요가 있었을까 하는 아쉬움이 있었다. 아버지가 손수 마련해 가신 제사음식을 버리면서까지 아버지의 어머니에 대한 정성을 막아야만 했을까 하는 생각에 그들의 행동이 이해되지 않았다.

자신들은 교회의 양식에 따른 추모예식을 하고 아버지는 아버지가 하고자 하는 유교예식에 의한 예식을 해도 될 것을 굳이 혼자되신 아버지 마음을 아프게 해 드릴 수 있을까 생각하며 조 씨를 위로해 드릴 수밖에 없었다. 저녁 시간이 되어 식사를 함께 하면서 가까스로 조 씨의 마음을 위로해 드린 후에야 집으로 가시게 할 수 있었다.

그 후로도 조 씨는 정기적인 검진을 받기 위해서는 물론이고, 부인의 생각에 울적하고 쓸쓸하면 내가 그 병원을 떠날 때까지 10여 년간 병원으로 찾아오시어 대화의 상대가 되어 드리기도 하고 문제가 있을 때에는 그 문제를 해결하는 데 도움이 되어 드리고자 노력하였다. 아마 이제 조 씨도 부인 곁으로 가셔서 영원한 안식을 누리고 계시리라 생각하며 두 분에게 천상에서의 평화가 있기를 빈다.

지나친 친절이 부른 화근

어느 날 아침 후배 치과의사에게서 전화가 왔다. "선배님, 제가 데리고 있는 위생사가 치질이 심해 걷기도 힘들고 앉지도 못해 일을 할 수가 없어 보낼 테니 오늘 수술 좀 해 주세요"하는 것이었다. 여하튼 수술여부는 보고 결정할 테니 환자를 보내라고 했다. 병원에 들어서는 20대의 젊은 아가씨는 거위걸음을 하고 있었고, 의자에 앉지도 못했다.

우선 진찰을 위해 문진을 해보니 4~5년 전부터 배변 시 탈출이 있었는데, 처음에는 배변 후 탈출된 치핵이 저절로 들어갔으나 약 1년 전부터는 저절로 들어가지 않아 물로 닦고 손으로 밀어 넣어 들여보냈다고 했다. 그러나 어제 저녁에는 배변 후에 몹시 아프면서 손으로 밀어 넣어도 들어가지 않고 통증이 심해 잠도 제대로 못자고 있다가 아침에 출근했다는 것이다. 환자를 진찰대로 옮겨 진찰을 해보니 4기에 해당하는 심한 탈출성 치핵이었다.

환자에게 수술적 치료가 필요함을 설명하고, 환자의 동의를 받은 다음 환자의 고통을 덜어주기 위해 응급으로 척추 마취하에 수술을 시행하였다. 수술은 순조롭게 잘 시행되었고 환자는 입원실로 옮겨졌다.

5월 초순으로 추운 날씨는 아니었지만 우리 간호사는 원장님 후배 병원에서 일하는 위생사고 또 같은 의료인이라는 동료 의식으로 환자에게 불편한 점이나 필요한 것이 있으면 말하라고 하면서 이것저것 챙겨주고 있었다. 그리고 마취가 풀리면서 통증이 올 수 있으니 항문주위를 따뜻하게 해주어 통증을 덜어줄 목적으로 전기 찜질백을 환자 둔부에 깔아주었다. 그리고 온도 조절기는 이미 조절해 놓았으니 온도가 올라가면 안 된다고 손대지 말라고 주의를 주었다.

그런데 문제는 환자가 항문주위 마취 때문에 둔부의 감각이 둔해져 찜질백의 온도를 정상적으로 느끼지 못하고 있었다. 그래서 따뜻하지 않다고 생각하고는 온도 조절기를 조작하지 말라는 간호사의 주의에도 불구하고 찜질백 온도를 고온으로 올려놓고 있었던 것이다. 그리고는 마취에서 풀려나면서 항문의 수술창 보다 둔부의 통증을 호소하는 것이었다.

간호사의 전갈을 듣고 병실로 가서 환자를 보니 둔부에 어린이 손바닥 넓이의 화상을 입은 것을 볼 수 있었다. 나는 우선 환자에게 화상을 입게 된 점에 대하여 미안하다고 사과하고 왜 말을 듣지 않고 온도 조절기에 손을 대 온도를 높였느냐고 꾸지람을 주고는 후배 치과의사에게 전화로 사실을 알려주었다.

전화를 받은 후배 치과의사가 "선배님, 그 환자 좀 골치 아픈 사람이라서 선배님을 괴롭힐 가능성이 많습니다. 특히 환자보다도 그 부모가 더 골치 아픈 사람들이라서 저도 그만두게 하려고 했다가 부당해고 시킨다고 생떼를 써서 그대로 데리고 있는 위생사입니다. 잘 치료해주셔야 할 겁니다"하고 알려주는 것이었다. 보기에는 예쁘장하고 얌전해 보이지만 성격이 까다롭고 괴팍하여 다른 직원들과도 화합이 잘 안되며, 사사건건 이유가 많고 트집을 잡는 스타일이라는 것이었다. 후배 치과의사의 조언을 들은 후 환자에게 앞으로 화상은 내가 치료해주겠다고 설명하고 치료를 잘 받으러 다니라고 당부하고는 퇴원을 시켰다.

아니나 다를까 그 다음날 환자의 아버지에게서 전화가 왔다. 자기가 환자의 아버지라면서 다짜고짜 "병을 고쳐달라고 보냈더니 병을 만들어 보냈으니 그런 병원이 어디에 있느냐"고 언성을 높였다. "아직 결혼도 안한 딸의 화상 부위를 원상으로 만들어 놓아야지 그렇지 않으면 참지 않겠다"고 소리를 지르고는 내가 말할 여유도 주지 않고 전화를 끊는 것이었다.

그런 전화를 받고 보니 어제 후배 치과의사가 한 말을 이해할 수 있었다. 수술 이틀 후 그러니까 보호자의 전화를 받은 다음날 치료를 받으러 온 환자에게 다시 사과를 한 후 보호자(아버지)의 격앙된 전화를 받았다고 알려주었다. 그리고 최선을 다해 치료해서 화상 흉터를 최소화되도록 노력할 테니 열심히 다니면서 치료를 받으라고 이야기해줬다.

그러나 환자의 태도가 처음 수술을 받은 날과는 달랐고 치료

중에 아프다며 짜증이 심했다. 그 후 환자는 치료를 받으러 오라고 일러준 날에 오지 않더니 치핵 수술을 받은 항문만 나에게서 치료받고, 둔부의 화상은 다른 병원에서 치료를 받겠다는 것이었다. 환자의 결정을 바꾸라고 할 수도 없는 일이라서 어느 병원에서 치료를 받는 것은 환자의 의사에 맡기겠지만 화상을 제대로 치료할 수 있는 외과의사에게서 치료를 잘 받으라고 일러 주었다.

치핵 수술을 받은 2주일 후 항문치료를 받기 위해 병원을 방문하였을 때 화상부위를 보니 치료가 잘 되어 상흔도 심하지 않았고, 짙은 갈색의 직경 약 5cm 정도의 평평한 흉터가 형성되어 있었다. 심부 2도의 화상이었으므로 이 정도 흉터는 양호하게 치유된 것이라고 설명해 주었다. 그랬더니 피부 색깔이 화상을 입기 전 원래의 피부색이 되지 않으면 치료가 끝난 것이 아니라고 하면서 그때까지 치료하는 치료비를 모두 지불해 달라는 것이었다.

환자에게는 화상의 정도를 보았을 때 정상적인 피부색깔로 돌아오기는 어렵다고 설명하면서 둔부이므로 눈에 잘 보이지 않는 부위이니 부풀어 오르면서 보기 흉하게 되지 않은 것을 감사하게 생각하라고 설득하였으나 대화가 되지 않은 상태에서 환자는 병원을 나섰다.

나는 또 다시 후배 치과의사에게 함께 일하는 직원이니 위생사를 잘 설득시켜 줄 것을 요청하려고 전화를 하였으나, 후배의 말은 병원을 그만두었다는 것이었다. 그러면서 앓던 이가 빠진 것 같아 홀가분하다고 하면서 "그 사람이나 보호자의 성품으로 볼 때 선배님이 고생이 심하실 것 같아 환자를 보낸 저로서 죄송스럽습니다"라고 하는 것이었다. 나는 후배에게 "자네가 죄송할 일은 아니고 우리의 실책이니 어쩔 수 없는 일이 아닌가, 좋게 해결을 하려고 노력할 테니 부담가지지 말게"라고 그의 심적 부담을 덜어 주었다.

그 이후 환자는 오지 않고 보호자인 부모가 수시로 찾아오거나 전화를 걸어와 자기 딸의 화상 흉터를 화상을 입지 않았을 때와 같이 정상으로 만들어 놓으라고 떼를 쓰는 것이었다. 나는 화상 흉터가 완전히 없어지긴 어렵고 시간이 지나면서 흉터의 색이 서서히 옅어질 가능성이 높으니 기다려보라고 설득하였다. 그러나 그는 내 말을 듣지 않고 당장 원상회복을 시켜놓으라고 하는 것이었다.

끈질기게 찾아와 괴롭힌 지 거의 1년이 되었을 때 보호자가 자기가 알아본 바로는 성형수술을 하면 원상회복이 된다고 했다면서, 성형수술을 받을 테니 거액의 수술비를 요구하는 것이었다.

나는 "성형수술을 받는다 해도 지금 흉터부위를 도려내고 대퇴부 등의 몸의 다른 부위에서 피부를 떼어다가 이식수술을 해야 되는데, 그렇게 해서 설령 화상흉터는 원상의 피부색을 되찾는다 해도 이식을 위해 피부를 떼어낸 부위에는 또 다른 흉터가 생길 수 있는데 그것은 어떻게 할 생각이냐"고 물었다. 그리고 "보호자가 원하는 병원에 가서 수술을 받으면 내가 수술비를 전액 부담할 테니 가서 받아라, 다만 수술 후 원상회복이 안 되었을 때 또 다시 나에게 책임을 묻지 않겠다는 것과 성형수술로 인한 또 다른 흉터(피부이식을 위해 피부를 떼어낸 곳의 흉터)에 대하여도 나에게 책임을 묻지 않겠다는 내용의 각서를 쓰시라"고 하면서 수술 받을 병원과 집도할 의사선생님을 알려달라고 했다. 내가 이처럼 강력한 제안을 하니 보호자는 다음에 다시 오겠다고 하면서 돌아갔다.

그리고 그로부터 한동안은 연락이 없더니 한 달 쯤 후에 다시와서는 "이제 더 이상 이 문제로 스트레스를 받고 싶지 않으니 그동안 화상치료를 받은 치료비와 정신적인 피해를 입은 것에 대하여 보상을 해달라"면서 또 다시 상상을 초월하는 거액을 요구하는 것이었다. 나는 치료비는 지불하겠지만 지나치게 많은 액수의 정신적 보상비를 요구하는 것은 수용하기 힘들다고 말했다. 그리고 정신적인 보상도 법의 테두리 안에서 이루어져야 하는 거라고 설득하였다. 그러나 그는 나의 말은 들으려 하지도 않고 자기 주장만 되풀이하다가 돌아갔다. 그리고 그로부터는 일주일에 두 세 차례씩 병원을 찾아오거나 전화를 걸어와 큰 소리를 치면서 진료를 방해하는 것이었다.

이렇게 병원에 찾아와 진료를 방해해도 병원은 법의 보호를 받을 수 없다. 진료방해를 한다고 경찰에 신고를 해도 경찰은 피해자가 보상을 요구하는 것이므로 법적으로 제재할 수 없다며 신고를 받아들이지 않는다. 그래서 병원들은 어쩔 수 없이 합의를 보고 일을 끝내는 것이다. 나도 약 6개월간의 끈질긴 시달림을 받고 어처구니없는 액수를 지불하고 그들의 시달림에서 풀려날 수밖에 없었다.

　지인의 소개를 받은 환자라고 해서 간호사가 특별한 관심을 가지고 베풀었던 호의가 환자의 부주의로 환자에게 화를 불러일으키는 불상사를 불러왔고, 그로인한 정신적 물질적 피해를 보게 되고 보니 지나친 친절도 함부로 베풀어서는 안 되겠다는 생각이 들었다.

3부

운명의 순간들

정형외과수술 후
환자에게 나타난 황달

　팔꿈치 관절의 골절로 핀을 박았던 환자에게서 핀을 뽑기 위해 전신마취 하에 수술을 받았던 60대 여자 환자 윤 씨가 수술 1주일 후부터 황달이 나타났다. 내과에 협진의뢰를 한 결과 담낭과 총수담관에 담석이 있어 외과에서 수술을 해야 할 것 같다며 정형외과에서 협진의뢰가 왔다.

　환자를 진료하면서 보니 얼굴에 심한 황달을 보였다. 초음파 사진에는 담낭에 몇 개의 담석이 보였지만, 염증은 심한 것 같지 않았다. 총수담관에도 담석이 있었으나 총수담관은 심한 팽창을 보이지는 않았다. 빌리루빈 수치도 10에 가까이 올라가 있었고, 간 효소치도 약간 올라 있었다. 환자는 정형외과 수술을 받기 전에는 황달이 없었다. 정형외과 수술 전 혈액 검사에서 황달 소견은 없었고, 간 효소치도 정상이었다. 담석이 있어도 갑자기 황달이 나타났다는 것이 조금은 이해되지 않았으나, 그래도 초음파 검사상 담석이 있으니 총수담관을 막고 있는 담석으로 인한 폐쇄성 황달이라고 판단하였다. 환자 및 보호자에게 수술이 필요함을 설명하고 수술을 결정하였다.

수술은 평상시대로 담낭을 제거하고 총수담관을 열어 총수담관 속에 있던 담석을 모두 제거하고, T자 튜브를 넣고 수술대에서 잔류담석이 있는지 X-ray 검사를 시행하였다. 검사결과 잔류담석도 없고 십이지장으로 통하는 통로도 좁지 않아 수술 후 일정기간 담즙의 제거를 위해 T튜브를 총수담관에 삽입한 후 수술을 마쳤다. 수술 후 T튜브를 통한 담즙 배출이 잘되고 환자는 황달이 호전되는 양상을 보였다. 그러나 담석 수술 5일 후부터 황달이 다시 깊어지는 것 같았다. 혈액검사를 해보니 빌리루빈 수치가 수술 전의 수치를 넘어섰고 간 효소치가 많이 올라간 소견을 보였다.

　어처구니없는 일이었다. 이 결과대로라면 정형외과 수술 후 나타난 황달이 총수담관 담석에 의한 폐쇄성 황달뿐만 아니라, 확실한 원인은 알 수 없으나 어쩌면 독성 마취약물에 의한 간 손상에 의한 것이 아니었나 하는 의구심을 가지게 되었다.

　마취약에 의한 독성 간염 환자에게 똑같은 약물을 사용해 마취하고 수술을 시행했으니 환자의 간 손상이 더 심해진 것이 아닐까 하는 생각이 들었다. 차라리 수술을 하지 말았어야 했다는 후회도 되었다. 그러나 공교롭게도 총수담관 담석이 있어 수술을 하지 않을 수도 없는 상황이었으니, 우리의 판단을 흐리게 할 수밖에 없었던 운명의 장난이었다.

　과거에도 서울의 모 대학병원에서 이런 문제로 환자가 생명을 잃은 경우를 알고 있었기 때문에 환자 보호자(아들)를 불러 환자에게 일어난 상황을 설명해 주었다. 환자의 보호자는 법조인으로 공손하며 조용했고, 내 설명을 충분히 이해한다고 하였다. 그리고는 환자가 생명을 구하기 어려울 수도 있음을 설명해주고, 그래도 최선을 다해보아야 하지 않겠느냐고 설명하면서 서울의 대학병원으로 옮겨 치료를 해보자고 권유하였다. 환자의 보호자가 흔쾌히 동의하여 다음날로 세브란스병원 간 전문 의사에게 환자의 상태를 설명한 후 전원하였다.

그러나 대학병원 전문 의료진의 노력에도 환자는 손상된 간을 살리지 못해 생명을 구하지 못하고 세브란스 병원으로 이송된 지 15일 만에 세상을 떠났다. 장례를 마친 후 보호자가 찾아왔을 때, 나는 병원 측에 원망이나 항의를 하려고 온 것이 아닌가 하는 경계심을 가지고 보호자를 맞았다. 그러나 잠시 후 나의 짧은 생각이었음을 깨달았다. 보호자들은 오히려 그동안의 노력에 감사를 표하였다. 나는 다시 한 번 우리 의료의 한계가 있음을 설명하고는 이해를 구하였다. 그리고 간이식 수술에 대한 이야기를 하였다. 세브란스 병원에서도 같은 이야기를 들었지만 간이식 수술에 대한 확신을 할 수 없었고, 이식받을 간을 구하기도 쉽지 않아 응하지 못했다고 했다.

당시 우리나라에서는 한손에 꼽을 정도의 대학병원에서만 간이식 수술이 이루어지고 있었다. 게다가 이식받을 간을 구하려면 생체 간이식이 시행되기 전이라 뇌사자로부터 기증을 받아야 했으므로 쉽지 않았다. 오늘날은 생체 기증에 의한 간이식 수술이 많이 행해지고 성공률도 높은 상태임을 생각하면, 그 환자가 요즘 같았으면 생명을 구할 수 있지 않았을까 하는 생각이 여전히 내 마음 한편을 떠나지 않고 있다. 이러한 아쉬움은 생명에 대한 외경이며, 품위 있는 보호자에 대한 감사의 마음이기도 하다. 다시 고인의 명복을 빈다.

양측 콩팥에 동반 질환을
가지고 있던 신장암 환자

50대 초반의 남자 환자가 양측 옆구리의 심한 통증과 간헐적인 발열 때문에 내원하였다. 술 담배를 많이 하는 환자는 오래 전부터 간헐적인 양측 옆구리 통증이 있었으나 건강에는 자신 있다는 자세로 살아왔다고 했다. 그러나 최근 들어 통증이 심해지고 잦아졌으며 때로는 심한 열이 났다고 했다. 이학적 진찰 소견은 탁진 시 양측 옆구리에 심한 통증을 호소하였다. 신장이나 요도 결석을 의심하여 복부 X-ray 촬영과 소변검사를 우선 시행하였다.

X-ray 결과 양측 신장은 커진 음영을 보이며 커다란 결석이 신장의 세뇨관을 꽉 채우고 있었다. 소변검사에서는 심한 백혈구 증가와 혈뇨를 보이고 있었다. 곧바로 초음파검사를 시행하였다. 양측 신장이 다발성 낭종으로 커진 상태에서 결석이 신장내부의 세뇨관을 꽉 채우고, 배뇨가 잘 안 되는 듯 신장이 팽창되어 있었다. 그리고 낭종은 염증성 소견을 보인다고 했다. 환자의 체온은 38도를 넘었고 혈액검사는 심한 백혈구 증가를 보였다. 그래도 오른쪽 콩팥이 왼쪽 콩팥에 비해 상태가 좋아 보였다. 환

자에게 검사결과를 설명해주고 양측 신장이 모두 병이 들었으니 제거하고, 신장이식을 받는 것이 최선의 치료가 될 것임을 설명해 주었다.

그리고는 우리병원에서 수술하는 것은 힘드니 비뇨기과 전문의사가 있는 병원으로 가서 수술을 받으라고 권유하고 지역의 비뇨기과 전문의사가 있는 병원으로 모든 검사결과를 정리하여 전원시켰다. 그러나 환자는 다음날 다시 내게로 왔다. 내가 보낸 병원에서 비뇨기과 과장님께서 보고는 양측 신장을 모두 제거하여야 되지만 우선 좌측 신장이 염증성 낭종으로 상태가 좋지 않아 제거하는 것이 패혈증에 빠질 위험을 더는 방법이므로 좌측 신장제거술을 먼저 해야 되지만, 그 병원에서도 수술하기 힘드니 서울의 대학병원으로 가서 수술을 받으라면서 돌려보냈다는 것이다.

사실 내가 보아도 좌측 신장이 너무나 크므로 신장을 적출해내는 수술이 만만치 않아보였다. 그러니 그 쪽 병원의 의사선생님도 서울의 대학병원으로 환자를 보내고 싶었을 것이란 생각이 들었다. 나도 환자에게 똑같은 이야기를 했다.

그러나 환자는 서울의 대학병원으로 갈 형편이 못된다면서 나에게 매달리는 것이었다. 그래서 다시 내가 보냈던 병원에 가서 사정을 해 보라고 권유하였더니 그 병원에서는 너무나 냉정하게 거절을 하여 정이 떨어져 가고 싶지 않다며 다시 돌아와서는 매달리는 것이었다. 환자에게 우선 입원을 하여 약물을 투여하면서 생각할 시간을 갖자고 하고는 입원시켰다.

그리고는 대학병원에 있는 동료 비뇨기과 의사들에게 자문을 구했다. 그분들의 의견도 힘들게 혼자 씨름하지 말고 대학병원으로 보내라는 것이었다. 그러나 환자는 가지 않고 수술을 받지 않으면 퇴원도 하지 않겠다는 것이다. 하는 수 없이 내가 총대를 메기로 마음을 굳혔다. 그리고 모든 것은 하느님께 맡기기로 하고 환자에게도 기도를 열심히 하라고 당부하였다.

그동안 외과의사로서 몇 차례 신장 적출술을 시행해 보았지만 이 환자만큼 어려운 수술은 없었다. 좌측 신장은 장축이 약 20cm에 달하게 커져 있었고, 만성 염증성 병변으로 주위 조직과 강하게 유착되어 박리하는 과정에서 심한 출혈을 일으켰다. 이 환자를 수술하면서 수혈한 혈액의 양이 18파인트(일반인들의 표현으로 하면 18병)나 되었다. 사실 중소병원에서 인턴과 가정의 전공의를 데리고 힘든 수술을 한다는 것은 어려운 일이다.

약 6시간의 사투 끝에 신장을 적출해 내고, 주위의 출혈 부위를 모두 정리하고 수술을 마쳤다. 신장적출술 치고는 참으로 힘든 수술이었다. 그러나 다행히 환자는 아무 후유증 없이 회복 되었다. 오른쪽 콩팥의 기능이 좋아서인지 걱정했던 배뇨는 문제가 없었다. 참으로 다행스런 일이었다.

그러나 이처럼 어려움을 극복하고 시행한 수술이었는데, 문제는 수술 후 시행한 조직검사에서 다발성 낭종이 모두 암성 낭종으로 나온 것이었다. 그리고 신장 주위에서 떼어낸 여러 개의 림프절 조직이 염증성 병변에 의한 비대로 생각했는데, 암전이가 되어 있었다. 그렇다면 우측 신장의 병변도 암일 가능성이 있었다. 이것을 환자와 보호자에게 어떻게 설명해야 할지 난감하였다. 환자는 회복되고 나면 신장 기증자를 찾아 우측도 수술하면서 신장이식을 받아야 되겠다는 꿈을 가지고 있었는데 말이다.

우선 환자의 보호자(부인)에게 사실대로 설명해 주었다. 설명을 듣는 보호자는 충격과 실망감에 정신이 나간 사람 같았다. 나는 환자가 회복되는 대로 서울의 대학병원에 보내어 우측 신장의 조직검사를 시행하도록 해야겠다고 보호자에게 설명해 주었다. 당시만 해도 많은 사람들이 암이라면 무조건 치료가 안 되고, 죽는 줄로 만 알고 있을 때였으니 보호자도 번거롭게 그런 검사를 받기를 거절하였다.

환자의 병세는 순조롭게 회복되어 퇴원 하였지만 우측 신장의 문제와 향후 항암치료를 어떻게 해야 할지 결정해야 했다. 환자는 아직 암이라는 사실을 모르고 있었으므로 보호자를 설득하여 우측 신장의 조직검사를 받도록 끈질기게 노력하였다. 끈질긴 설득에 보호자가 "그렇게 하여 암이라고 나오면 다음은 어떤 치료를 해야 되며, 치료 방법이 있느냐"는 것이었다.

사실 나는 이 질문에 명확한 대답을 해 줄 수 없었다. 그래도 아직 나이가 있으니 신장이식과 항암치료 등을 하면서 최선을 다해봐야 하지 않겠느냐는 말만 할 수 있었다. 꾸준한 설득에 마침내 서울의 대학병원에 가서 조직검사를 하기로 하였다. 그리고 우측 신장은 양성 낭종이기를 간절히 기도했다.

그러나 어려운 결정을 내리고 서울에 가서 시행한 조직검사가 암으로 판명되었을 때 환자 보호자의 실망감과 비통해 하는 모습은 아직도 나의 뇌리에서 지워지지 않고 있다. 어떻게 양측 신장에 똑같은 병변이 암으로 발병할 수 있을까. 참으로 하느님도 야속하다는 생각이 들었다. 후속 치료를 위해 암센터 쪽과 협의를 하였지만, 이미 암이 많이 진행되어 이렇다 할 치료방법은 없었다. 방사선 치료와 항암제가 이 환자의 경우 특별한 도움이 될 것 같지 않다는 것이었다.

보호자와 상의하여 환자에게 사실을 알리고 정리할 것이 있으면 정리하게 할 수 밖에 없었다. 그리고 남은 생애동안 고통을 최대한 줄여줄 수밖에 다른 도움을 줄 수 없었다. 환자에게 모든 것을 알려줄 때 환자는 이미 눈치를 채고 자신이 불치의 병에 걸려있음을 알고 있었다면서 의외로 담대하게 받아들였다. 자기의 무절제한 삶 때문에 이렇게 된 것 같다며 후회와 함께 가족에게 미안하다는 말을 하는 것이었다.

우측 신장을 그대로 두고 지내던 환자는 모든 것을 받아들인 후 약 2개월을 이 세상에서 가족과 함께 보내면서 통증으로 심한 고통을 겪어야했다. 나는 이 환자에게서 고통을 덜어주는 것이 내가 할 수 있는 마지막 봉사라고 생각하고 여러 종류의 진통제를 투여하였다. 그의 마지막 가는 길을 조금이나마 편하게 해주려고 노력했지만 그에게 많은 도움이 되어주지는 못한 채 우리 곁을 떠나보내고 말았다.

한 생명을 살리고자 사투를 벌인 여섯 시간의 노력이 물거품이
되었을 때 외과의사는 허무하고 고독하다. 외과의사들은 그 허
무함과 고독을 혼자 스스로 극복하고 또 다른 환자의 삶을 위해
노력하겠다는 새로운 다짐을 하고 일어설 수밖에 없다. 그리고
우리 곁을 떠난 그가 하늘나라에서 고통 없이 영생을 누리기를
기도한다.

개복 후 닫아버린
젊은 위암 환자

20대 초반의 대학을 갓 졸업한 젊은 남자가 찾아왔다. 이 환자는 오랜 기간 상복부 불쾌감과 소화불량으로 내과 진료를 받고 일반적인 위염 진단 하에 약물치료를 하였다. 그러나 약물 치료에 반응이 없어 위내시경을 시행한 결과 위암으로 판명되어 수술을 위해 나에게 온 것이다. 환자는 비교적 병색을 보이지는 않았으나 다소 마른 체구에 비교적 키가 큰 편이었다. 내시경 소견은 위의 대만곡부와 후벽의 점막이 전반적으로 융기되어 있으며 궤양성 병변이 넓게 흩어져 있었다. 혈액 검사 소견도 특별한 이상 소견이 없었으며, 우리 병원에 복부CT가 없던 시절이라 복부 초음파 검사를 시행해보니 소만곡부의 복강동맥 주위에 림프절 종대가 보였고, 복강내 복수가 감지되는 것으로 나타났다.

위내시경 조직검사에서 암으로 판명되었으니 수술적 치료를 해야 했다. 보호자인 부모를 만나 수술에 대한 설명을 하였다. 수술은 병변의 범위로 보아 위를 모두 제거하는 위전절제술과 식도공장 문합술을 시행해야 할 것 같다고 설명해 주었다. 그러면서 젊은 환자들의 경우는 개복을 해보면 암이 너무 많이 진행되어 수술이 불가능한 경우도 있다는 점도 설명해 주었다. 우리가 수술 전 검사로 알 수 없는 상태가 있음을 알려주었다. 그리고 초음파 검사에서 보이는 복강 내 복수는 좋은 소견이 아니라는 점을 말해 주고 수술동의서를 작성하도록 하였다.

환자의 부모는 위암으로 진단을 받은 이상 치료 방법은 수술밖에 없다는 것을 알았다면서 수술을 받겠다고 하였다. 이제 막 피어나는 젊은 아들이 위암으로 수술을 받아야 한다는 현실 앞에서 부모의 마음이 어떠할지는 당사자가 아니고는 아무도 알 수 없는 일일 것이다.

아무쪼록 이 가정의 평화와 행복을 위해 이 젊은 청년의 수술이 성공적으로 이루어질 수 있기를 기도하며 수술을 시행하였다.

개복을 하고 보니 복강 내에는 꽤 많은 양의 복수가 있으면서 복막을 비롯하여 대망, 장간막 및 장막 전체에 과립성 전이성 암 병변이 퍼져있었다. 저절로 한숨이 나왔다. 수술이 불가능한 상태였다. 위를 절제해보아야 아무런 소용이 없는 상황인 것이다. 차라리 위를 그대로 남겨두는 것이 사는 날까지 음식을 먹는데 도움이 될 것이라는 판단을 하고 그대로 개복창을 닫아야 하는 상황이었다. 일단 수술이 불가능한 상황을 보호자가 확인을 해야만 뒤탈이 없을 것이므로 보호자를 수술실로 불러 환자의 복강 내의 상태를 보여주고, 수술이 불가능하다는 것을 알려준 후 수술을 끝내기로 하였다.

환자의 부모에게는 두 분이 모두 보기를 원하면 두 분을 모두 수술실로 모셔오라고 하였으나 환자의 아버지만 보겠다고 하여 아버지만 수술실로 들어왔다. 나는 환자의 복강 내에서 암으로 비후해진 위를 비롯하여 고여 있는 복수와 복강 내에 무수히 많은 다양한 크기의 좁쌀같이 흩어져 있는 암 병변을 보여주고 설명하면서 수술이 불가능함을 알려주었다. 환자의 아버지는 충격적으로 받아들이는 것 같았다. 그러나 눈앞에 펼쳐진 아들의 치료 불가능한 병변을 보고 믿고 받아들일 수밖에 없는 일이었을 것이다. 보호자를 수술실 밖으로 나가게 한 후 개복창을 봉합하였다.

수술을 하려고 열고 들어갔다가 수술이 불가능해 닫을 때처럼 허무한 일이 없다. 이럴 때면 외과의사는 허탈감에 빠져든다. 그리고 이 후에 환자를 어떻게 치료하며, 보호자에게는 어떠한 정신적 치료를 해주어야 할지 어려움에 봉착한다. 수술이 끝난 직후에는 한동안 환자에게는 사실을 숨기고 갈 수밖에 없다.

수술을 마치고 저녁 회진을 돌 때 환자가 "선생님 수술을 잘 해주셔서 고맙습니다"라고 감사의 인사를 했을 때 무척 고통스러웠다. 물론 환자에게는 "수술이 잘 되었으니 걱정 말고 빨리 회복되도록 노력하라"고 격려의 말로 대답은 했지만, 나는 환자를 똑바로 바라볼 수 없었다. 아들과 나를 바라보는 환자 부모의 시선이 애처로웠다.

환자는 수술 후 아무 문제없이 회복되어 수술 후 10일 째 되는 날 퇴원하고 외래로 통원치료를 받게 했다. 통원치료라는 것이 환자의 상태를 점검하는 일인데, 환자에게 아무것도 해줄 수 없는 나는 환자를 보는 것이 부담스러울 뿐이다. 머지않아 복수가 차고 통증으로 고통스러워 할 환자를 보면서 젊은 나이에 꿈을 펴보지 못하고 떠나 갈 환자에게 내가 마지막으로 해 줄 수 있는 것이 무엇인가를 찾을 수밖에 없었다. 부모에게 환자가 건강을 회복하는 대로 여행을 다녀오는 것이 어떻겠느냐고 조언을 해주었다. 그리고 언젠가는 사실을 말해주어야 한다는 것을 나와 부모는 알고 있었다.

부모는 나의 조언을 받아들여 퇴원 후 2주가 지나 몸이 어느 정도 회복된 상태에서 일주일간의 국내 여행을 다녀왔다. 여행을 다녀온 한 달 후부터 환자의 상태는 다시 병색을 드러냈다. 복통과 함께 복부 팽만감이 나타났고 소화불량으로 병원을 찾아왔다. 다시 병색이 드리워지자 환자는 왜 수술 전보다 더 아프고 힘드냐고 묻는 것이었다.

보호자의 요구로 환자를 입원시켜 환자의 고통을 덜어주는 치료를 하기로 했다. 그리고는 부모와 함께 환자에게 언제 사실대로 알려줄 것인가를 고민하기 시작했다. 입원 후 환자는 자신의 병에 대하여 어느 정도 눈치를 채고 있는 것 같았다. 간호사들을 붙잡고 자신의 병 상태를 끈질기게 묻기 시작하였다. 환자가 주위 사람들이 무언가 자기에게 숨기고 있다고 의심하기 시작한 것이다.

환자가 입원하여 첫 번째 주말을 맞은 날 환자의 부모가 진료실로 찾아왔다. 이제는 아들에게 모든 것을 털어놓고, 아들도 본인이 정리할 일이 있으면 정리할 시간을 주어야겠다는 것이었다. 그리고 모든 것을 신앙 안에서 극복하겠다는 것이었다. 그러나 부모의 입으로는 차마 말을 못하겠으니, 나에게 병세에 대하여 아들에게 설명해 달라는 것이었다.

토요일 오후의 병동은 좀 한가한 편이다. 한가한 시간을 이용해 환자의 병실로 갔다. 병실에는 부모와 환자만 있었다. 수척하게 야윈 환자의 눈망울이 애처로워 보였다. 나는 환자의 손을 꼭 잡고 환자의 병 상태를 자세히 설명해 주었다. 환자는 고개를 떨군 채 나의 설명을 듣더니, 이윽고 어깨를 들썩이며 눈물을 흘리기 시작했다. 곁에 있던 부모님도 억지로 울음을 참으면서 눈물을 훔치고 있었다. 참담한 현실 앞에서 나의 눈에도 눈물이 고였다.

이 젊은 환자와 그 부모에게 어떠한 말로도 위안을 해 줄 수가 없었다. 애지중지 키워 대학 교육까지 시킨 아들이 이제 사회에 나와 일해야 할 시기에 피어 보지도 못하고 부모보다 먼저 세상을 떠나야 한다는 사실을 부모가 어떻게 받아들일 수 있겠는가. 참으로 하느님도 야속한 상황이었다.

한 동안의 침묵이 병실을 무겁게 짓눌렀다. 먼저 침묵을 깬 것은 환자였다. "대학을 졸업하고 사회에 나와 그동안 부모님께 받은 은혜를 갚아드려야 하는데, 아무런 보답도 못해드리고 짐만 지워드려서 죄송합니다. 저의 운명이 이것밖에 안된다면 받아들여야지요. 그러나 부모님이 너무 불쌍해요"하면서 부모님의 손을 꼭 잡는 것이었다. 부모님이 참았던 울음을 터뜨리며 병실은 울음바다가 되었다. 환자와 그의 부모는 한참을 울었다.

나는 울음이 그친 뒤 환자에게 큰 도움을 주지 못해 미안하다면서 우리가 함께 있는 동안 내가 환자에게 해 줄 수 있는 것은 최선을 다 해 최대한 고통을 줄여주겠으니 언제고 도움이 필요할 때는 요청하라고 일러주고는 병실을 나왔다. 참으로 긴 하루를 보내고 있었다. 주일을 보내고 다음 월요일 회진 시간에 앞서 먼저 환자를 보러 갔다. 의외로 환자는 차분하게 먼저 인사를 하고는 사실을 알려주기 전보다 안정된 모습을 보여주고 있었다.

이후 환자는 입원과 퇴원을 반복하면서 자신에게 주어진 이 세상에서의 짧은 삶을 마치고 수술 후 6개월을 채우지 못하고 영원한 안식에 들었다.

이 젊은 환자 이후 20대 및 30대에 암 진단을 받고 수술을 시행한 환자들 중에 병소를 적출할 수 있었던 환자는 극소수에 불과했다. 많은 젊은 사람들이 자신의 건강에 대하여 무관심하거나, 대수롭지 않게 여겨서 나타나는 현상 같았다. 몸에 이상을 느끼면 바로 병원을 찾아 검진을 받아야 하는데, 그러지 않고 지내다가 병세가 악화된 뒤에 병원을 찾기 때문인 것 같았다.

그래서 대부분의 환자들이 암 진단을 받았을 때는 수술적 치료가 무의미한 상태인 경우가 많았다. 또한 수술이 가능하여 암 병소를 적출한 환자도 노년의 환자에 비해 재발이 빨리 나타나 생존율이 많이 낮았다. 젊은 사람들도 건강에 자만심을 버리고 건강을 돌보며 몸에 이상을 느끼면 빨리 병원을 찾아 진찰을 받는 것이 필요하다. 많은 젊은이들이 생존경쟁에 발 묶여 건강검진을 받을 기회를 놓치는 경우도 있지만, 젊다는 이유 하나로 자신의 건강을 소홀히 하는 일은 어리석은 일이다. 생명은 단 하나다. 그 생명을 지키는 일에 충실하고 창조를 이어가는 것은 우리에게 부여된 사명을 다 하는 길이고 아름다운 삶을 살아가는 길이 아닐까 생각한다.

신혼여행에서 돌아온
젊은 간암 환자

싱그러운 햇살이 따스한 5월의 어느 오후, 한 쌍의 젊은이가 진료실로 들어왔다. 남자 환자는 몹시 괴로운 듯 얼굴이 찌푸려진 채 배를 움켜쥐고 있었다. 의자에 앉게 권유한 뒤 차트를 보니 남자 환자의 나이가 28세였다. 어디가 아파서 왔느냐고 물어보니 배가 아파서 왔다며, 맹장염(충수돌기염)이 아닌가 해서 외과로 접수했다고 했다.

문진을 해보니 이 젊은이들은 사흘 전 결혼을 하고 제주도로 신혼여행을 갔다가 신랑이 배가 아프다고 하여 제대로 여행도 못하고 돌아온 것이다. 그동안 어떻게 지냈는지도 모르게 있다가 항공편이 되어 돌아온 것인데, 맹장염(충수돌기염)이면 수술을 받아야겠기에 공항에서 곧장 병원을 찾아왔다고 했다.

환자에게 통증에 대하여 자세히 문진을 해보니, 결혼 전에도 가끔 우측 상복부에 통증이 있었지만 시간이 지나면 없어지고 해서 특별한 관심을 가지지 않고 지내왔다고 했다. 술은 많이 마시고 담배는 피우지 않으며, 과거에 특별한 병에 걸린 적도 없었다고 했다.

환자를 진찰대에 눕게 한 후 진찰을 했다. 복부가 약간 팽만해 있는 듯한 느낌이 들었다. 눈을 보니 황달기운이 있었다. 환자에게 소변의 색깔이 어땠느냐고 물었다. 술을 많이 마시다 보니 어떤 경우에는 맑았다가 어떤 경우에는 짙은 노란색을 보일 때가 많았다고 했다.

우측 상복부를 누르니 압통을 호소하였다. 환자의 바이탈사인은 정상이었고 열도 없었다. 담낭염이 의심되어 먼저 초음파검사를 하도록 하고, 방사선과 과장님에게 전화로 환자의 상태를 설명하면서 담낭이나 간에 병변이 있는 것 같으니 잘 살펴달라고 부탁하였다.

환자가 초음파검사를 받으러 검사실로 간 후 얼마 되지 않아 방사선과 과장님의 전화를 받았다. "지금 초음파검사를 하고 있으니 와서 직접 보시라"는 전화였다. 초음파검사실로 향하면서 '무슨 병변이 발견되었기에 와서 보라고 하나'하면서 검사실로 들어섰다.

환자가 검사실 침대에 누워있으니 함부로 말할 수 없는 상황이었으므로 초음파 모니터를 보여주면서 간의 양측 엽에 크기가 다양한 다발성 종괴가 간의 실질을 거의 대체하다시피 한 상황을 보여주는 것이었다. 복수도 약간 있다면서 간암이 틀림없다는 것이었다. 그것도 이 정도 진행되었다면 다른 장기로의 전이도 생각해봐야겠다는 것이다. 참으로 안타까운 일이 아닐 수 없었다. 환자를 내보낸 후 나는 방사선과 과장님과 환자에 대하여 의견을 교환한 후 진료실로 돌아왔다.

진료실로 돌아와서는 환자를 불러 뭐라고 말해줄까 한동안 고민하였다. 이제 막 새로운 삶을 시작하려는 젊은 신혼부부에게 환자의 병을 바로 이야기해준다는 것은 정말 못할 짓 같았다. 그들은 내가 악마처럼 느껴질지도 모를 일이었다. 그래도 의사로서의 의무가 있으니 이야기를 해줄 수밖에 없었다.

먼저 부부를 함께 불러 환자는 맹장염(충수돌기염)이 아니고, 간에 병이 있어 상복부 통증이 생긴 것이라고 설명하였다. 그리고 치료를 위해서는 좀 더 많은 검사가 필요하며, 검사 결과를 본 후에 치료에 대한 계획을 세울 수 있으니 보호자와 함께 다시 와달라고 말했다. 무엇보다 우선 통증을 완화시켜줄 필요가 있어 주사실로 가서 수액 공급과 함께 진통제 주사를 맞도록 하고, 복용할 약으로 진통제와 소화제를 처방해 주었다.

환자가 주사를 맞고 약을 타기 위해 기다리는 동안 남편이 눈치 채지 못하게 부인을 진료실로 불러오게 하였다. 신혼부부에게는 잔인한 이야기지만 부인에게는 남편의 병에 대하여 알려줄 필요가 있다고 생각했다. 나는 그 젊은 신부에게 차를 한 잔 들게 하면서 신랑의 병을 설명해 주었다. "결론부터 말씀드리면 환자의 병은 간암인 것 같습니다"라는 나의 말에 신부는 자신의 귀를 의심하는 듯 "지금 무슨 말씀을 하셨어요?"하면서 다시 한 번 말해달라고 했다. 상대에게 절망적일 수밖에 없는 이야기를 다시 한다는 것은 나에게도 고역이었다.

그러나 다시 한 번 이야기해줄 수밖에 없었다. 환자의 병은 간암이며 그것도 진행이 많이 되어 현재 상태에서는 치료 방법이 마땅치 않다는 것과, 만약 치료를 위해 노력해보겠다면 더 세밀한 검사를 받은 다음에 가능하다면 간이식수술 밖에는 다른 방법이 없다는 것을 설명해 주었다. 그렇지만 현재 환자의 초음파 검사 소견을 가지고 추측해 본다면 간이식 수술마저도 불가능할 것 같다고 말했다.

신부의 눈에서 하염없이 눈물이 흘러내렸다. 옆에서 보고 있던 진료실 간호사의 눈에서도 눈물이 흘러내리고 있었다. 내 마음도 울컥하여 더 이상 무슨 말을 해주어야 할지 생각이 나지 않았다. 나는 한동안 눈을 감고 감정을 추스린 다음 간호사에게 신부의 눈물을 닦아주도록 했다.

꽤 오랜 침묵의 시간이 흘렀다. 나는 신부에게는 잔인하게 느껴질지도 모르는 이 사실을 왜 알려주게 되었는지를 설명했다. 새로운 인생 설계를 하고 출발한 신혼 생활이 산산조각이 날 줄 알면서도 사실을 숨기고 가르쳐주지 않으면 머지않아 이들 부부에게 더 큰 상처를 만들어 주게 될지도 모른다는 생각이 들었기 때문이다. 신부가 진정될 때쯤 환자가 주사를 다 맞았다고 연락이 왔다. 신부에게 신랑에게는 아직 병에 대하여 자세히 말하지 말도록 당부하였다. 그리고 신랑이 보호자(부모)와 함께 다시 병원에 와서 오늘 시행한 혈액검사 결과와 병에 대한 자세한 설명을 들을 수 있도록 해달라고 하였다. 신부는 힘없이 진료실을 나섰다. 그 뒷모습을 보는 내 마음도 아팠다.

진료약속이 된 날 환자는 부인은 동반하지 않고 부모와 함께 병원에 왔다. 혈액검사에서는 황달을 보이는 빌리루빈 수치가 증가해 있었고, 간암표지자 검사도 양성으로 나왔다. 환자의 안부를 묻고는 환자와 보호자에게 "간에 많은 혹이 있어 치료하기가 쉽지 않다"는 말을 해주었다. "치료 방법은 간이식수술 밖에는 다른 방법이 없다"고 설명하였다. 환자와 보호자가 어안이 벙벙한 가운데 "무슨 말씀이냐고" 물을 때, 나는 환자와 보호자를 분리시키기 위해 환자가 주사를 맞아야 하니까 우선 주사실로 가서 주사를 맞으라고 하였다. 환자가 없는 상태에서 보호자와 이야기를 하는 것이 좋겠다고 생각한 것이다. 환자와 보호자를 분리시킨 후 보호자에게 더 자세한 설명을 해주기 위해서였다.

간호사가 환자를 주사실로 안내하여 나간 다음, 부모에게 환자의 병에 대하여 설명해 주었다. 환자의 병은 간암이며, 그것도 너무 많이 진행되어 치료가 불가능하다고 하였다. 부모는 내 말을 듣고는 정신이 나간 사람들 같았다. 그리고 곧바로 자기 아들을 살릴 방법이 없겠느냐고 묻는 것이었다. 서울의 대학병원으로 가면 치료가 가능하지 않겠느냐고 반문하는 것이었다.

나는 치료방법은 다른 사람의 건강한 간을 이식받는 수술 말고는 없는데, 우리나라에서는 아직 간이식 수술을 할 수 있는 병원이 두 세 곳 밖에 없을 뿐만 아니라, 환자의 검사 소견을 볼 때는 복수가 있는 것으로 보아 이미 암이 복강내의 다른 장기로 많이 진행되어 간이식 수술을 받는다고 해도 암 조직을 완전히 제거할 수는 없다. 그래서 이식수술을 성공적으로 마치더라도 암은 계속 진행되고, 새로 이식된 간에도 다시 암이 전이되어 생명을 구하기 어려울 것같다고 설명해 주었다.

설명을 듣던 부모들은 눈물로 얼굴이 가려져 울면서 "선생님 제 아들을 좀 살려주세요. 다 키워 결혼도 시키고 이제 손주를 볼 꿈에 부풀어 있었는데 이게 웬 날벼락이냐"면서 흐느껴 우는 것이었다. 나도 차마 어려운 설명을 하느라 고심이 많았는데, 무슨 말로 이들을 위로하고 진정시켜야 할지 알 수 없었다. 단지 이들 부부의 손을 잡고 마음속으로 이 환자가 앞으로 큰 고통을 당하지 않고 평화롭게 천국에 들게 해달라고 기도드릴 수밖에 없었다.

부모들이 어느 정도 진정된 후 나는 잔인하게 들릴지 모르겠지만 환자에게 병에 대하여 알려주는 것이 좋지 않겠느냐고 부모의 의견을 물어 보았다. 젊은 사람에게는 안타까운 일이지만 자신의 일을 스스로 정리하도록 해줄 필요가 있다고 생각했기 때문이었다. 이 환자가 앞으로 6개월 전후 밖에 살 수 없으리라는 예측을 했기 때문에 환자는 자신의 앞에 닥친 일을 알 권리가 있는 것이 아니겠느냐고 설득해 보았다. 그러나 부모들은 조금 시간을 갖자고 했다. 그리고 서울의 대학병원에 한번 가보겠다면서 소개를 부탁했다. 나는 우리나라에서 이제 막 간이식 수술을 하기 시작한 병원 중 그래도 경험이 가장 많은 병원을 소개해주었다.

　약 두 달쯤 지나서 환자가 다시 찾아왔다. 이제 환자는 자신의 병에 대하여 알고 있었다. 완연한 병색으로 찾아온 그는 수척한 얼굴에 심한 황달을 보이고 있었고, 복부 팽만도 쉽게 알 수 있었다. 내가 소개해 준 서울의 대학병원에 가 보았으나 그곳에서도 수술하기에는 이미 늦었다는 판단을 받았다. 그 병원에서도 특별히 환자에게 해줄 것이 없으니 집 가까이 있는 병원에서 필요할 때 치료를 받으라는 말만 듣고 왔다면서, 우리 병원에 입원하여 치료받고 싶다는 것이었다.

　나는 우리 병원에서도 환자에게 치료해 줄 수 있는 것은 없으므로 입원이 필요한 것은 아니라고 설명해 주었으나, 환자의 보호자는 입원시켜달라고 사정을 하는 것이었다. 부모 입장에서는 아들을 집에 두고 보기가 마음이 아파 병원에 입원시켜놓고 싶은 심정일 것이라고 생각하고 입원시켜 주었다. 필요할 때마다 통증을 완화시켜주고 복수로 고통스러워하면 복수를 뽑아주면서 내가 당시에 사용하여 60% 정도의 환자에게서 효과를 보아 사용하던 면역항암제를 복강 내에 투여하여 복수의 생성을 억제시켜주는 치료를 해줄 수밖에 없었다.

　신혼여행에서 돌아와 나를 찾아온 후 약 7개월이 될 때까지 나는 이 젊은 환자의 삶을 돌봐주어야 했다. 그리고 신부는 처음 병원을 찾은 이후에는 더 이상 보이지 않았다. 자식을 다 키워 결혼시키자마자 먼저 하늘나라로 보내는 부모의 애절한 마음을 뒤로 한 채 환자는 부모와 형제들이 지켜보는 가운데 눈을 감았다. 가족들에게 죽음을 선언하는 나의 마음은 한없이 무거웠다.

원발부위를 알 수 없었던
30대 초반의 척추전이 흑색종 환자

집안 동생의 후배가 되어 나도 동생처럼 생각하고 지내오던 젊은 사업가가 하루는 자기 처가에 결혼을 앞둔 31세 여자가 허리가 아프다며 "젊은 사람도 디스크가 걸릴 수 있느냐"고 물어왔다. 그러면서 "어느 병원으로 가면 좋을지 진찰해 보고 병원을 소개해 달라"면서 젊은 아가씨를 데리고 왔다. 물론 젊은 사람도 디스크가 발병할 수 있다고 하면서 몇 가지 증세와 병력을 물어보았다.

외상을 입은 적도 없고 직장을 다니지도 않았으며 결혼을 준비하고 있는데 정확히 언제부터인지는 모르지만 허리가 조금씩 아프기 시작했다고 했다. 그동안 참을 만 했으나 약 두 달 전 부터는 통증이 심해져 괴롭다고 했다. 나는 결혼하기 전에 치료하는 것이 좋으니 검사를 해보라고 권하면서 MRI 촬영을 하도록 했다.

이 환자는 개인 종합병원에 가서 MRI 촬영을 한 결과 "척추에 혹이 있으니 수술을 받으라"고 했다면서, 어떻게 하는 것이 좋겠느냐고 다시 찾아왔다. 나는 수술이 필요하면 해야 되지 않겠느냐고, 말하고 MRI 사진을 보았다. 요추부위에 종괴로 보이는 음영이 보였다.

환자와 보호자는 "젊은 사람이니 서울의 대학병원에 가서 수술받게 해 달라"고 부탁하여 내가 잘 알고 있는 후배로 척추 수술 명의로 알려진 대학병원의 신경외과 교수에게 진료를 의뢰하면서, 지인이므로 잘 부탁한다고 소개장을 써서 보냈다.

환자는 대학병원으로 가서 수술을 위한 검사를 마치고 수술 일정에 맞춰 입원하였다. 환자가 수술을 받던 날 오후 대학병원의 후배 신경외과 교수에게서 전화가 왔다. 후배 교수는 "선생님이 보낸 환자를 수술했는데 육안적인 소견이 좋지 않아 수술실에서 응급 동결절편 조직검사를 시행했는데 전이성 암으로 나왔다"면서, 원발 병소는 어느 부위의 암인지 알 수 없고 추후 정상적인 검사가 완료되어야 알 수 있겠다는 것이었다. 그러면서 척추에 침습된 암을 완전히 제거하면 척추 손상을 입을 수밖에 없어서 암을 완전히 제거할 수는 없었고, 조직검사 결과에 따라 방사선 치료나 항암치료와 같은 추가적인 치료가 필요할 것이라고 했다. 나는 척추 뼈에 전이된 암은 보았지만 척추신경에 전이된 암은 들어본 적이 없어 대체 무슨 암이기에 척추로 전이가 되었을까 궁금해 하면서 이 젊은 여자 환자의 앞날이 걱정되었다.

수술 후 환자에게 어떤 악성 종양이 있는지 원발 병소를 찾기 위해 여러 가지 검사를 하였지만 신체의 어느 부위에서도 악성종양을 찾지 못했다. 그러는 중에 병리조직검사가 나왔는데 악성 흑색종이 척추에 전이된 것으로 최종 판명되었다. 악성 흑색종은 피부에 발생하는 악성 종양으로 초기에 발견하면 광범위한 수술적 절제를 해야 하는 암이지만, 진행된 경우에는 수술적 치료로 병소를 완전히 제거하기 어렵고 어떠한 항암치료도 효과가 거의 없는 것으로 알려져 있었다. 의료진은 이 환자의 신체를 모두 정밀 검사 하였으나 피부에서 어떠한 흑색종을 의심할 만한 병변도 발견할 수 없었다. 오히려 척추에 광범위하게 골 전이가 발견되었다.

대학병원에서는 환자에게는 병에 대해 말하지 못하고, 보호자들에게만 설명해준 상태에서 퇴원하여 나에게 다시 보내졌다. 보호자들은 그야말로 망연자실하였다. 부모 입장에서는 이제까지 키워서 결혼시키려고 준비하고 있었는데, 불치병으로 얼마나 살 수 있을지 모른다니 하늘이 무너지는 것 같은 참담함을 느낄 수밖에 없었다.

나는 이들을 위로하는 일을 떠맡아야만 했다. 수술 후 한동안은 통증도 심하지 않으므로 집에서 지내면서 대학병원에서 받아온 진통제를 복용하게 하였다. 그러나 이 기간은 오래가지 못했다. 시간이 지나면서 통증은 다시 심해졌고, 자기 병을 알지 못하는 환자는 "왜 수술을 받았는데도 병이 낫지 않고 통증이 더 심해지느냐"고 하소연을 하는 것이었다. 보호자들은 결혼을 약속했던 남자 측에 사실을 알리고 결혼을 취소하는 아픔을 겪어야만 했고, 이 사실을 알기 전까지는 찾아오던 약혼자도 어느 날부터 나타나지 않자 환자는 어떤 예감을 받았는지 나에게 병에 대하여 설명해달라고 매달리는 것이었다.

이제 환자에게 더 이상 숨겨서는 안 될 것 같았다. 나는 보호자에게 이제는 환자에게 사실을 알려야 할 때가 왔다고 말하였다. 사실 젊은 사람에게 불치병으로 죽음을 기다리는 수밖에 없다는 말을 한다는 것은 사형선고를 하는 것과 다를 바 없는 일이다. 또 그 사실을 알려줘야 하는 나는, 그동안 나를 구세주처럼 의지해왔던 환자에게는 저승사자처럼 보일 것이다. 그렇다고 언제까지나 숨기고만 있을 수는 없는 노릇이었다. 차라리 대학병원에서 환자에게 알려주었더라면 하는 아쉬움이 있었다.

환자가 통증이 심해 거동하기 힘들어져서 하는 수없이 입원을 하도록 하였다. 수술을 받고 퇴원한지 2개월이 지났다. 이처럼 급속히 악화된다면 앞으로 얼마나 살 수 있을지 예측하기 어려웠다. 진통제를 투여하는 양도 늘어나고 있었고 효과도 점점 짧아져 갔다. 입원 후에는 마약성 진통제를 주사로 투약하기 시작하였다. 그리고 차마 입이 떨어지지는 않았으나 더 이상 숨기고 있을 수만은 없어서 환자에게 환자의 병에 대하여 사실대로 알려주었다.

환자는 이미 예상하고 있었다면서 다만 의사선생님의 입으로 확실한 병명을 듣고 싶었다고 말했다. 담담하게 받아들이는 듯했으나 이내 눈에서 하염없는 눈물이 흘러 내렸다. 지켜보던 부모의 눈에서도 흘러내리는 눈물을 주체할 수 없었다. 나는 한동안 환자와 부모의 손을 포개 잡고는 마음속으로 기도드리고 가족들만 있게 하고는 병실을 나왔다.

그리고 1주일쯤 지났을까 환자가 그동안 대변을 보지 못해 복부 불쾌감이 심하다고 해서 관장을 해주라고 일러 주었다. 그런데 관장을 해주러 갔던 간호사가 "환자의 항문에 이상한 검은 혹 같은 것이 있어서 관장을 하지 못했다"면서 연락해왔다. 나는 수개월 째 제대로 먹지도 못해 뼈만 앙상한 환자의 항문을 진찰하였다. 그리고 뜻밖에도 항문 입구에 있는 커다란 버섯모양의 검은 혹을 발견하였다. 육안으로 흑색종임을 의심할 수밖에 없었다. 그리고 이제야 척추의 전이성 흑색종에 대한 의구심이 풀렸다.

나는 환자에게 혹이 언제 생겼느냐고 물어 보았으나, 환자는 그곳에 혹이 있는 줄도 모르고 있었다. 다만 언제부터인지는 잘 기억이 없으나 항문 주위가 가려워 자주 긁는 습관이 있었고, 그럴 때마다 표면이 약간 거칠게 만져진다는 느낌을 받긴 했었다는 것이었다.

나는 항문관에 대한 수지검사를 하였다. 종양이 항문관 안으로 자라면서 항문관을 좁게 만들었으며, 항문관의 협착성을 감지할 수 있었다. 또한 서혜부를 진찰해보니 여러 개의 크기가 다양한 림프절종대가 양측 서혜부에서 촉지되었다. 서혜부 림프절 전이가 되었구나 하는 추측을 할 수 있었다. 항문 주위에서 발병한 악성 흑색종이 척추로 전이된 것을 모르고 있었던 것이었다. 어느 누구도 환자가 자각 증상을 이야기하지 않는 한 항문주위에서 악성 흑색종이 발병했으리라고는 의심할 수 없었다.

아직도 항문질환이 있는 여자 환자가 병원에 와서 진찰을 받으려면 항문을 보이는 것을 꺼려하는 현실인데, 환자 스스로가 항문에 이상이 있음을 이야기하지 않는 한 젊은 여자 환자에게서 항문에 악성흑색종이 발병했으리라고는 누구도 상상할 수 없는 일이었다.

나는 보호자들에게 이 사실을 알려주었다. 그렇다고 암을 제거하는 수술을 할 수도 없었고, 확진을 위해 조직검사를 할 필요도 없었다. 어렵게 관장을 하여 배변을 하도록 했지만, 이제 암이 자라면서 언제 항문이 막히게 될지 알 수 없는 일이었다. 그렇다고 인공항문 조루술을 시행하자고 할 수도 없었다. 그러나 보호자들에게는 앞으로의 상황에 대하여 설명을 해주었다. 환자의 보호자들은 환자를 살릴 수 있는 일이 아니라면 이제 더 이상은 환자의 몸에 칼을 대고 싶지 않다며, 어떻게 해서라도 고통만 좀 없이 살다가 가게 해달라는 말을 하는 것이었다.

나는 하루하루 죽음을 향해 가고 있는 이 젊은 여자 환자를 3개월동안 지켜보는 고통을 맛보면서 환자와 보호자들의 마음을 잡아주는 일을 해야만 했다. 젊은 사람이 암으로 죽어가는 것을 지켜보는 것은 누구에게나 마찬가지이겠지만 특히 지인을 떠나 보내는 의사로서는 가장 고통스러운 일이다.

이 환자를 떠나보낸 몇 년 후 50대 중년 여성에게서 항문주위의 작은 검은 사마귀 비슷한 병변을 발견하고 제거하였는데, 조직검사에서 '0기'의 흑색종임을 발견하고 치료 받도록 한 경험이 있다. 그 후로는 항문에 이상소견을 호소하는 환자들을 진찰할 때는 더욱 신경을 써서 자세히 살펴보는 습관을 가지게 되었다.

병리조직 검사가 바뀌어 일어난 소동

　60대 초반의 권여인은 갑상선 기능항진증으로 진단받고 약 10여 년 간 약물복용을 하고 있던 환자였다. 오랜 시간 약물을 복용하고 있었지만 목 앞이 심하게 튀어나와 외관상 보기 좋지 않아 가능하면 목을 가리고 다녔으며, 약물 복용하는 일도 꾀가 나서 약복용을 거르는 일이 자주 있다고 했다. 그러던 중 내게서 갑상선 기능항진증으로 수술 받은 환자를 보고 소개를 받아 왔다고 했다.

　환자의 목을 보니 앞으로 커다란 종괴가 튀어나온 듯 하였고, 안구도 돌출된 것을 알 수 있었다. 갑상선 기능항진증 환자가 그렇듯 환자는 마른 체구이지만 다른 병이 없이 비교적 건강하였다. 환자에게 갑상선 수술에서 올 수 있는 문제점인 회귀신경 손상과 부갑상선 기능저하증에 대하여, 그리고 혹시 올 수 있는 재발과 갑상선 기능저하증에 대하여 설명해 주고, 모든 것을 이해하고 수술받겠다는 의사를 확인한 후 수술 전 시행할 검사를 모두 시행하도록 한 후 수술 일자를 예약하였다.

　갑상선 기능항진증의 경우에는 갑상선을 6~8gm 정도 남기고 모두 제거한다. 많이 남기면 갑상선 기능항진증이 재발할 수 있고, 너무 적게 남기면 갑상선 기능저하증에 빠지게 된다. 나는 미국에서 갑상선 수술을 전공하고 오신 은사님(박정수 교수님)에게서 수술을 배웠으므로 대학병원을 떠나 많은 환자들에게 수술을 하면서 어려움을 느껴본 경우는 거의 없었다.

박 교수님께서 귀국해 수술법을 가르쳐주시기 전에는 갑상선 기능항진증 수술을 할 때 갑상선이 커져 있고 혈류가 증가하여 출혈로 고생하는 일이 있었다. 출혈이 많다 보면 수술 시야가 좋지 않아 갑상선 수술에서 발생하기 쉬운 회귀신경 손상과 부갑상선 제거로 인해 수술 후 환자가 불편을 겪는 일이 생길 수 있었다. 그러나 박 교수님의 수술방법을 쓰면 양측 갑상선의 상부를 약 3~4gm 정도 남기고 전체적으로 갑상선을 적출하기 때문에 재발도 거의 없었고, 출혈도 거의 없어 회귀신경 손상이나 부갑상선 적출을 피하기가 수월하였다. 덕분에 수술 후에 문제가 생긴 경우가 거의 없었다.

박 교수님의 수술방법을 배워온 나 또한 갑상선 수술을 하는데 큰 문제가 없었다. 예정된 날에 권여인의 수술을 시행하였다. 수술은 큰 어려움 없이 이루어졌다. 그리고 환자도 마취에서 쉽게 회복되어 병실로 옮겨갈 수 있었다. 수술로 적출된 갑상선의 무게를 계측하니 150gm 이나 되었다. 수술에서 적출된 조직은 모두 병리조직검사를 시행하는 것을 원칙으로 하고 있었으므로 적출된 갑상선도 수탁검사기관으로 보내졌다.

환자는 순조로운 회복을 보여 수술 후 5일만에 퇴원시키고 통원치료를 하면서 봉합사를 제거하기로 하였다. 병리조직검사를 보낸 결과는 대개 일주일 후에 결과가 나오기 때문에 환자는 조직검사가 나오기 전에 퇴원하게 된다. 퇴원했던 환자가 수술창 치료를 받으러 온 것은 퇴원 후 3일째 되는 날이었다. 수술창이 깨끗하게 치유되어 봉합사를 제거하였다. 그리고는 1개월 후에 와서 혈액검사를 받아보자고 하고 귀가시켰다. 그 때까지 병리조직검사 결과가 나오지 않았다. 나는 갑상선 기능항진증이니 병리조직검사에는 그다지 신경쓰지는 않았다.

환자의 병리조직검사 결과지가 온 것은 수술 후 2주가 되어서였다. 나는 결과지를 받아보고 두 눈을 의심할 수밖에 없었다. 당연히 갑상선 기능항진증이라고 나왔을 거라 생각하고 받아본 결과는 놀랍게도 갑상선 악성 림프종으로 나와 있었다. 나는 결과지를 들고 한동안 정신이 없었다.

악성 림프종은 흔하지 않은 악성 종양이고, 그것이 갑상선에 발병하는 경우는 극히 드물었다. 대학병원에서 갑상선 종양 환자를 수술하면서 악성 림프종으로 결과가 나온 환자를 한 명 경험한 적이 있었다. 그래서 그 환자의 치료를 위해 문헌을 찾아본 일이 있는데, 우리나라에서는 몇 예가 보고되었을 뿐이고 세계적으로도 보고가 많지 않았다. 그런 희귀 질환이 갑상선 기능항진증으로 수술을 시행한 환자의 적출물에서 발견되다니, 그렇다면 근본적으로 치료를 다시 생각해야 하는 것이다.

수술 전 시행한 초음파 검사에서도 갑상선에 종괴를 의심하는 소견은 없었는데, 악성 림프종이라니 믿어지지 않았다. 악성 림프종이라면 주위의 림프절 적출술을 시행했어야 하는데 환자에게 어떻게 이야기하고 향후 치료계획을 세워야 할 지 난감한 일이었다.

나는 수탁기관에 전화하여 권여인의 적출물 검사 결과가 맞는지 물어보았다. 수탁기관에서도 갑상선의 악성 림프종이 희귀한 경우여서 대학병원의 병리조직 전문 의사들과 토론을 하느라고 결과 통보가 늦어졌다면서 맞는다는 것이었다. 대학병원의 전문 의사들과도 협의를 거쳤다고 하는 데는 믿지 않을 수 없었다. 이제 안심하고 있을 권 여인에게 연락하고 항암치료를 하도록 하는 등 뒷수습을 해야 했다.

권 여인에게 전화를 걸어 빠른 시일 내에 병원에 나오시도록 했다. 권 여인은 전화를 받고 다음날로 병원에 왔다. "이제 갑상선 기능항진증 수술을 마치고 약을 복용하지 않아도 되고 목 앞으로 튀어나온 혹도 없어져서 기쁘다면서 수술을 잘 해 주셔서 고맙다"는 인사를 하는 환자에게 제거한 갑상선에서 암이 발견되어 항암 치료를 해야 된다는 말을 하려니 말이 잘 나오지 않고 죄인 같은 생각이 들었다. 그래도 환자에게 밝힐 것은 밝히고 필요한 치료를 받도록 할 의무가 내게는 있었다.

나는 환자의 손을 잡고 잠시 마음속으로 기도를 한 다음 입을 열었다. "수술로 제거한 갑상선 조직검사를 시행했는데 뜻밖에 좋지 않은 세포가 발견되어 치료가 필요해서 오시라고 했습니다." 나의 이 말에 환자는 깜작 놀라면서 얼굴에 수심이 가득 차 한동안 말을 하지 못하고 있었다. 그리고는 눈물을 흘리는 것이었다.

잠시 침묵이 흐른 뒤 환자가 입을 열었다. "그러면 암이라는 말입니까? 그렇다면 저는 얼마나 살 수 있는 것입니까?" 당시만 해도 환자들은 암이라면 오래 살지 못하는 줄로 알고 있을 때였으므로 당연한 질문이었다. 갑상선의 악성 림프종은 보통 수술 후 방사선 치료를 하게 되는데 치료 효과가 별로 좋지 않게 보고되고 있을 때였다.

나는 환자에게 그래도 희망적인 이야기를 해주는 것이 좋겠다는 생각에 조직검사에서 나온 대로 악성 림프종이 발견되었음을 설명해 주고는 "주위 림프절에 전이가 되지 않아 방사선치료를 하면 좋은 결과를 얻을 수 있을 것입니다"라고 서울의 대학병원 암센터에 가서 치료를 받으라고 권유하였다.

나는 환자를 안심시키려고 노력하면서 원하는 병원이 있으면 원하는 병원으로 보내드리겠고, 특별히 원하는 병원이 없다면 서울 세브란스병원 암센터로 안내해 드리겠다고 말하였다. 사실 나는 조직검사 결과를 보고 받고는 연세암센터의 치료방사선과 교수님과 전화로 협의를 했었다.

환자는 특별히 아는 병원도 없으니 내가 추천해주는 대로 연세암센터로 가겠다고 했다. 환자에게 진료의뢰서를 발급해주면서 연세암센터에 진료예약을 해주고 진료 받고 오시라고 했다. 그러는 동안 나는 병리조직검사를 시행한 수탁기관에 연락하여 검사를 시행한 조직 슬라이드를 보내줄 것을 요청했다. 환자 편에 연세암센터로 보내야 하기 때문이다. 대학병원에서는 항상 외부병원에서 시행한 병리조직검사 슬라이드를 받아 대학병원의 병리조직 전문의사의 판독을 다시 받는다. 때로는 슬라이드를 만들고 남은 조직을 원하여 대학병원에서 다시 슬라이드를 만들어 확인하기도 한다. 모든 것을 확실하게 하려는 것이다.

환자가 연세암센터에 가서 진료를 받고 방사선치료를 받기로 하고 다음 진료일자를 예약한 후 다시 나에게 왔다. 그 사이 나는 암센터로 보낼 슬라이드를 받아 놓았다. 환자는 처음 암이라는 소식을 들을 때보다는 안정이 되어 있었고, 방사선치료를 받으면 완치되리라는 희망을 가지고 있었다. 고마운 일이었다.

환자가 두 번째 암센터에 다녀온 날 다시 찾아왔다. 빨리 치료해 주겠다고 하면서 방사선치료를 시행할 부위를 표시해 주어 모든 준비를 마치고 왔다며 빨리 치료 받을 수 있게 해주어서 고맙다는 것이었다. 목 부위를 보니 검은 매직으로 표시가 되어 있었다. 나는 환자의 마음을 편하게 해주고 희망을 잃지 않게 해주려고 암도 열심히 치료하면 치유될 수 있다는 말과 또 완치된 환자들의 예를 들려주면서 열심히 치료하라고 격려해 주었다.

그런데 문제는 환자가 다녀간 다음날 생겼다. 세브란스병원 병리조직학 교실에서 전화가 왔다. 권여인의 슬라이드가 좀 이상하니 수탁검사기관에 연락하여 원래의 검체 조직을 보내달라는 것이었다. 나는 수탁기관에 전화를 하여 권여인의 조직표본을 만들고 남은 갑상선 조직을 보내줄 것을 요구하면서, 대학병원에서 직접 슬라이드를 만들어 보기를 원한다는 뜻을 전했다. 수탁기관에서는 가능한 빠른 시일 내에 보내주겠다는 답을 들었다.

그러나 그로부터 몇 시간 지나 수탁기관에서 전화가 와서 받으니 수탁기관 원장님 첫마디가 "죄송하다"는 것이었다. 그리고는 이어서 "환자의 병리검사 조직이 바뀌어서 다른 사람의 조직검사 결과를 원장님께 보내드려 큰 혼란을 겪게 해서 죄송합니다"고 하는 것이었다. 나는 그 말을 듣는 순간 머리를 둔기로 맞은 듯 어안이 벙벙했다. 그리고 한동안 할 말을 잊고 수화기만 잡고 있었다. 내가 아무 말도 하지 않고 있으니 수탁기관 원장님도 말이 없었다.

나는 정신을 가다듬고 어떻게 그런 일이 생길 수 있느냐고 따졌다. 그리고 현재 권여인은 갑상선 악성 림프종으로 방사선치료를 받기 위해 준비하고 있으며 모든 준비를 마치고 며칠 후부터는 방사선치료를 시작하게 되어 있는데 이 일을 어떻게 하겠느냐고 물었다. 수탁기관 원장님은 당신이 직접 환자분을 만나 사죄하고 용서를 청하겠으니 만남을 주선해 달라는 것이었다.

그러나 그것보다 시급한 것은 환자와 세브란스병원 암센터에 연락하여 계획했던 방사선치료를 취소시키는 일이었다. 나는 수탁기관 원장님 원망만 하고 있을 수가 없어 전화를 끊고 권 여인에게 전화하여 할 이야기가 있으니 오늘이라도 병원에 나와 달라고 하였다. 권 여인은 나의 급작스런 전화에 무슨 일이냐고 물으면서 불안해하는 것 같았다. 나는 "나쁜 일이 아니니 걱정 말고 오늘이 안 되면 내일이라도 나오시라"고 하였다. 권 여인은 내일 병원에 오겠다고 하였다.

다음으로 세브란스병원 암센터에 전화를 하여 권여인의 병이 악성 림프종이 아니므로 방사선치료가 필요 없음을 알려주면서, 수탁기관에서 병리조직 표본이 바뀌어 이러한 문제가 발생했음을 설명해 주고 환자를 보내 치료비를 환불받도록 하겠다고 전하였다.

다음날 권여인은 그래도 두려운 표정으로 진료실로 들어섰다. 나는 권 여인을 의자에 앉게 한 다음 차를 한잔 드리면서 방사선치료를 하기 위해 목에 그려진 부위를 보았다. 권 여인에게 잠시 세상의 모든 일이 사람이 하는 일은 실수가 있을 수 있다는 말을 하면서 단도직입적으로 "환자분은 방사선치료가 필요 없습니다"고 선언하였다.

권여인은 내 말에 무슨 뜻인지 몰라 어리둥절 하는 기색이었다. 나는 병리조직 표본이 다른 환자의 것과 바뀌어 하마터면 방사선치료를 받을 뻔 했는데 다행히 치료가 시작되기 전에 알게되어 하느님께 감사드린다고 하였다. 그제야 권여인은 안도를 하고 안면에 희미한 미소를 지었다. 나는 그 얼굴을 보고 잘못한 검사기관의 원장님이 권 여인을 만나 용서를 빌겠다고 만남을 주선해 달라고 했으며, 세브란스병원 암센터에는 치료를 취소하도록 연락을 했으니 가셔서 치료비 환불을 받으면 된다는 것을 설명하였다.

다른 대학병원도 마찬가지겠지만 세브란스병원은 외부에서 시행한 조직검사에 대하여는 세브란스병원 병리조직 검사실에서 슬라이드 판독을 다시 해보고, 필요하면 병리조직을 제출받아 조직표본을 다시 만들어 검사를 함으로써 확실한 진단을 내린 후 치료를 하기 때문에 이런 잘못을 발견할 수 있게 되었다는 점을 권 여인에게 설명했다. 그리고 그동안 암으로 알고 겪었던 정신적인 고통에서 해방되시라고 말씀드리고, 수탁기관의 잘못을 너그럽게 용서해 줄 것을 요청하였다. 권 여인은 수탁기관의 잘못을 참을 수가 없다면서 그 원장을 만나면 엄중하게 책임을 묻고 손해배상을 요구하겠다면서 빠른 시일 내에 수탁기관 원장을 만나게 해달라고 하였다.

권 여인이 돌아간 후 나는 수탁기관 원장님께 전화를 하여 권 여인과의 만남을 전하고 빠른 시일 내에 만나서 용서를 빌고, 세브란스병원 암센터를 다니면서 발생한 병원비와 함께 적절한 정신적인 피해를 보상해 주는 것이 좋겠다는 생각을 전했다. 원장님도 그렇게 하겠다고 답하여 우리병원에서 나와 함께 두 사람의 만남을 가지기로 하고 날짜를 약속하였다.

두 사람이 만나기로 한 날 수탁기관 원장님이 약속 시간보다 일찍 병원으로 오셨다. 그리고 자신도 이번 일로 마음고생을 많이 했다면서 우리병원에도 환자에게 신뢰도를 떨어뜨려 죄송하다며 사과의 말을 하였다. 그러면서 검사기관을 운영하며 많은 직원을 거느리기가 쉽지 않다고 하소연을 하는 것이었다. 우리가 이야기를 나누고 있을 때 권 여인이 도착하였다.

수탁기관 원장님은 일어났다가 권 여인이 자리에 앉자 무릎을 꿇고 머리를 숙인 후 "우리 기관의 잘못으로 그동안 정신적 고통을 드리고 경제적 시간적 손실을 드려서 죄송합니다. 무슨 말을 해도 환자분의 고통을 덜어드릴 수 없을 것이라고 생각합니다. 그동안의 경제적 정신적 피해에 대하여는 응분의 책임을 통감하고 있으며 보상해 드릴 테니 너그러운 마음으로 용서해주시기 바랍니다"라고 말하고는 무릎을 꿇은 자세에서 일어나지 않는 것이었다. 나도 원장님이 이렇게 무릎을 꿇고 용서를 빌 것이라고는 예상하지 못했다. 권 여인도 놀라서 당황하는 기색이 역력하였다. 잠시 침묵이 흘렀다. 나는 침묵을 깨면서 권 여인에게 "이렇게 원장님이 무릎을 꿇고 용서를 청하니 용서해 주시고 일어나 의자에 앉게 합시다"고 하였다. 권 여인도 "일어나 의자에 앉으세요"라고 하여 원장님은 일어나 의자에 앉았다.

그리고 그동안의 경과를 설명하면서 "저희 기관도 많은 사람들이 일하다 보니 있어서는 안 되는 이러한 엄청난 실수를 저질렀습니다. 이유 여하를 막론하고 모든 책임은 수탁기관의 책임자인 저에게 있으니 노여움을 푸시고 용서를 청합니다"라고 하였다. 나는 두 사람의 중간에서 "수탁기관의 잘못은 엄중하게 책임을 지고 환자분의 경제적 정신적 피해에 대하여는 두 분이 잘 협의하여 원장님께서 보상을 하시라"고 중재를 하였다.

권 여인도 처음에는 수탁기관 원장에게 차갑게 대했지만 나의 중재와 원장님의 거듭된 사죄에 마음이 누그러져 보상에 대한 이야기를 하게 되었다. 나는 두 분이 별도의 장소에서 따로 이야기를 나누도록 해 주었다. 두 분이 보상문제를 합의하는 데는 긴 시간이 필요하지 않았다.

두 분의 합의가 끝난 후 우리는 다시 만나 다시는 이러한 잘못으로 또 다른 사람에게 피해와 고통을 주는 일이 없도록 정확한 검사와 관리가 이루어져야한다는 것을 다짐했다. 암이라는 악몽에서 벗어난 권 여인은 안도의 한숨을 쉬면서 내게 감사인사를 하고 병원을 나섰고, 수탁기관 원장님도 환자분이 쉽게 용서해 주셔서 고맙다면서 병원을 떠났다. 그 후 권 여인은 정기적인 검사를 하면서 내가 일하던 병원이 문을 닫을 때까지 인연을 이어 갔다.

4부

그래도 **보람**은 있다

어린이날의 유감

몇 년 전 의사협회에서 전화가 왔다. 과거에 내게 치료를 받았던 환자라면서 연락처를 묻는 전화가 의사협회로 왔는데 가르쳐 주어도 되겠느냐는 질문이었다. 나는 그동안 치료해준 환자들에게 잘못해서 그들과 마주치는 일을 부담스럽게 느끼지 않고 있었으므로 알려주라고 답했다. 그래서 나는 명함에 핸드폰 전화번호를 기록해 놓고 있다. 그리고 언제든지 필요할 경우 전화를 하면 받을 준비가 되어 있다.

의사협회의 전화를 받은 며칠 후 젊은 목소리의 여성에게서 전화가 왔다. 그 여성은 "자신은 약 25년 전 다섯 살 때 교통사고로 거의 죽은 상태에서 인천세광병원에서 선생님께서 수술로 살려주신 환자였다"는 것이다. 그러면서 "어머니께서 항상 말씀하시면서 생명의 은인에게 인사를 드리라"고 했으나 자신의 삶이 어려워 차일피일 미루다 결혼을 앞두고서야 전화로라도 인사를 하고, 더불어 결혼을 하여 임신과 출산을 해도 되는지 물어보아야 되겠다는 생각으로 전화를 했다고 했다. 그 여성의 전화를 받으니 당시 상황이 생생하게 떠올랐다.

그날은 어린이날이었다. 나는 초등학교 1학년인 아들과 유아원에 다니는 딸을 데리고 오랜만에 아빠 노릇을 하겠다고 오전에 여의도광장(지금의 여의도공원이 과거에는 광장으로 많은 사람들에게 놀이공간으로 활용되었다)으로 나가서 자전거 두 대를 빌려 아이들에게 자전거를 타게 하였다. 아이들이 자전거를 타기 시작해서 10분쯤 되었을 때 삐삐(무선호출기-당시에는 휴대전화가 없었다)가 울렸다. 아들에게 동생을 잘 보고 멀리 가지 말라고 해놓고 공중전화기로 가서 병원으로 전화를 걸었다.

응급실 당직의사는 다급한 목소리로 "5세 여아가 후진하는 타이탄 트럭에 치여 응급실로 내원하였는데, 복부팽만이 심하며 의식이 없고 혈압이 안 잡힌다"면서 아무래도 복강내 장기 파열에 의한 복강내 출혈로 가망이 없을 것 같은데 어떻게 하는 것이 좋겠느냐는 것이다. 환자의 상태를 더 파악해보니 아직 자기호흡은 있으나 약해서 기관삽관을 해야 할 것 같다고 했다. 우선 기관삽관을 하도록 지시했다. 보호자는 있느냐고 물으니 아이 엄마가 있다고 했다. 일단 수술실에 도착하기 전까지 생명이 붙어 있으면 수술을 해야겠다고 이야기 하고 피를 충분히 준비하여 수혈을 시작하고 수술실에 연락하여 수술준비를 하도록 전하게 하였다.

전화를 끊고 아이들에게 돌아와 아빠가 응급환자가 있어 병원에 가야겠다고 설명하고 빌린 자전거를 반납하고, 아이들을 집으로 데리고 갔다. 아이들은 오랜만에 맛는 즐거움이 물거품이 되자 불만스런 표정이었지만 외과의사를 아빠로 둔 죄(?)에 곧바로 순응하고 말았다. 이제 아이들은 집에서 엄마와 재미없는 어린이날을 보내야 했다. 비상등을 켜고 과속을 하면서 병원에 도착했다.

환자 아이의 얼굴은 창백하고 배는 만삭의 여인처럼 불러있었다. 혈압은 잡히지 않았으나 다행히 자기호흡은 있었고 심장도 약하게 뛰고 있었다. 환자 어머니에게 "아이는 수술을 하지 않으면 죽는다. 물론 수술을 해도 산다는 보장은 할 수 없다. 그렇지만 목숨이 붙어있는 아이를 죽기를 기다리며 보고만 있을 수는 없지 않느냐. 살리기 위해 최선을 다해보자"고 설명하였지만 아이 엄마는 "아이를 잘못 보아 사고를 당하게 했다고 아이 아빠에게 야단맞을 일이 두렵다"면서 수술결정을 못하는 것이었다. 아이 아빠를 찾으니 낚시질 갔다는 것이었다. 그래서 내가 "어린이날 아이들과 놀아줄 생각은 않고 혼자 낚시질 간 아빠가 더 나쁜 사람이지 집에서 아이들과 놀아준 엄마가 잘못이 아니다. 아이 아빠에게는 내가 책임질 테니 수술승낙서에 지장을 찍으라"고 설득하여 거의 강제적으로 수술승낙서에 지장을 찍게 했다.

환자를 수술실로 옮기고 나니 이번에는 마취과 의사에게서 제동이 걸렸다. 환자상태가 위중하므로 수술을 시작하면 수술대에서 사망할 가능성이 높아 마취를 할 수 없다는 것이다. 마취과 의사를 설득하고 모든 책임은 내가 질 테니 수술을 하자고 강력히 설득하여 수술을 시작하였다.

복부를 개복하자 복강 내에서 피가 샘솟듯 분출하며 인체조직의 일부가 밖으로 튀어 나왔다. 뚜렷한 출혈부위를 확인할 수 없는 상태에서 출혈을 막기 위해 복강내로 수술용 패드를 여러 개 넣어 손으로 압박했다. 밖으로 분출된 인체조직을 보니 파열된 간 조직이었다. 수혈을 계속하고 수액을 공급하면서 10여분이 지났을 즈음 마취과 의사가 혈압이 조금 잡히기 시작한다는 말을 해주었다. 출혈부위가 파열된 간임을 알았으므로 복강내에 넣은 수술용 패드를 하나씩 조심스레 제거하면서 간 쪽으로 접근했다. 간의 우측엽 하단이 일부 파열되어 떨어져나갔으나 우측엽에서 출혈이 심한 것은 아니었다. 파열부위를 봉합한 후 살펴보니 간의 좌측엽이 거의 모두 파열되어 없어졌으며, 좌측 간정맥에서 피가 샘솟듯 나오고 있었다. 혈관감자로 출혈이 되고 있는 좌측 간정맥을 잡아 출혈을 멈추게 하고 다른 곳을 살펴보았다. 다행히 다른 곳에서는 크게 출혈되는 곳이 없었고, 파열되어 떨어져나간 간의 절단면에서 출혈이 있었으며, 또한 일부의 장간막이 손상되어 경미한 출혈을 보이고 있었다.

　좌측 간정맥을 결찰하여 지혈하고 손상된 간조직을 변연절제한 후 대망을 이용하여 봉합하였다. 손상된 장간막을 봉합하고 나니 환자의 혈압이 정상으로 돌아왔다고 알려주었다. 마지막으로 복강 내의 모든 장기를 다시 한 번 점검하여 또 다른 손상부위가 없는지 확인하였다. 더 이상의 손상된 장기가 없음을 확인한 후 개복된 복부를 봉합하고 환자가 마취에서 깨어나기를 기다렸다. 수술이 진행되는 중에 도뇨관에서 소변이 나오는 것을 확인하니 아이를 살렸다는 안도감이 들었다.

아이의 아버지가 밤늦게 집에 돌아와 딸의 사고소식을 듣고 병원에 와서는 아이의 상태를 알아볼 생각은 않고 무턱대고 부인을 나무라는 것이었다. 아이의 엄마가 수술승낙을 못하고 망설이며 남편에게 혼날 일을 두려워한 이유를 알 것 같았다. 내가 나서서 아이 아버지를 불러 이것이 엄마의 잘못이냐, 아이를 제대로 돌보지 않고 혼자 놀고 온 아버지의 책임이 더 크다고 나무라며 아이와 부인에게 사과하고 앞으로는 잘하라고 설득하여 부부싸움을 막아주었다.

이렇게 아이는 무사히 회복되어 10일 만에 퇴원하였다. 아이의 부모는 나와 병원에 감사하며 병원을 나섰다. 이것이 바로 외과의사의 보람이라고 생각했다. 나는 이 수술 이후 수련과정에 들어가는 후배의사들에게 기회가 있을 때마다 외과의사로서의 보람을 느낀 일로 이 아이의 수술을 소개해 주며 외과의사도 보람이 있으니 도전해볼 만하지 않겠느냐고 설득하곤 했다. 이렇게 생명을 구했던 아이가 성인이 되어 25년이 지나 결혼을 앞두고 감사의 전화를 해왔으니 나는 참 행복한 외과의사라는 생각이 들었다. 다만 그 당시 우리 아이들에게는 나쁜 아빠였고 지금도 미안한 생각을 지울 수 없는 외과의사이지만….

90세 고령의 폐쇄성 직장암

언제인가 매스컴에서 어느 대학병원에서 90대 노인 환자가 암수술을 받았다며 고령화 시대에 노인도 암수술을 받고 앞으로 더 오래 생존할 수 있다는 기사가 크게 나온 적이 있었다. 그 기사를 보았을 때 나는 이미 오래 전에 중소병원에서도 90세 할머니의 직장암 수술을 했던 경험이 있는데, 인력과 시설이 좋은 대학병원에서 그것이 무슨 큰 뉴스거리가 될까 하고 의아하게 생각한 적이 있었다. 하기야 중소병원에서 홍보에 무관심하게 환자만 돌보는 경우와 대형병원에서 병원을 홍보해야 하는 경우의 차이는 있을 것이라고 생각했다.

책상 위에 놓인 차트에는 90세 여자 환자였는데, 진료실로 들어오신 노인은 그렇게 연세가 되어 보이지 않고 얼굴이 곱상하고 깨끗하였다. 젊은 보호자와 함께 오신 할머니의 얼굴 표정은 별로 아픈 기색이 없어 보였는데 배는 좀 불러 보였다. 의자에 앉게 한 후에 어디가 불편해서 오셨는지 여쭈어 보았다.

할머니는 "90평생 병치레 없이 잘 살아왔는데 얼마 전부터 변보기가 힘들고 변에 피가 묻어 나오더니 이제는 변이 잘 안 나와서 왔다"고 했다. 평소에 술 담배도 안하고 당뇨나 고혈압도 없이 건강하게 살아왔다고 했다. 남편과 일찍 사별하고 아들 딸 남매를 키웠는데 아들을 먼저 보내고 나니 며느리는 혼자 살겠다고 손자를 시어머니에게 떠맡기고 재혼을 하여 손자를 할머니 혼자 키우면서 살아왔고, 딸은 결혼하여 살다가 사위와 함께 브라질로 이민 가서 이제는 자리를 잡고 살고 있다고 했다. 함께 온 젊은이가 손자라고 소개해 주었다. 할머니는 혼자 두 자녀를 키워 결혼시켰고, 그 후로는 또 혼자서 손자를 키우느라 고생을 많이 하셨을 텐데도 나이보다 젊고 건강해 보였다.

진찰을 해보니 혈압이나 맥박은 정상이었고, 복부 팽만이 있기는 했지만 압통이나 강직은 없었다. 변보기가 힘들고 변에 피가 묻었다고 했으므로 항문 직장 수지검사를 시행하였다. 인지를 항문에 삽입하자 항문 바로 위에서 인지가 삽입되지 않고, 손가락 끝에 피가 묻어 나오는 것이었다. 직장경도 삽입되지 않아 항문경으로 살펴보니 육안적으로 보기에도 직장 말단부 항문관 바로 상부가 거의 폐쇄되기 직전의 암종이 있었다. 조직검사를 하지 않아도 직장암임을 알 수 있었다. 그러니 이것을 어떻게 해야 하나 걱정이 되었다.

진찰을 마치고 잠시 생각에 잠겨 있었더니 할머니가 먼저 입을 여셨다. "무슨 몹쓸 병인가요? 솔직하게 말씀해 주세요. 나야 지금까지 살아온 것도 과분한데 무엇을 더 바라겠어요. 단지 손자를 아직 결혼시키지 못한 게 한이라면 한인데, 이제 손자도 홀로

설 수 있으니 손자의 짐을 덜어주기 위해서도 내가 영감 곁으로 가야 하지 않겠어요. 죽어도 여한이 없어요"라고 말씀하시는 할머니의 얼굴 표정은 참으로 평안해 보였다.

하는 수 없이 할머니와 손자에게 병에 대하여 설명하고 치료 방법은 수술밖에 없으며, 수술방법은 근본적으로 암 부위를 제거한 후 장루술을 시행하는 근치적인 수술방법과 이제 고령이신 환자분께서 머지않아 암으로 직장이 막혀서 대변을 볼 수 없게 되므로 복부로 변을 보게 하는 보존적 수술인 장루술만 시행하는 방법이 있음을 설명해 드렸다. 그러나 수술을 하려면 할머니가 고령이어서 장시간 마취를 했다 회복될 수 있을까 하는 걱정이 하나 있고, 둘째는 수술을 하면 할머니는 인공항문을 배에 만들어 평생을 대변주머니를 배에 차고 다녀야 하는 불편함이 있다는 것을 말씀드렸다.

설명을 들은 할머니는 "살만큼 산 노인이 얼마나 더 살겠다고 몸에 칼을 대겠느냐"면서 "손자에게 부담을 주지 않고 그대로 살다가 죽겠다"고 하셨다. 그러나 손자의 태도는 달랐다. 어려서부터 자신을 키워준 할머니를 어떻게 하면 더 오래 살게 해드릴 수 있을까 하고 여러 가지를 물어왔다. 어떠한 형태든 수술은 해야 한다는 판단을 내린 손자는 근본적 수술을 할 것인지 아니면 보존적 수술을 할 것이냐는 결정만 남겨놓고 우선 할머니를 입원시켜달라고 하였다. 입원하지 않고 집에 가겠다는 할머니와 입원하시라는 손자가 한동안 입씨름을 하더니 결국 손자의 판정승으로 끝나 할머니는 입원하여 우선 기본적인 검사를 시행하였다.

우리 병원이 전신CT를 가지고 있지 않았으므로 CT를 제외한 검사는 모두 하였는데 다행히 할머니의 건강상태는 직장암 말고는 이상 소견이 없었다. 다만 결장에 변이 많이 남아있는 상태였다. 손자는 수술을 할 수 있도록 준비를 부탁했다. 마취과 과장님과 마취 문제로 협진을 구했더니 마취과 과장님은 고령의 환자를 수술했다 무슨 일을 당하려느냐고 난색을 하는 것이었다.

손자는 그 사이 브라질에 있는 고모(할머니의 딸)에게 전화를 하여 고모로부터도 어떻게든 할머니를 수술해서 건강을 회복시켜 브라질로 모셔갈 수 있게 하라는 당부를 받고는 근본적 수술을 해달라는 것이었다. 그리고는 할머니를 설득하여 할머니로부터도 수술을 받겠다는 승낙을 받았다.

할머니는 수술을 결정한 다음 내 마음을 편하게 해주려고 "수술을 받고 깨어나지 못하면 영감님이 함께 있자고 데리고 간 것으로 생각하고 편하게 수술을 받을 테니 부담 갖지 말고 편안한 마음으로 수술해 달라"며 오히려 나를 격려해 주는 것이었다.

마취과 과장을 설득하여 수술하기로 결정하고 결장 내에 있는 변을 직장튜브를 넣어 세척해내기 시작하였다. 사실 수술하기로 결정은 했으나 고령의 환자에게 4시간 이상이 소요될 대수술을 한다는 것이 부담스럽기는 하였다. 마취과 과장님을 설득하고 모든 것을 하느님께 맡기고 5일간의 준비 시간을 가진 후 수술은 복회음부절제술(일명 마일식 수술) 및 좌측결장루조성술을 시행하였다. 가능한 한 수술시간을 단축시키고자 노력했지만 수술시간은 4시간이 소요되었다. 수술이 진행되는 동안 수술실의 모든 의료진이 긴장되어 있었으나 다행히 환자의 상태는 모든 것이 정상을 유지해 주었고, 놀랍게도 수술이 끝난 후 할머니는 마취에서 쉽게 회복되었다.

마취과장님은 환자가 깨어나지 않으면 어쩌나 하고 중환자실에 자리를 마련하고, 호흡기도 준비해 놓도록 미리 세심한 배려를 하였으나 환자는 그런 것을 이용할 필요가 없을 것 같았다. 그래도 고령자의 상태를 감안하여 밀착관찰을 할 필요가 있어 수술 첫날은 중환자실에서 관찰하기로 하고 환자를 중환자실로 옮겼다. 할머니는 의료진의 요구에 잘 따라주었다.

참으로 감사할 일이었다. 할머니는 수술 다음날 중환자실에서 일반 병실로 옮겨 손자의 돌봄을 받기 시작하였고, 수술 부위인 복부의 통증과 도뇨카테타를 삽입하고 있어 불편한 것을 제외하고는 참을만하다며 운동도 잘하시는 편이었다. 수술 후 5일째부터 식사를 시작한 할머니는 젊은 사람이 무색할 정도로 회복이 되어 도뇨카테타도 수술 후 10일만에 제거하였다. 적출된 장기의 병리조직 검사에서는 작장의 암 병변은 전층을 침범한 후 주위 조직에 침투해 있었고, 주변에서 적출한 림프절에도 전이가 되어 있었다.

할머니와 보호자에게 항암치료와 방사선치료가 필요함을 설명해 드렸다. 할머니는 의외로 항암치료를 받고 회복해서 브라질

딸에게 가서 여생을 보내면서 손자의 짐을 덜어주어야겠다는 것이었다. 처음에 병원에 오셨을 때는 치료를 받지 않고 그대로 살다가 남편 곁으로 가시겠다고 하셨던 할머니가 수술을 무사히 마치고 나니 마음이 변하신 것 같았다. 고마운 일이었다. 수술 후 14일에 체력을 회복한 다음 항암치료를 받기로 하고 의료진의 축하 속에 퇴원하였다. 퇴원하는 날 할머니의 손자는 직접 바다에 나가 잡은 생선을 큰 물통 가득 병원으로 가져와 병원식당에서 전 직원이 맛있게 먹게 해 주었다.

할머니는 방사선 치료와 항암치료를 받기 위해서는 서울의 암 전문병원으로 가시는 것이 좋겠다는 내 의견을 듣고는, 서울로 다니기는 힘들고 싫다면서 내게 해달라는 것이었다. 세브란스 병원 암센터의 선배의사(노재경 교수님)에게 상황을 설명하고 자문을 받아 방사선치료는 하지 못하고, 항암치료만 하기로 하고 치료를 시작했다. 할머니는 힘들 때는 며칠 입원하여 수액치료를 받으시면서 끝까지 잘 참고 항암주사요법을 마쳤다.

수술과 항암치료로 수척해진 할머니는 손자가 잡아오는 신선한 생선을 잘 드시고 건강이 날로 회복되어 갔다. 할머니는 정기적으로 검진을 받으러 병원에 오셨는데 처음에는 손자와 함께 오시더니 몇 달이 지난 후부터는 혼자 다니실 정도로 건강함을 보이셨다. 손자의 뒷바라지를 하시면서 결혼까지 시키신 할머니는 수술 후 5년까지 정해진 날에 병원에 오셔서 검진을 받으셨다. 그리고 재발이 없음을 확인하고 암에서 해방되셨다고 말씀드리며 축하해 드렸다.

그로부터 3개월 쯤 뒤에 할머니가 손자와 함께 오셨다. 다시 병이 나셨나 싶어 가슴이 철렁했지만 할머니의 표정이 밝으셨고 건강해 보이셨다. 병원에 오신 이유는 브라질에 있는 딸이 브라질로 오셔서 딸과 함께 사시기를 원하며, 마지막은 딸이 모시겠다고 하는데 장시간 비행기를 타고 브라질까지 갈 수 있겠느냐는 것이었다. 대답을 해주기가 난감하였다. 할머니는 "이제 손자의 짐을 덜어주고 딸에게 가서 여생을 보내다가 영감님에게 가고 싶다"는 것이었다. 항공사에 알아보니 의사의 소견서가 있으면 탑승을 허락하겠다고 한다며 안타까운 표정을 지으셨다. 가시라고 하자니 비행기에서 사고라도 나면 내가 무슨 책임을 져야할까 하는 두려움이 앞섰다. 그렇다고 가시지 말라고 하자니 할머니의 마지막 소망을 무참히 꺾어버리는 것 같아 죄송스러웠다. 시간을 벌기 위해 우선 기본적인 몇 가지 검사를 하도록 하고 며칠 후에 다시 오시도록 했다.

그 사이 나는 항공사에 연락하여 할머니의 상황을 이야기 하고 장시간 비행기 탑승의 문제점과 가능성을 문의하였다. 항공사에서는 할머니의 건강에 어떠한 문제가 있으며 비행기 탑승시 항공사에서 무엇을 준비해야 하는지 알려주면 탑승이 불가능한 것은 아니라고 했다. 검사 결과와 함께 답을 듣고자 오신 할머니에게 5년 전 수술도 모든 것을 하느님 뜻에 맡긴 것처럼 딸에게 가시는 문제도 모든 것을 하느님 뜻에 맡기고 가기를 원하시면 항공사에 서류를 해 드리겠으니 가족과 상의하여 결정하시라고 했다. 결국 할머니는 브라질에서 외손자가 나와서 할머니를 모시고 가기로 결정하고 서류를 해달라고 오셨다.

나는 항공사에 할머니가 직장암 수술을 받고 결장조루술을 받아 복부로 배변을 보는 점과 현재의 건강 상태는 특별한 문제가 없으나 고령인 점을 고려하여 기내에서 응급상황이 발생할 수도 있으며, 그 경우 필요한 조치를 할 수 있는 준비가 되어 있어야 할 것이라는 점을 기록해 전했다. 출국 전날 손자가 할머니가 다음날 출국하신다고 알려왔다. 그리고 며칠 후 브라질에서 국제전화가 왔다. 할머니께서 무사히 도착하여 딸과 재회를 하였다며 고맙다고 하시고는 딸까지 바꿔주어 딸과도 통화를 하면서 앞으로 얼마나 사실지 모르지만 할머니를 잘 모시라고 덕담을 나누었다.

그리고 시간이 지나면서 바쁜 일상에 묻혀 할머니의 일은 잊고 있었다. 2003년 어느 날 그 할머니의 손자와 할머니를 마지막 본 지 10여 년 만에 할머니의 손자가 내 개인 의원으로 찾아왔다. 10여 년의 세월이 흘러 중년이 된 손자는 고기 잡는 일을 그만두고, 부동산에 손을 대서 상가건물을 지어 분양하여 경제적인 안정을 이루었다며 할머니의 소식을 전해왔다. 브라질에 가신 할머니는 딸의 마지막 효도를 받으며 편안하게 사셨고, 손자도 브라질에 가서 100수 잔치를 해드리고 왔다며 할머니가 선생님 이야기를 하며 고맙게 생각하셨다고 했다. 그러나 그 후 점점 쇠약해

지시더니 약 6개월을 더 사시고 편안하게 할아버지 곁으로 가셔서, 또다시 장례식에 참석하러 브라질에 다녀왔다고 했다.

손자의 이야기를 들으면서 곱고 선한 그리고 언제나 볼 때마다 미소를 지으며 고맙다고 손을 잡던 할머니의 얼굴이 눈앞에 떠올랐다. 어쩌면 할머니의 긍정적이고 배려심 깊은 심성이 병을 낫게 하고, 당신은 물론 주변 사람들까지 편안하게 하지 않았을까 하는 생각이 들었다. 할머니의 영혼이 천국에서 영생복락을 누리시기를 빌어 드렸다.

진행된 위암을 수술 받고
목회자가 된 젊은 환자

　나와 함께 수술실에서 호흡이 맞아 일하던 김간호사가 결혼을 하고 남편을 따라 지방 도시로 내려갔다. 나는 조카 같기도 했던 김간호사가 병원에 사직서를 냈을 때, 결혼 후에도 계속해서 일을 하라며 사직을 만류했었다.

　외과 의사는 수술할 때 수술실 간호사와 호흡이 맞아야 수술을 원활하게 할 수 있다. 김간호사는 수술실에서 가장 호흡이 맞는 간호사 중 한명이었으므로 나는 김간호사의 사직을 막으려고 했다. 김간호사는 내가 수술을 할 때 스크럽(수술대에 함께 서서 수술 기구를 챙겨 주는 등 수술하는 의사를 도와주는 일을 하는 간호사)을 하면 다음에 필요한 기구가 무엇인지를 미리 판단하고 내가 말하기 전에 손에 쥐어주는 노련한 간호사였다.

　외과 의사들은 이런 수술실 간호사들과 같이 일하면 수술을 하기 편하기 때문에 호흡이 잘 맞는 간호사들과는 가족적인 분위기에서 일을 하게 되고, 수술을 할 때 그런 간호사를 배치해 줄 것을 수술실 수간호사에게 요구하면서 스크럽 간호사가 바뀌는 것을 싫어한다. 그래서 사직하겠다고 했을 때 사직을 만류해

보았지만 소용없는 일이었다. 남편이 지방의 작은 도시에서 교사로 일하고 있었기 때문에 남편 곁으로 가야함은 당연한 일이고 막을 수 없는 일이었다. 그렇게 결혼을 하고 병원을 떠난 김간호사가 지방에서 결혼생활을 재미있게 하면서 딸도 하나 낳아서 키우고 있다는 소식을 수술실 직원들을 통해서 듣고 있었다.

그러던 어느 날 수술실 수간호사가 침통한 표정으로 김간호사의 남편이 지방 병원에서 위암진단을 받았다면서 김간호사가 힘없이 전화를 해 와서 원장님께 직접 전화를 하도록 했으니 전화가 올 것이라는 소식을 전해주었다. 그의 남편은 독실한 개신교 신자로 목회자가 되기를 희망했으나 다른 형제가 목회자가 되어, 그는 교회음악을 전공한 후 음악교사로 일하고 있었다. 그는 항상 명랑하고 긍정적인 사람이었다.

오후 늦은 시간에 김간호사의 전화를 받았다. 수화기를 통해 들리는 목소리는 병원에서 일할 때의 명랑한 목소리가 아니라 근심과 걱정에 풀이 죽은 목소리였다. 하기야 병을 모르는 사람도 아니고 병원에서 일하면서 무수히 많은 암수술을 함께 했던 그녀였다. 더구나 젊은 사람의 경우 수술을 했을 때 암이 생각보다 많이 진행되어 수술 후 결과가 좋지 않은 환자들을 많이 보아온 터였으므로 절망적인 생각도 들 수 있었다. 그의 남편은 30대 후반의 젊은 사람이었다.

나는 빨리 검사한 결과지와 위내시경 사진을 찾아가지고 올라오라고 하였다. 그리고 열심히 기도하면 하느님께서 응답해 주실 것이라는 말로 위로해 줄 수밖에 없었다. 이틀 후에 김간호사는 남편(나는 그를 '조서방'이라고 부른다)과 함께 병원으로 왔다. 우선 위내시경 사진을 보니 위의 후벽 소만곡부 쪽으로 커다란 융기의 돌출부가 있으며, 가운데 경계가 불규칙적인 궤양이 커다랗게 있었다. 조직검사는 선암이었다. 조서방을 안심시키고 김간호사에게도 최선을 다해 치료에 임하자고 하였다. 혹시 대학병원에서 수술 받기를 원한다면 대학병원으로 보내줄 터이니 어디서 수술을 할 것인지 결정하자고 했다. 내가 직접 수술을 하는 것이 내게도 부담이 되는 일이므로 당사자들에게 선택권을 주기 위함이었다.

그러나 김간호사와 조서방이 나에게 수술을 받겠다는 것이었다. 나에게 수술을 받겠다고 결심을 한 이상 시간을 지체할 필요가 없었으므로 다음날부터 검사를 시행하였다. 복부 CT를 시행하니 복대동맥에서 나오는 복강동맥간 주위의 소만곡부 쪽으로 커다란 림프절 종대가 여러 개 있음이 보였다. 다행히 췌장에 침윤된 소견은 없었다. 혈액검사 소견도 마취 및 수술에 장애가 되는 소견은 없었다. 다음날 수술하기로 하고 환자와 김간호사에게 주님께 간구하도록 이야기하고, 나도 마음을 침착하게 안정시키기 위해 성당에 가서 성체조배를 하고 기도하였다.

수술을 위해 개복을 하고 보니 위의 체부에서 하부로 이르는 커다란 종괴가 만져졌지만 다행히 췌장과는 분리되어 있었다. 다만 복강동맥간 주위에 여러 개의 종대된 림프절이 군집을 이루며

엉겨 있었고, 대망에도 여러 개의 림프절 종대가 촉지되었다. 약 80%의 위를 절제하는 위아전절제술을 시행하고 위공장문합술을 시행하였다. 특별히 복강동맥간 주위를 비롯하여 복대동맥 주위의 종대된 림프절을 모두 제거하도록 노력하였다. 림프절 곽청술을 최대한 시행한다고 해도 동맥의 벽에는 암세포가 남아있는 것 같아 림프절 곽청술을 다시 한 번 확인하고 수술을 마쳤다.

수술 후 조직검사에서는 암이 이미 위벽을 완전히 침범하여 장막 밖으로 진행된 상태였고, 무수히 많은 림프절에서 암전이 소견을 보였다. 조서방의 수술은 아무런 합병증 없이 잘 이루어졌고 회복도 순조로웠다. 이제 수술 후 항암치료를 해야 했다. 나는 조서방에게 학교에 휴직계를 제출하고 항암치료에 힘쓰라고 했고 조서방도 그것을 받아들였다.

그런데 그 와중에 김간호사가 임신했다는 사실을 알게 되었다. 남편에게는 알리지 않았으나 함께 일했던 수술실 간호사들에게 임신 사실을 말하고 조언을 구하고 있었고, 그 사실이 내게도 전해진 것이다. 축하해야 할 일이지만 위암 3기 환자를 놓고 볼 때 앞으로의 삶도 생각하지 않을 수 없었다.

김간호사를 아꼈고 조서방을 수술한 나로서는 그녀의 앞날을 생각하여 그녀를 불러 앞으로의 치료계획과 예후에 대하여 이야기하면서 "김간호사도 병원에서 일할 때 많은 환자를 봐서 알다시피, 젊은 사람의 암은 진행이 빠르고 재발률이 높다. 3기암의 경우 5년 생존율도 낮다. 앞으로 항암치료를 해 봐야겠지만 만약 동맥벽에 침윤되어 있는 제거되지 않은 암세포가 있다면 재발 가능성은 더 높다. 앞으로 조서방의 병이 완치된다면 문제가 없지만 그렇지 않고 재발된다면 혼자서 두 아이를 키우는 것이 쉽지만은 않을 것이다. 물론 하느님께서 주신 은총의 선물이지만 지금 태중의 아이에 대한 문제도 깊이 생각해 봐야겠다"고 말을 하면서 나도 모르게 하느님께 죄를 짓고 있음을 깨닫고 놀랐다.

하느님께서 주신 생명을 포기해서는 안 되는 데 내가 포기를 종용하는 듯한 말을 했으니 큰 죄를 짓고 말았다. 나는 후회하며 마음속으로 김간호사가 태중의 아기를 포기하지 않게 해달라고 기도했다. 그리고 성당에 가서 고해성사를 했다.

다행히 김간호사는 아이를 낳아 기르겠다는 결심을 했다. 조서방은 순조로운 회복을 보이며 퇴원하였고, 외래로 통원하며 항암치료를 받았다. 부부는 열심히 신앙생활을 하며 기도하였다. 힘든 항암치료를 마칠 즈음 김간호사는 아들을 순산하였다. 맏이가 딸인데 둘째로 아들을 낳았으니 더없이 기쁜 일이 아닐 수 없었다. 이제 조서방만 암이 재발되지 않도록 완치되기를 기도하면서 주님의 은총을 바랄 뿐이었다. 암 투병을 하면서 더욱 깊어진 조서방의 신앙생활은 그의 삶을 바꾸어 놓았다. 조서방은 학교를 사직하고 자기 생명을 구해주신 하느님께 감사드리며 찬양성가로 교회에 봉사하며 암투병을 간증하는 전도생활을 기쁘게 하며 살아갔다.

주기적인 검진을 통해 재발징후가 없이 건강하게 살아가고 있음을 확인하면서 5년여의 시간이 흘렀다. 조서방은 건강을 완전히 되찾고 국내뿐만 아니라 해외까지 다니며 자신의 투병을 이야기하고, 주님께서 새 생명을 주셨음을 감사하며 간증을 통해 봉사하고 있다. 그리고 수술 후 10여년이 지났을 때는 암도 치료하면 완치될 수 있다는 것을 많은 사람들에게 알리기 위해 나와 함께 지역 방송에 소개되기도 했다. 그리고 투병 당시 얻은 아들도 고등학생이 되어 내가 감사하는 마음으로 포경수술을 해주었다.

지금도 조서방은 목회를 통해 많은 사람들에게 생명의 고마움과 하느님의 큰 사랑을 전하며 살아가고 있고, 김간호사는 다시 의료 현장에서 질병으로 고통받는 사람들을 따뜻하게 돌보며 행복하게 살아가고 있다. 하느님께서는 그들 부부를 도구로 쓰시고자 구원의 은총을 내려주셨다는 생각을 하면서 그 가족이 행복하고 평화롭게 살아가기를 기원한다. 그리고 나는 지금도 가끔 전화로 그들의 안부를 묻곤 한다.

다중장애를 가진
치핵 환자

    어느 날 오후 진료가 끝나가는 늦은 시간에 60대 후반으로 보이는 여자가 병원을 찾아와서 상담을 요청하는 소리가 들렸다.

    어떤 환자들은 병원에 와서 진료비를 내지 않으려고 진찰은 받지 않고 상담만 하겠다는 일이 가끔 있다. 대학병원이나 종합병원에서는 진료를 받으려면 우선 접수를 하면서 진찰비를 받지만 개인의원의 경우에는 진료가 끝난 후에 진료비를 받기 때문에 특별한 치료를 받지 않은 경우에는 진찰비만 내는 일이 있는데 때로 진찰비도 내지 않으려는 환자들이 있다. 그래서 상담만 하겠다면서 진료 접수를 하지 않고 의사와 상담만 하겠다고 접수창구에서 옥신각신하는 일이 있다. 이 여자 분도 진료비를 내지 않으려고 상담만 하겠다고 하는 것이 아닌가 싶어 접수창구에서 직원이 상담도 진료이므로 접수를 해야 한다는 설명을 하고 있는 현장을 목격하게 되었다.

    여자 분의 얼굴에서 미안해서 난처해하는 표정을 본 나는 "무슨 일로 상담을 하시려고 그러세요?"하고 물었다. 여자 분은 "여기서도 치질 수술을 할 수 있는지 물어보려고 왔다"는 것이었다.

나는 당연히 수술을 한다고 하면서 그렇지만 환자의 상태가 수술이 필요한지 진찰해 본 후에 수술을 결정하는 것이니 먼저 진찰을 받으시라고 했다. 그랬더니 여자 분은 "듣지도 못하고 보지도 못하는 사람도 수술할 수 있나요?"하고 다시 묻는 것이었다. 그래서 누가 환자냐고 물었더니, 이 여자 분의 아들이 청각 장애로 듣지도 못하고 말하지도 못하는데 약 2년 전부터는 눈도 완전 실명이 되어 보지도 못한다는 것이다. 그런데 원래 치핵이 있어 실명이 되기 전에 수술을 받으라고 했으나 수술 후 생길 수 있는 통증 때문에 두렵다고 수술을 받지 않고 살아왔다고 했다.

그러나 약 2주일 전부터 통증을 호소하며 앉는 것도 힘들어해 다른 병원에 가서 수술을 받으려고 상담을 했지만 장애 때문에 의사소통이 어려워 수술이 곤란하다는 말을 듣고 다시 내게로 찾아온 것이었다. 나는 다중 장애가 있다고 수술이 불가능한 것은 아니지만 환자의 상태가 수술을 필요로 하는지 알아야 하니 우선 시간을 내서 아들을 데리고 와서 진찰을 받아보라고 했다.

며칠 후 이 여자 분은 아들을 데리고 병원에 왔다. 듣지도 못하고 말도 못하며 보지도 못하는 3중의 장애를 가진 40대 초반의 남자 환자는 통증으로 괴로워 보였으며, 통증 때문에 앉지도 못했다. 문제는 환자와 의사소통을 어떻게 해야 하느냐 하는 것이었다. 다행히 환자는 시력을 잃은 것이 약 2년 전이었으므로 글을 볼 수 있었기 때문에 환자의 손바닥에 천천히 또박또박 글씨를 써주면 내용을 알고, 자신의 의견도 써주는 것이었다. 하느님은 절망 속에서도 구원의 은총을 내려주고 계심을 체험할 수 있었다.

이렇게 환자의 손바닥을 종이 삼아 필담을 주고받으면서 환자를 진찰하였다. 환자의 치핵은 여러 곳에서 심한 혈전성 치핵으로 탈출되어 있었다. 환자의 고통이 심하다는 것을 짐작할 수 있었다. 환자에게 수술이 필요하다는 것과, 아침에 병원에 와서 입원하고 척추마취 하에서 수술을 받으면 저녁에 퇴원하여 집에 갈 수 있으니 빠른 시일에 날을 정해 수술을 받으라고 필담으로 알려주었다. 수술에 대한 두려움과 수술 후에 있을 통증에 대한 두려움 때문에 망설이는 환자에게 그의 어머니와 함께 수술을 하도록 설득하였다. 결국 이틀 후에 수술하기로 하고 수술 전에 준비할 사항에 대하여 설명하고 귀가하도록 했다.

수술을 약속한 날 환자는 두려운 표정으로 아침 일찍 병원에 왔다. 수술실로 옮겨 수술 준비를 하는 동안 환자에게 계속 필담을 하도록 하여 긴장을 풀고 안정을 찾게 했다. 그리고 척추마취를 시행한 후 환자를 앉게 하니 환자가 통증이 없다며 기쁜 표정을 짓고는 안도하는 것이었다. 마취가 잘되어 수술 중 통증이 없을 것이라고 알려준 후 수술 체위로 잡고 수술을 시행하였다.

이렇게 3중의 장애를 가진 기초생활 수급자인 환자를 무사히 수술을 마치고 저녁에 퇴원시켜 집으로 가도록 하니 환자와 그의 어머니가 수도 없이 머리를 숙여가며 "감사하다"는 인사를 하는 것이었다. 그리고 세 차례의 통원 치료를 위해 병원에 올 때마다, 장애인으로 세상에 태어나서 사람대접을 받아 보기 힘든 세상인데 치료를 잘 해주어 통증 없이 살 수 있게 되었다면서 고맙다는 인사를 하며 행복해 하는 것이었다. 나는 오직 환자의 신분을 가리지 않고 환자에 대한 의사로서의 본분을 했을 따름인데 지나친 감사 인사가 오히려 부담스러웠다. 그들 모자는 참으로 순수하고 착한 사람들이었다. 그들의 앞날에 축복이 있기를 기원했다.

둔부에 자주 발병한
화농성 한선염으로 고생한 젊은 청년

　20대 초반의 잘생긴 청년이 둔부에 염증이 생겨 앉기도 힘들다면서 부모와 함께 병원에 왔다. 청년은 훤칠한 키와 균형 잡힌 체격에 얼굴도 잘생긴 그야말로 '몸짱'과 '얼짱'형의 명문대에 재학 중인 학생 정 군이었다.

　정 군의 우측 둔부에 통증성 부종이 있어 환자를 엎드리게 한 후 병변이 있는 곳을 보니, 우측 둔부에 어린아이 손바닥 크기의 동통성 부종이 있었고, 양측 둔부에는 여러 개의 절개창이 있었다. 잘생긴 얼굴과 비교해 보니 둔부는 흉터로 얼룩져 있었다.

　문진을 해보니 정군은 약 3년 전부터 같은 증상이 자주 발병하여 이미 대학병원을 비롯한 종합병원에서 5~6차례의 수술을 시행하였으며, 그 때마다 입원을 했다고 했다. 환자의 아버지는 우리나라의 의료 수준을 믿지 못해 아들을 일본에 데리고 가서 입원 수술을 받기도 했는데, 일본의 의료진도 그동안 치료를 받았던 우리나라 의료진과 마찬가지로 이 병이 재발이 잘 될 수 있다는 이야기를 했다고 했다. 그리고 병변은 수술을 시행했던 부위가 아니라 그 주위의 절개창이 없는 깨끗한 부위에서 발병되곤 한다는 것이다. 그리고 환자는 학생이기 때문에 책상 앞에 오래 앉아있다보면 두부에 땀이 많이 난다고 했으며, 이 병 때문에 학교생활도 지장을 많이 받았다고 했다.

초음파 검사를 해 보니 우측 두부의 병변 부위에 커다란 피하 농양성 음영이 보였다. 부위가 넓어서 국소마취 하에서 수술을 하기 어려울 것 같았다. 환자 및 보호자에게 설명하여 척추마취 하에서 수술을 시행하고 마취에서 회복되면 오후 늦게 귀가하면 되겠다고 하였다. 당일에 수술하고 퇴원한다는 말에 보호자는 "입원하지 않고 그렇게 해도 됩니까?"하고 의아스럽다는 표정으로 묻는 것이었다.

나는 "수술이 끝나면 수술창 치료만 하면 되는데, 먹을 수 있고 걸어 다닐 수 있는 환자가 입원해 있을 필요가 있겠느냐"고 되묻고는 "나는 지금까지 불필요한 입원은 시키지 않는 원칙을 세워놓고 환자들을 수술해 왔다"고 했다. 척추마취로 하반신 마취를 시행한 후 수술을 시행하고, 마취가 풀려 보행이 가능하고 두통이나 어지러움 등 척추마취로 인한 이상반응이 없으면 수술 시행한 당일에 퇴원시켜 왔지 입원시켜 병원에서 자는 일은 없었다고 설명해 주었다.

그러면서 "지금까지 정 군이 입원해 수술 받았을 때 병원에서 하루 한 두 번 드레싱을 받은 것 말고는 특수한 치료를 받은 것이 있었느냐"고 물어 보았다. 그랬더니 "링거 주사를 맞았다"는 것이었다. 그래서 "금식이 필요 없는 환자인데 잘 먹으면 되지 구태여 링거 주사를 맞을 필요가 있겠느냐"고 반문해 보았다.

설명을 듣던 보호자는 반신반의 하면서 수술을 받겠다고 동의하였다. 수술은 척추마취 하에 화농성 병변 부위를 절개한 후 피하의 농양을 제거하였다. 그리고는 주위의 괴사성 조직들을 모두 소파술을 통해 제거하였다. 절개창은 수술부위가 깨끗하고 정상 조직이 자라날 때까지 열어놓고 치료하다가 상태를 보아 가면서 지연 봉합을 하거나, 아니면 자연스럽게 수술창이 치유되면 봉합을 하지 않기로 하였다. 정군은 수술이 끝나고 마취에서 완전히 회복되어 거동에 불편함이 없을 때까지 입원실에 있다가 퇴원하였다.

퇴원 후 정군은 통원치료를 하면서 수술창이 깨끗하게 치유되었다. 마지막 치료를 받으러 오는 날 어머니께서 해외에 갔다 오면서 사왔다는 열대성 과일을 보내왔다. 나는 정군을 보내면서 또 다시 발병하면 병변이 확산되기 전, 작을 때 곧바로 오라고 하면서, 병변이 작으면 국소마취를 통해 간단히 수술하고 갈 수 있다고 알려주었다.

그로부터 약 2~3개월이 지났을 때 정군이 또 다시 같은 병변이 나타났다고 찾아왔다. 정군은 잦은 재발성 발병이 있어서 여러 차례 수술을 받았던 병력이 있고 또 내가 재발하면 곧바로 오라고 일러주었으므로 병이 발병하자 곧바로 찾아온 것이다. 나는 국소마취 하에 간단하게 절개 배농 및 소파술을 하여 주고는 통원치료를 하도록 했다.

이렇게 정군은 그 후에도 5~6회 정도 재발하는 징후만 보이면 병원을 찾아와 간단하게 절개 배농 및 소파술을 하면서 치료를 받는 동안 대학을 졸업하고 사회인이 되었다. 대학 졸업과 동시에 병변의 재발도 없어졌다. 비록 양측 둔부가 많은 수술창으로 어지럽게 흉터가 있지만 대학을 졸업하고 본인이 원하던 분야에서 행복한 삶을 살아가면서 시간이 날 때면 찾아오곤 하였다.

약 1년여의 직장생활을 하던 정군이 어느 날 오전 일찍 찾아왔다. 나는 그동안 잠잠하던 둔부에 또 병이 발병해서 왔나 하고 찾아온 이유를 물어보았다. 정군은 심각한 표정을 지으며 "그동안 사회생활을 하면서 보람도 있었지만, 자신의 능력을 더 키우고 싶어서 대학원에 진학하려고 결심하고 대학원에 입학도 허용되었는데 대학원에 진학하여 또다시 의자에 오래 앉게 되면 병이 재발하지 않겠느냐"면서 둔부에 대한 검진을 해달라는 것이었다.

시진과 촉진을 해 보니 비록 많은 수술창으로 어지럽긴 해도 깨끗하였다. 그래서 "다시 병이 발병하는 것에 신경 쓰지 말고 하고 싶은 공부를 열심히 하고, 만약에 또 다시 발병하려는 징후가 있으면 빨리 병원에 와서 치료를 받도록 하라"고 일러 주었다.

이렇게 대학원에 진학한 정군은 그 후 두 학기를 마치고 아무 탈 없이 건강하게 대학원에 잘 다니고 있다면서 어머니의 약 처방을 받을 겸 인사를 온 후 연락이 없다. 이제는 박사과정에 들어 있을 정군이 병원을 찾는 일이 없는 것을 보니 건강하게 잘 지내고 있는 것 같아 고맙게 생각한다.

외과의사는 환부만 치료하는 것이 아니다. 치료를 하는 동안 환자와 의사 사이에는 신뢰와 따뜻한 인간애가 쌓여서 퇴원 후에도 오래 동안 교류하며 친교를 나누는 일이 있다. 그럴 경우 의사가 된 보람을 느끼며 앞으로도 환자들과 신뢰관계를 잘 유지하도록 노력해야겠다고 스스로에게 다짐한다.

감돈성 탈장까지 된 후에야 수술 받은
고집불통 어르신

80대 초반의 노인이 우측 서혜부에 혹이 튀어나온다면서 병원을 찾았다. 성격이 급한 노인은 내가 문진을 하기도 전에 바지를 내려 튀어나온 혹을 보여주었다. 우측 서혜부 탈장이었다. 언제부터 이런 현상이 있었느냐고 물으니 "꽤 오래되었지만 혹이 생겼다 없어졌다 하면서 아프지도 않았는데, 요즘 들어서는 가끔씩 아프기도 하고 없어지지 않고 오래 생겨있는 경우가 많았고, 오늘은 혹이 빨리 없어지지 않고 전보다 더 아픈 것 같아서 왔다"고 했다. 술과 담배를 많이 하고 들에 나가 농사일을 한다는 노인은 과거 병력을 묻는 말에는 자기는 80평생을 살면서도 병원은 처음이라고 노익장을 자랑하신다.

환자분을 진찰대에 눕게 한 후 음낭으로 나와 있는 탈장부위를 조심스럽게 복강 내로 환원시켜드렸다. 그리고 이 병은 수술해야 한다고 말씀드리니, "이 나이에 무슨 수술을 하느냐. 내가 80평생을 넘게 건강하게 살아왔는데 이 나이에 몸에 칼을 댈 수는 없다"고 하시면서 동행하신 할머니를 잡아 일으키며 집에 가자고 끌고 나가려고 하는 것이었다.

노인 어른에게 "지금 당장 수술을 하라는 것이 아니니 의자에 앉아 제 설명 좀 들어보시라"고 하면서 뿌리치는 손을 잡아 억지로 의자에 앉혔다. 노인 어른의 손힘이 보통이 아니었다.

나는 탈장의 발병과정에 대하여 설명 드리고 만약 수술을 시행하지 않고 생활할 경우에 나타날 수 있는 문제점에 대하여 말씀 드리면서 "오늘처럼 음낭으로 빠져나온 탈장이 자연적으로 복원이 되지 않으면 빠져나온 장이 썩어서 간단한 수술로 치료가 안 되고 그때는 수술이 복잡해질 수 있으니 호미로 막을 수 있는 일을 가래로 막는 우를 범하지 않는 것이 필요하다"고 설득하였다. 그러나 노인어른의 고집은 완강했고 살만큼 살았으니 죽어도 몸에 칼을 대는 일은 하지 않겠다는 것이었다. 옆에 계신 부인에게 "할머니께서 설득 좀 하세요"라고 했더니 할머니께서 하시는 말씀이 "워낙 고집이 세서 누구의 말도 듣지 않고, 자기가 괜히 잘못 거들다가는 날벼락이 난다"고 하시면서 고개를 설레설레 흔들며 남편을 따라 일어나서 진료실을 나서는 것이었다.

노인어른이 병원에 왔다 가시고 여러 달이 지난 더위가 심한 여름날이었다. 응급실에 심한 복통을 호소하는 노인 환자가 왔는데 음낭이 어른 주먹보다 커졌는데 아파서 만지지도 못하게 한다는 것이었다. 나는 응급실로 갔다. 그리고 고통을 호소하는 환자가 몇 달 전에 외래 진료를 받았던 노인어른임을 알았다.

노인은 오늘 들에 나가 일을 하는데 여느 때와 같이 음낭 쪽으로 무엇이 빠져나오는 것을 알았지만, 그대로 일을 하였다고 했다. 전에는 빠져나온 것이 손으로 밀어 올리면 들어갔는데 오늘은 들어가지 않았지만 일을 멈출 수가 없어 계속했다고 했다. 그러더니 시간이 지나면서 통증이 심해지고 음낭이 부어오르기 시작했다는 것이다. 그래도 하던 일을 마치려고 일을 하는데 통증은 더욱 심해지고 음낭은 돌덩이처럼 딱딱해져서 일을 중단하고 집에 들러 농기구를 놓고 왔다는 것이다.

통증으로 괴로워하는 환자의 환부를 보니 음낭이 돌덩이처럼 단단하고 울혈성 변화를 보이고 있었다. 그리고 복부 팽만도 보였다. 게다가 심한 동통으로 환부를 촉진하기도 어려웠다. 이미 탈장된 내용물이 괴사 상태라는 것을 판단할 수 있었다. 노인어른에게 수술이 필요하다고 말씀드리니 칼을 대지 말고 고쳐달라는 것이다. 나는 칼을 대지 않고 수술할 수 없으며 처음에 병원에 오셨을 때 수술을 했으면 간단했을 텐데 지금은 간단치 않고 좀 복잡하다는 것을 설명하였다. 그러나 환자분은 통증으로 고통을 받으면서도 한사코 칼을 대지 말고 치료를 해달라는 것이었다.

보호자와 의논을 하려고 해도 할머니는 남편이 무서워서 한마디도 못하고 남편의 말에만 순종하는 것이었다. 자손을 물어보니 "멀리 떨어져 살고 있어 올 수가 없다"면서 자식이 와도 "저 노인의 고집을 꺾을 수도 없고 자식들이 아버지에게 말도 제대로 못하기 때문에 집에도 잘 안 오니 자식들이 있어도 소용이 없다"는 것이었다.

하는 수 없이 내가 다시 노인어른을 설득할 수밖에 없었다. 나는 지금 빨리 수술을 하지 않으면 생명을 잃을 수도 있다고 강하게 압박하였으나 환자분은 통증만 해결해달라고 하면서 살만큼 살았는데 왜 몸에 칼자국을 내고 죽느냐고 완강히 수술을 거절하는 것이었다. 그 사이 통증을 완화시키려고 진통제를 주사했으나 약효가 오래가지 못하였다.

환자분을 설득하는 한편 진통제를 투여하면서 수술에 필요한 검사를 진행하였다. 그런데 문제는 검사에서 어려움이 나타났다. 음식을 먹은 지가 오랜 시간이 지났는데도 혈당이 매우 높았고 간효소치도 높았다. 흉부 X-ray 사진도 깨끗하지 않고 만성 폐쇄성 병변의 소견을 보인다고 했다. 그리고 문제는 또 있었다. 심전도검사를 보니 심근경색을 의심하는 소견이 나왔다.

모든 검사결과를 놓고 내과 과장님과 마취과 과장님을 불러 협의를 하였다. 내과 과장님은 심전도결과를 보니 심장 정밀검사를 시행해 보는 것이 필요하겠다면서 우리병원에서의 수술은 위험부담이 너무 클 것 같다는 것이었다. 그리고 마취과 과장님은 한마디로 고령도 마취하기가 꺼려지는 환자인데 모든 검사 소견이 이처럼 나오니 마취가 불가능하다는 것이었다. 자기로서는 이러한 환자의 마취는 할 수 없으니 대학병원으로 보내라는 것이다. 나는 고집불통의 환자를 대학병원으로 보내면 나의 짐도 가볍고 좋겠다고 생각하고는 환자에게 갔다.

환자와 보호자인 노인들에게 검사결과를 설명하면서 건강상태가 좋지 않아 우리병원에서는 수술이 불가능하니 대학병원으로 가서서 수술을 받으시라고 말씀드렸다. 그러나 환자분은 나의 설명에는 관심도 없고 자기는 다른 병원으로 가지 않겠다면서 우리 병원에서 치료를 해 달라는 것이었다. 그것도 자기 몸에 칼을 대지 말고. 한마디로 억지요 말이 통하지 않는 노인이었다.

환자분을 진찰하고 검사하며 수술을 하도록 설명하다가 대학병원으로 가시라고 설득하느라 환자분이 병원에 도착한 지도 시간이 많이 지났다. 통증을 호소할 때 마다 진통제를 투여하여 통증을 가라앉게 하였지만 시간이 지나면서 근본적인 치료가 되지 않으면 안 되겠다는 생각에 자녀들에게 연락을 해서 오도록 하라고 하는 한편 대학병원으로 가시도록 압박을 가하기 시작했다.

어렵게 아들의 전화번호를 받아서 전화를 하여 환자분의 상태를 설명하고 대학병원으로 옮겨 가서 수술을 해야 한다고 설명을 하였더니 아들은 "저는 아버지에게 무슨 말도 할 수 없고, 제가 말해도 듣지 않으시는 고집이 센 분이시니 병원에서 아버님과 상의하여 치료해 달라"면서 전화를 끊는 것이었다.

다시 전화를 하여 수술을 받지 않으면 생명을 구할 수 없다고 설명을 해도 귀찮다는 목소리로 자기는 아버지를 보고 싶지 않으며 아버지를 보는 것이 두려우니 두 분 노인과 상의하여 처리하라면서 또 다시 전화를 끊는 것이었다. 아들과의 대화가 소용없다고 판단한 나는 딸의 전화번호를 알려달라고 하였더니 모른다고 하는 것이었다. 그러면서 할머니께서 하시는 말씀이 "딸아이는 제 아비라면 경기를 할 정도로 무서워하기 때문에 연락을 해도 소용이 없다"면서 결혼한 후 지금까지 부녀가 만나 본 적이 없다고 하는 것이었다.

환자와 입씨름을 하는 사이에 병원의 근무시간도 끝나가고 있었다. 참으로 진퇴양난이 아닐 수 없었다. 환자는 점점 통증이 심하다고 했다. 그렇다고 대학병원으로 가지도 않고 몸에 칼을 대지는 않겠다고 하니 환자를 그대로 두고 퇴근을 할 수도 없는 일이었다. 어떠한 결정을 내려야만 했다.

나는 환자분과 할머니에게 가서 냉정하게 대하면서 "이대로 수술하지 않고 있으면 돌아가십니다. 대학병원에 가셔서 수술 받지 않으면 살 수 없으니 빨리 결정을 내리시라"고 직설적으로 말했다. 그리고 우리 병원도 근무시간이 끝나기 때문에 직원들도 퇴근해야 된다면서 병실 환자들의 회진을 위해 응급실을 떠났다.

회진을 마친 후 퇴근 시간이 되어 병원 직원들이 하나 둘 퇴근하기 시작했다. 나는 다시 응급실로 가서 환자분의 문제를 해결해야겠다고 생각하고 응급실로 가면서 마취과장님께 환자 문제를 해결해야 되니 퇴근을 좀 미루고 있어달라고 연락을 했다. 마취과장님은 어차피 우리병원에서는 마취를 할 수 없는데 자기가 기다릴 필요가 있겠느냐는 것이었다. 그래도 나는 조금만 기다려달라고 부탁했다.

응급실로 들어서니 환자가 통증을 심하게 호소하면서 그동안

간호사들의 설득으로 수술을 받겠다고 했다는 것이다. 그러나 대학병원으로 가지는 않고 우리병원에서 받겠다는 것이다. 나는 환자와 보호자 두 분의 노인에게 다시 한 번 일반적인 건강상태가 좋지 않아 우리병원에서의 마취가 힘들다는 것을 설명하고, 수술을 받겠다고 결심했으면 대학병원으로 가서 수술을 받도록 권유하였다. 그러나 자기는 살만큼 살았는데 수술을 받다가 죽으면 고통 없이 죽으니 행복하지 않겠느냐면서 "왜 우리 두 늙은 이를 자꾸 쫓아내려고 하느냐"면서 역정을 내시는 것이었다. 할머니도 "또 마음이 변하기 전에 그냥 여기서 수술을 해 달라"고 하시는 것이었다.

나는 마취과장에게 연락을 해서 상황을 설명하였다. 마취과장은 완강하게 마취를 할 수 없다고 거절하는 것이었다. 마취과장과 마취문제로 입씨름을 하는 사이 또 많은 시간이 흘렀다. 어떤 결정을 내려야 했다. 이럴 때 젊은 자손이라도 있으면 특별 서약서라도 쓰라고 하겠는데 다른 보호자도 없으니 돌파구가 보이질 않았다.

전공의 시절 은사님인 민교수님(작고)께서 화농성 담낭염 노인환자를 수술하려고 마취하려다가 환자분이 Bamboo-spine(척추가 대나무처럼 휘지 않는 척추)이라 경추가 신전이 되지 않아 기도삽관을 하지 못했다. 그래서 보호자의 동의하에 환자에게 산소공급을 하면서 환자의 상태를 점검하며 정맥내 수면주사와 국소마취제만 사용하여 담낭절제술을 시행했던 기억이 떠올랐다. 마취과장님에게 당시의 상황을 설명해주면서 이 노인도 같은 방법으로 수술을 하자고 제안했다.

마취과장님은 그 때는 보호자 동의가 있었고 심장이나 폐 문제가 있었던 것이 아니지 않느냐? 그렇지만 지금 이 환자분은 심장과 폐에 문제가 있는데 만약 수술하다가 심정지라도 오면 어떻게 할 것이며, 그 뒤의 책임을 누가 지겠느냐는 것이다. 이제는 마취과장님이 수술을 도와주지 못하겠다고 버티니 어려웠다. 수술실 직원들은 수술을 할 것인지 아닌지를 알려달라고 성화다. 하기야 퇴근을 하지 못하게 붙들어놓고 있으니 그들도 답답해하는 것이다.

나는 마지막으로 마취과장님께 선언하듯 말했다. "마취과장님이 도와주지 않아도 혼자 모든 것을 책임지고, 산소마스크를 씌우고 수술을 할 테니 참관만 해주세요, 못하신다면 혼자서 하겠습니다"

환자를 수술대에 옮기고 수술 중 환자상태를 보기 위한 감지 장치를 부착하기 시작하니 마취과장님도 차마 퇴근하지 못하고 내 고집에 손을 들고는 수술실로 들어왔다. 나는 고맙다고 하면서 모든 것은 하느님께 맡기고 최선을 다해보자고 하였다.

먼저 산소마스크를 씌워 산소공급을 하면서, 수면제를 정맥내로 주입하고 마약성 진통제를 근육주사 하였다. 그런 다음 수술창을 만들 하복부에 국소마취제를 주사하였다. 수면을 유도하고 진통제를 투여했음에도 음낭 안으로 들어간 탈장 내용물이 원상

회복이 되지 않았다. 그래서 국소마취를 시행한 후 우측 하복부에서 음낭까지 절개창을 만들고 개복을 시행하였다. 환자가 통증을 호소하면 환자의 상태를 점검해 가며 진통제를 투여하면서 최단 시간 내에 음낭 속으로 들어가 감돈되어 괴사성 병변을 보인 소장을 격리하여 복강 밖으로 꺼냈다. 그리고는 장감자로 괴사된 소장의 상하부를 잡아 죄었다.

다행히 장이 천공되지 않아 복강이 오염되지 않았고 정상 부위의 소장과는 확실하게 구분되어 있었다. 그리고 일부의 대망조직도 음낭내로 들어가 조직의 괴사를 보였다. 수술은 감돈되어 괴사성 병변을 보이는 회장을 절제한 후 단단문합을 해주고, 괴사성 병변을 보이는 대망도 절제하였다.

수술을 진행하는 동안 환자분은 수면 중임에도 계속 통증이 있는지 신음을 내고 계셨다. 그래서 수술을 최대한 빨리 마치려고 노력하였다. 하느님의 도움으로 다행히 아무런 문제없이 수술을 마칠 수 있었고, 개복창을 봉합한 후 환자분을 주의 깊게 관찰하기 위해 중환자실에서 하루 밤을 관찰하게 했다.

수술 다음날 중환자실에서 만난 노인어른은 갑자기 공손한 어린이가 된 듯 감사하다는 인사를 하시는 것이었다. 그리고 근무자들의 말에 의하면 중환자실로 오신 후 수면에서 깨어난 후로는 근무자들의 말도 잘 듣고 고분고분하여 고집불통 노인의 모습은 찾아볼 수 없었다는 것이다. 할머니도 영감님이 수술을 받은 후 사람이 바뀌었다고 환한 얼굴을 하시는 것이었다.

환자분을 일반병실로 옮겨드리고 보호자와 함께 계시도록 했다. 수술 10일 후 아무 탈이 없어 환자분의 심장과 폐의 문제는 앞으로 대학병원에 가서서 정밀검진을 받으시고 치료를 받으시라고 당부를 드리면서 퇴원하시도록 할 수 있었다. 그러나 퇴원할 때까지 아들 딸 중 어느 누구도 아버지를 면회 오는 사람은 없었다. 노인들은 자식들에게 연락을 하지 않았다는 것이다.

나는 퇴원하는 날 노인 어른에게 "어르신은 병원에 계시는 동안 자식들의 면회도 없이 할머니하고만 지내셨는데 주위의 다른 환자들 가족이 면회 와서 화목한 모습을 보시는 것이 부럽지 않으셨어요? 어르신께서 말씀하신대로 앞으로 얼마나 사실 지는 모르지만 이제는 자식에게 연락하여 먼저 자식을 품어 안고 사랑을 전하며 자식들의 마음을 풀어주어 앞으로라도 자식들과 손주들을 보며 행복하게 사시라"고 당부를 하였다. 노인어른은 눈가에 회한의 미소를 지으며 고맙다는 인사를 하시고 병원을 나서셨다.

5부

안타까운 사연들

약물치료만 받다 패혈증에 이른
천공성 충수염 환자

30세 남자 환자가 복막염으로 외과적 수술이 필요할 것 같으니 협진을 요한다는 연락이 내과에서 왔다. 병실로 환자를 진찰하러 가서 환자의 차트를 보니 환자가 복통으로 입원한지 15일이 지났다. 내원 당시 환자의 상태는 복부 전체에 나타나는 심한 복통과 반사통, 그리고 간헐적인 설사가 있었던 것으로 기록되어 있었다. 그리고 환자에게 복통이 나타난 것은 우리 병원을 찾기 약 20여일 전이었다.

입원 당시 환자의 혈압이나 맥박은 정상이었고, 38도 미만의 발열을 보였다. 혈액 검사 소견은 백혈구의 증가와 간 효소치와 총 빌리루빈치가 약간 증가된 소견을 보였다. X-ray 검사에서도 흉부는 활동성 병변이 없었고, 복부 사진도 부분적인 장마비 소견 말고는 폐쇄성 소견이나 유리기체 소견은 없었다. 내과에서는 원발성복막염으로 진단하고 입원시켜 15일 이상 항생제 투여와 수액공급만 하고 있었다. 입원 후에도 열은 떨어지지 않고 38도 전후를 나타냈고, 최근 들어 맥박이 빨라지는 양상을 보였다.

병실로 들어가 환자를 진찰했다. 환자는 수척해 보였고 고통스러운 표정이 역력했다. 피부가 윤기가 없이 추위에 노출된 사람처럼 약간 청색을 띠고 있고, 입술도 푸른 빛을 띠고 있는 것이 인상이 좋지 않았고 기분도 좋지 않았다. 문진을 다시 시작했다.

기진맥진한 목소리로 환자가 이야기를 시작했다. 그는 우리 병원에 오기 약 1개월 전에 처음으로 상복부 불쾌감과 함께 통증을 느꼈고, 구역질이 나서 약국에 가서 이야기하니(의약분업 전이라 약국에서 자유롭게 약을 조제 판매할 때 임) 체했다고 하면서 약을 조제해 주어 먹었다고 한다. 처음에는 통증이 사라지고 구역질도 멎는 듯 했다. 그러나 시간이 지나면서 증세가 다시 나타나면서 복부 전체로 통증이 확대되었다. 하루를 지내고 다시 약국을 찾아가니 진통제를 같이 먹으라고 해서 먹었더니 통증이 가라앉는 듯 했다가 또 하루가 지나자 복통이 심해지며 설사도 나왔다. 그래서 개인 의원을 갔더니 진찰 후 장염이라면서 링거 주사와 함께 혈관으로 주사를 맞고 통증이 호전되는 것 같아 약을 받아 집으로 왔다고 했다.

밤이 되자 다시 복부 통증이 나타났고, 약을 먹으면 조금 좋아졌다가 시간이 지나면 또 통증이 오는 상태에서 날이 밝기를 기다려 다시 내과 의원을 찾아갔다. 내과에서는 세균성 복막염 같으니 입원하여 주사를 맞고 치료를 하라고 해서, 내과 의원에서 20일 이상 입원 치료했다고 했다. 입원 치료를 받으면서 처음에는 증세가 호전되는 듯 했으나 일주일이 지나면서 다시 복통이 나타나고, 복부 팽만감이 느껴지면서 설사도 자주 하게 되었다고 했다.

입원 20여일이 지난 후에도 증세의 호전이 없고 간헐적으로 열이 나면서 설사도 자주 하자 종합병원으로 가보라고 해서 우리병원 외래에서 진찰을 받고 입원했다는 것이다. 그런데 우리병원 내과 과장도 환자의 병명을 원발성 복막염으로 하여 입원 시키고 15일이 지나도록 수액공급과 항생제 투여 그리고 필요할 때마다 해열제와 진통제를 투여한 것 말고는 환자에게 해준 것이 없었다. 그리고 이제 와서 혹시 외과적 치료를 요하는 상태가 아닌가 하는 생각이 들어 협진을 요청한 것이었다.

나는 문진을 하면서 이 환자가 처음에 충수염으로 약국을 갔었고 약을 복용하다 호전이 없자 내과의원을 갔던 것인데, 내과의원에서 충수염 진단을 놓치고 처음에는 장염으로, 그 다음에는 세균성 복막염으로 그리고 그 후에는 우리병원에서 원발성 복막염으로 항생제만 무수히 투약하며 병을 악화시켰다는 생각을 하였다. 그리고 보호자인 홀어머니에게 병의 원인과 현재의 상태 및 수술을 하지 않을 경우의 경과와 수술 후 올 수 있는 문제점 등을 설명하며 수술이 필요함을 이야기 하고 수술 여부를 결정하도록 하였다.

환자의 어머니는 "충수염(일반적으로 말하는 맹장염)이 터진 복막염인데 지금까지 그것도 모르고 있다가 환자의 상태가 나빠지니까 이제서 수술을 해야 한다고 하니 어떻게 이런 일이 있을 수 있느냐"며 병원과 담당 의사에게 책임을 지라고 거칠게 항의하며 수술 승낙을 하지 않는 것이었다. 그래도 환자와 보호자를 설득하면서 발병 당시 내과의원에서부터 진단에 문제가 있었던 것을 이제 와서 나한테 책임을 지라는 것은 말이 되지 않는 것이고, 책임소재는 차후에 논의하더라도 우선 환자를 살리기 위해 노력해야 하지 않겠느냐고 설득하였다.

한편으로는 내과 과장에게 왜 처음부터 협진요청을 하지 않고 지금까지 있다가 환자의 상태가 이렇게 악화된 상태에서 협진을 요청했느냐고 주의를 주었다. 내과 과장도 환자가 패혈증에 빠지는 징후를 보인 상태에서야 외과적 치료가 필요하다는 생각으로 협진을 요청하였으니 참으로 안타까운 일이었다. 수술을 하려면 하루라도 빨리 하는 것이 환자를 구할 수 있는 상황이었다. 병원을 원망하며 소란을 피우는 어머니를 설득하였으나 수술 결정을 내리지 않았다.

하는 수 없이 하루를 넘긴 후에야 보호자와 환자가 승낙하여 수술을 하게 되었다. 수술 전 시행한 혈액검사에서는 입원 당시와는 다르게 빈혈 소견과 함께 백혈구 및 혈소판 감소증을 보였고, 혈청검사는 간 효소치가 입원당시보다 약간 상승했고, 크리아티닌치의 상승을 보였다. 복부 X-ray 검사 및 복부 초음파 검사에서는 복강에 복수가 있으면서 장 팽만과 장벽의 비후가 의심되는 소견을 보인다고 했다.

전신마취 후 개복을 하니 소장의 장벽이 심한 부종을 보이고 있으며, 장과 장 사이를 비롯하여 복강 내에 화농성 침전물이 가득 찼다. 농의 일부는 고형으로 형성되어 장벽에 부착되어 있었다. 충수돌기를 찾으니 괴사로 형태를 알아보기 힘들었고 충수돌기 주위의 맹장도 심한 부종과 함께 괴사 상태에 있었으나 괴사조직의 장기들과 고형의 농이 범벅이 되어 종괴처럼 되어 있었다. 생리 식염수로 복강을 깨끗이 씻어내면서 괴사되어 종괴를 형성한 회장 말단부와 맹장 및 우측 결장 기시부를 조심스럽게 박리하여 절제해 내고 회장과 우측결장 문합술을 시행하였다. 복강을 다시 한 번 씻어내고 배액관을 삽입 후 수술창을 봉합하였다.

수술이 끝났으나 환자는 마취에서 쉽게 회복되지 못하였다. 자기호흡이 미약하여 인공호흡기를 부착할 수밖에 없어 중환자실로 환자를 옮겨 치료하였다. 수술 후 이틀째가 되어 환자의 호흡이 인공호흡기를 제거해도 될 만큼 호전되었다. 호흡기를 제거하고 2시간 후에 측정한 동맥혈 산소포화도도 정상을 보였다. 환자에게서 마취를 위해 기관 내에 삽관했던 관을 제거하고 환자를 일반병실로 옮겨 스스로 심호흡을 하면서 가래를 뱉어내고 침상에서 내려와 걷는 운동을 하라고 독려하였다. 환자는 수술 후 닷새까지는 침대에서 일어나 움직이는 것을 잘하지 않는 것 말고는 별 문제없이 회복되는 듯했다.

그러나 수술 후 6일째 되는 날 출근하니 당직 인턴이 환자가 밤새 열이 나고 힘들어 했다고 보고한다. 회진을 가보니 38도 이상의 고열을 보였고, 숨이 차며 가래가 끓고 있었다. 복강 내 배액관에서의 분비물은 깨끗한 상태로 양도 많지 않았다. 문합부위에는 문제가 없는 것으로 판단하고, 호흡기 합병증을 의심하여 X-ray 촬영을 하였다. 양측 폐 하부에 심한 폐렴 소견을 보이고 있었다. 환자에게 운동을 하면서 기침을 해 가래를 뱉어내도록 독려했지만 환자는 수술부위가 아프다며 더욱 움직이려 하지 않았다. 하루 종일 인턴과 간호사에게 병실에 자주 들러 환자를 일으켜 앉힌 다음 흉부를 두드려주고, 가래를 뱉어내게 하도록 하는 한편 보호자인 어머니에게도 가르쳐주어 보호자가 수시로 행하게 하였다.

하루가 지나도 환자의 상태는 호전되는 기색이 없이 열은 떨어지지 않고 호흡은 힘들어 했다. 환자를 다시 중환자실로 옮겨 기도 내 삽관을 하고, 인공호흡기를 부착해 산소공급을 하면서 가래를 뽑아내기 시작했다. 그래도 환자의 폐렴은 호전되는 기색이 없었다. 장기간 개인 의원에서부터 사용한 여러 가지 항생제가 병원체의 저항력만 키운 것 같아 혈액 배양검사 및 항생제 적합 반응 검사를 시행하였다. 검사를 기다리는 기간 환자의 상태는 악화되어 갔고 동맥혈 산소분압이 오르지 않았다. 산소 공급을 늘려도 반응이 없고 이 상황에서 촬영한 흉부 X-ray는 폐가 전반적으로 눈이 뿌려진 듯한 형상으로, 기능부전 상태에 빠져 있음을 알 수 있었다.

혈액 배양검사를 보낸 지 일주일 만에 배양된 균체는 놀랍게도 곰팡이 균이라는 연락을 받았다. 환자에게 투여할 항진균 주사제를 구하고자 노력할 때 환자의 상태는 패혈증에서 회복되기 힘든 상황에 이르렀다. 그리고 환자는 결국 수술 후 16일 만에 우리 곁을 떠나고 말았다.

이 환자를 보내면서 흔히 외과에서 가장 기본적이고 쉬운 환자인 충수염 환자를 일찍 진단하지 못해 천공이 된 후 복막염으로 발전되고, 그 후에도 일찍 수술적 치료를 하지 못해 패혈증에 이르게 하여 생명을 잃게 한 점이 환자와 홀어머니인 보호자에게 한없이 미안하고 죄송스러운 생각을 떨쳐버리지 못했다.

그리고 이렇게 뼈아픈 경험을 한 후 내과 의사들에게 2~3일간 내과적 치료를 하여 반응이 없는 복부 통증이 있는 환자는 꼭 외과와 협진을 하여 이러한 전철을 다시는 밟는 일이 없게 노력하자고 독려하였다. 또한 응급실에 내원한 복부 통증 환자는 우선 외과의사에게 연락하여 외과적 치료를 필요로 하는 환자가 아닌지를 판단한 후 다른 과와 협력하여 적합한 치료에 임하도록 했다.

대퇴골 골절을 수술한 할머니의 폐색전증

　하루 일과를 마치고 피곤한 몸으로 퇴근하고 있었다. 부평 가까이 왔을 때 무선호출기가 울렸다. 다행히 고속도로에서 부평으로 빠져나와 공중전화를 찾아 병원에 전화를 걸었다. 병실에서 찾는다는 것이었다. 현재 입원환자 중에 특별하게 문제가 될 환자가 없었는데 무슨 일인가 하고 병실 근무자와 연결되기를 기다렸다. 병실 근무자가 전화를 받았다. 무슨 일로 호출을 하였느냐고 물으니 외과 환자 때문이 아니고, 정형외과 환자 때문에 연락을 했다고 한다. 환자의 상태를 알기 위해 당직 의사를 찾아서 바꾸라고 했다.

　병실 당직을 맡은 가정의학과 레지던트의 말은 교통사고로 대퇴골 골절상을 입고 오늘 입원하여 수술을 받은 80세 여자 환자가 있는데, 갑자기 저녁 식사 후부터 어지럽다고 하면서 토하고는 호흡이 가빠지고 혈압도 떨어지며 의식도 좋지 않아 정형외과 과장님에게 연락했더니 나에게 연락하여 봐달라고 했다는 것이다.

　나로서는 알지 못하는 환자이니 병원으로 돌아가서 직접 환자를 보기 전에는 어떠한 처치도 할 수 없을 것 같았다. 하는 수 없이 병원으로 돌아가기로 하고 우선 환자를 중환자실로 옮기면서 흉부 X-ray 촬영을 하고, 중환자실에 도착하는 즉시 산소를 공급해주도록 지시하고 병원으로 갔다.

병원에 도착하여 먼저 환자의 차트를 살펴보았으나 수술 전 검사에서 특별한 이상 소견이 없었다. 흉부 사진도 교통사고에 의한 손상이나 특별한 병변이 없었으나 과거에 폐결핵과 늑막염을 앓은 소견이 있었다. 환자는 고령에 무척 쇠약해 보였으며, 가쁜 숨을 몰아쉬고 있었다. 묻는 말에 대답도 하지 못하며, 의식이 명료하지 못했다. 혈압은 낮았고 빈맥을 보였다. 중환자실로 옮기면서 촬영한 흉부 사진을 보니 전반적으로 음영이 안개꽃 양상으로 희미하였다. 직감적으로 폐색전증에 빠진 것 같았다. 수술은 내고정술을 시행한 상태였다. 도뇨관을 삽입하였으나 소변도 거의 나오지 않았다.

우선 수술을 집도한 정형외과 과장님과 통화를 하며 폐색전증이 의심되고 환자의 상태가 좋지 않음을 알렸다. 정형외과 선생님도 고령의 환자에서 대퇴골 골절 수술 후 드물게 올 수 있는 지방색전증이 온 것 같다며, 자기는 병원에 나오기 힘드니 나에게 최선을 다해 환자를 돌봐달라고 부탁하는 것이었다. 나는 아닌 밤중에 홍두깨 격으로 엉뚱한 환자를 떠맡아 씨름해야 하는 상황이 되었다. 하는 수 없이 보호자를 불러 환자의 상태가 폐색전증이 의심되며 병의 상태와 예후에 대해 이야기해 주면서 비관

적임을 설명하였다. 만약 보호자들이 서울의 대학병원으로 전원하여 치료하기를 원한다면 대학병원으로 전원해보도록 노력하겠다고 이야기 해주었다.

처음 보호자들의 반응은 흥분 상태로 거칠게 항의하였다. 보통 보호자들은 환자의 상태가 나빠지면 환자의 전후 사정을 생각하지도 않고 무조건 병원 의사들이 잘못한 것으로 간주하고 거칠게 나오는 것이 상례이다. 그러나 이 환자의 경우는 내가 직접적으로 담당하여 수술한 주치의사가 아니었고, 또 수술 전 주치의사인 정형외과 과장님에게서 수술 후에 올 수 있는 문제점 및 위험성에 관하여 설명을 들었던 상태였다는 것과, 나의 상세한 설명과 환자가 고령이라는 점을 감안한 것인지 보호자들의 태도도 점차 누그러졌다. 그리고 보호자들끼리 숙의를 한 후 답을 줄 테니 최선을 다해달라고 부탁하는 것이었다. 환자에게는 기도 삽관과 함께 인공호흡기를 부착하였으나 동맥혈 산소 분압이 좋지 않았다. 보호자들은 장시간 의논한 후에 다른 병원으로 전원하지 않고, 우리 병원에서 치료를 받겠으니 최선을 다해 달라는 것이었다.

사실 이런 경우는 내가 직접 수술을 한 환자도 아니므로 전원을 시킴으로써 책임을 피하고 싶은 마음이 간절하다. 그래서 보호자들이 전원을 해달라고 결정해주기를 내심 기다렸다. 그러나 이곳에서 끝까지 치료를 받겠다니 나는 발목이 잡힌 셈이다. 하는 수 없이 아침에 주치의사인 정형외과 과장님이 출근할 때까지는 환자를 잃지 않아야 하므로 병원에서 밤을 지샐 수밖에 없었다.

당직팀이 뜬 눈으로 밤을 지새우며 환자 치료에 임했으나 환자의 상태는 점점 나빠지고 있었다. 모든 검사 수치는 절망적이었고, 새벽에 다시 촬영한 흉부 사진도 더욱 악화된 양상을 보였다. 도뇨관으로 소변이 거의 나오지 않고 있었다. 아침이 되어 수술을 했던 정형외과 과장님이 출근하여 환자를 인계하려니 이런 중환자는 정형외과 의사가 돌보기에는 부적합하니 내가 계속 맡아서 치료를 해달라는 것이었다. 그래도 보호자들을 만나 설명을 하도록 이야기해서 정형외과 과장님이 보호자들을 만나 환자를 수술은 했으나 수술 전에 이미 설명을 했듯이 뜻하지 않은 병발증이 나타나 수술을 시행한 보람이 없음을 이야기하며 보호자들의 이해를 구하였다.

나는 내과 과장님께도 협진을 요청하여 치료에 최선을 다하였지만 환자의 상태는 희망이 보이지 않았다. 보호자들도 검사 및 치료를 위해 환자의 몸에 자극을 가하거나 새로운 시술을 행하는 것은 물론, 혹시라도 심장마비가 나타날 경우에도 심폐소생술을 시행하는 것을 거절하겠다고 요청했다. 더 이상 어머니의 신체가 훼손되는 것을 원치 않는다고 했다.

그리고 환자는 다음날 새벽 우리 곁을 떠나고 말았다. 정형외과 수술을 받은 후 갑자기 폐색전증이 병발한 중환자를 엉겁결에 떠맡아 이틀 동안 고생을 하고 보람도 없이 떠나보내느라 수

술이 예약되어 있던 외과 환자들은 수술 시간을 변경해야 하는
또 다른 어려움을 겪어야만 했었다.

외과 의사로 일한다는 것이 정형외과 등과 같이 어느 한 장기
만 돌보는 다른 외과 계통과는 달리 신체 전반을 아우르는 중환
자를 돌봐야 한다는 막중한 책임이 있으므로 병원에서 언제 어
떠한 도움의 요청이 올지 모르기 때문에 대학병원과 같은 대형병
원이 아닌 중소병원에서는 항상 긴장된 가운데 생활해야 한다.

수술 전 발견하지 못한
화농성 담낭염 환자의 간암

　50대 여자 환자가 담석을 동반한 심한 화농성 담낭염 진단을 받고 수술이 필요하다며 내과에서 협진 의뢰가 왔다. 입원실에 가보니 환자는 심한 비만을 보였으며, 복통과 소화불량으로 2주 전부터 개인의원을 다니다가 1주일 전부터 열이 나기 시작하였고, 복통이 심해져 3일 전에 담낭염 진단을 받고 내과 외래를 통해 입원하였다. 입원 당시에도 38도의 열이 있었으며, 혈액 검사상 백혈구 증가와 간효소치 및 빌리루빈치의 상승이 약간 있었다. 다음날 시행한 복부 초음파 소견은 담낭은 심하게 팽창되어 있었으며, 담낭벽의 비후가 심했고 담낭 내에는 여러 개의 돌이 있었다. 심한 비만에 담낭의 팽창이 심하다 보니 간의 상태를 정확하게 볼 수 없었다. 방사선과 과장님도 급성 화농성 담낭염과 담석이 있다고 초음파 판독을 하였다.

　환자를 진찰하고 검사결과를 검토한 후 환자와 보호자에게 응급 수술이 필요함을 설명하고 수술동의서에 서명날인을 받았다. 예정된 수술들을 미뤄놓고 먼저 수술을 시행하였다. 개복을 하고 보니 담낭은 풍선처럼 팽창되었으며, 담낭벽은 염증성 병변이 심하고 부분적으로 담낭벽의 국소 괴사가 보였다. 조심스럽게 담낭을 비켜서 간을 보니 간이 전반적으로 커진 상태로 커다란 종괴들이 우엽과 좌엽에 다발성으로 보였다. 촉진을 하면서 악성 종괴임을 파악할 수 있었다.

내과 과장님과 방사선과 과장님을 수술실로 불러 환자의 상태를 보여주고 방사선과 과장님에게 초음파 검사를 시행할 때 간의 종괴를 볼 수 없었느냐고 물었다. 방사선과 과장님은 고개를 갸우뚱하며 검사 당시 담낭이 너무 커서 터지지 않을까 걱정은 했으나, 간에 이상은 없는 것으로 보았다고 했다. 내과 과장님과 방사선과 과장님을 수술실에서 내보내고 환자 보호자에게 설명을 해주기 위해 보호자인 남편을 불렀다.

남편에게 개복된 복강 내의 담낭을 보여주고, 다시 간을 보여주며 간 전체가 암으로 인한 종괴로 차있음을 설명해 주었다. 그리고 간암이 있어도 현재의 담낭염은 수술이 필요한 것이므로 수술을 하면서 간 조직검사를 시행하여 확진을 해보겠다고 설명했다. 담낭절제술을 시행하고 총수담관에 도관을 삽입하여 수술중 담도촬영을 하여 담도내에 담석이 없음을 확인하고, 간종괴 부분에서 절편을 절제하는 조직검사를 시행하고 수술을 마쳤다.

수술 후 남편에게 환자의 상태와 앞으로의 예후에 대하여 설명해 주었다. 남편은 왜 수술 전 초음파검사에서 간암을 발견하지 못했느냐고 항의하였다. 그러나 방사선과 과장님과 나의 설명에 이해를 한다며 빨리 회복될 수 있도록 최선을 다해주고, 앞으로 얼마나 살지 모르는 부인에게 그동안 못해주었으니 좋은 영양제도 놓아 주어야 남편으로서 후일 한이 없겠다면서 가장 좋은 영양제를 놓아 달라고 했다. 그래서 "영양제는 장기간 먹지 못하고 영양상태가 나쁜 환자에게만 보험이 적용되므로 원하면 자비 부담으로 맞아야 한다"고 설명해 주었다. 그랬더니 남편은 자기가 영양제 값은 지불하겠다며 매일 한 병씩 놓아달라고 했다.

환자는 순조롭게 회복이 되어 수술 후 3일째부터 음식을 먹기 시작하였다. 복강 내에 삽입한 배액튜브를 통한 분비물도 많이 감소하여 수술 후 5일째 제거하였다. 간 조직검사에서는 간세포암으로 나왔으나 환자는 자신이 간암임을 모르고 있었다. 수술 후 1주일이 지나서는 환자의 기분도 좋고 몸도 많이 가벼워졌다고 해서 이제 퇴원 준비를 하라고 알려 주었다. 보호자는 집에 가면 쉴 수 없으니 병원에서 1주일만 더 있다 퇴원하게 해줄 것을 요청하였다. 사실 주부가 집에 가면 모든 살림에 신경을 써야 하는 현실을 감안하여 남편이 생전에 아내에게 해주고 싶다는 청을 거절할 수 없어 들어 주었다.

수술 후 2주일이 지나 이제 퇴원을 시켜야겠다고 생각하고 있을 때였다. 밤에 당직의사에게서 전화가 왔다. 환자가 의식이 약간 몽롱하며 잠에서 덜 깨어난 사람처럼 말도 정확하지 않고 이상하다는 것이었다. 그러나 혈압, 맥박, 호흡 및 체온 등의 생체리듬은 이상이 없다고 했다. 뇌에 무슨 병변이 오나 하는 생각이

들면서도, 당시 우리병원에는 CT가 없었으므로 상태를 잘 살피라고 하고는 날이 밝자 일찍 병원으로 출근하여 환자를 살펴보았다. 밤에 당직의사에게서 전해들은 상황에서 큰 변화는 없는 것 같았지만, 약간 호흡을 힘들어 하는 것 같았다. 환자도 아침부터 호흡이 조금 힘들다고 했다. 보호자에게 수술과 관계없는 부위에 이상이 오는 것 같으니 검사를 해야 하는데 머리의 CT 촬영은 우리 병원에서 촬영할 수 없으니 다른 병원에 가서 촬영해 와야 한다고 설명해 주었다. 설명을 들은 남편은 간암도 있으니 서울의 대학병원으로 가서 검사를 받아보겠다며 보내달라고 했다. 보호자가 원하는 대로 서울대병원 응급실에 연락을 취해 환자를 전원하겠으니 받아서 정밀검사와 치료를 해달라고 부탁하고 환자를 전원하였다.

서울대 병원으로 환자를 보내놓고도 갑자기 환자에게 나타난 증세에 대한 원인을 추측할 수가 없었다. 그리고 서울대병원에서 어떤 검사 결과가 나왔을지 궁금했고, 빨리 치유되어 앞으로 얼마나 더 살 수 있을지는 모르지만 편안한 여생을 보내기를 빌었다.

그로부터 약 1개월 쯤 되었을 때 환자의 남편이 나타났다. 그런데 그동안의 공손하고 온순한 태도는 없어지고 험악한 표정으로 거친 숨을 몰아쉬며 찾아와서는 우리병원에서 환자를 오진하여 수술하지 않아도 될 것을 수술하여 죽었다며 보상을 해달라는 것이었다. 이야말로 아닌 밤중에 홍두깨 내미는 격이었다. 이런 오해를 없애려고 보호자를 수술실에 불러들여 환자의 상태를 보게 해주었고, 수술 후에도 환자의 예후에 대하여 충분한 설명을 해 주었는데 오진으로 환자를 죽게 했다니 억지도 이런 억지가 없었다. 우리가 수술 전에 초음파 검사에서 간암이 있음을 확인하지 못한 것이 잘못이라면 잘못인데, 그렇더라도 화농성 담낭염은 수술해야만 했으므로 수술 전에 간암을 몰랐던 것과 담낭염 수술과는 아무런 관계가 없는 일이었다.

흥분된 보호자를 진정시키고 서울대병원으로 간 이후에 대하여 이야기를 해보라고 했다. 보호자의 말은 서울대병원으로 간 후 검사를 받으면서 호흡이 나빠져 검사를 마친 후 곧바로 중환자실에 입원하여 치료를 받았으나 2주일 만에 사망하여 장례를 치렀다는 것이다. 그러면서 우리병원에서 간암을 알았으면 수술을 안했을 텐데, 오진으로 몰라서 수술을 했기 때문에 자기 부인이 일찍 죽었다는 주장이었다. 그래서 우리병원이 보상을 해야 한다는 논리였다.

그러면 사망 원인은 무엇이라고 하느냐고 물으니 그것은 모르고 있었다. 장례를 치렀으면 사망진단서가 있었을 테니 사망진단서를 가져오라고 하였다. 그리고는 우리병원에 입원해서 수술을 받고 잘 회복되어 퇴원을 하라고 했던 일이며, 퇴원을 앞두고 갑작스런 환자의 변화에 다른 문제가 생긴 것이 아닌가 알아보기 위해 정밀검진이 필요하여 서울대병원으로 가게 된 과정 등을 자세히 설명해 주었다.

이렇게 대화하는 동안 보호자의 태도도 좀 누그러져 다음날 사망진단서를 가지고 다시 올 테니 보상을 생각해 달라는 것이었다. 다음날 가지고 온 환자의 사망진단서에는 사망원인이 폐색전증과 뇌색전증으로 나와 있었다. 나는 사망진단서를 보고 보호자에게 환자가 사망한 것은 우리병원에서 수술 전 간암이 있는 것을 몰라서도 아니고, 화농성 담낭염의 수술로 인한 것도 아니며, 어떤 원인에서였는지는 모르지만 폐와 뇌에 발생한 색전증에 의한 것이었다고 설명했다. 그래서 환자의 죽음에 대해 우리 병원에 책임을 묻는다는 것은 생트집에 불과하다는 점을 설명해 주었다. 그러므로 보호자가 생각하기에 우리 병원에 문제가 있다고 생각한다면 법적으로 시시비비를 가리자고 하였다.

그 후로도 10여일을 찾아와 보상을 요구하다가 돌아가곤 하더니 한동안 오질 않았다. 보호자가 우리의 설명을 이해하고 부당한 요구를 포기했나 보다 생각하고 있었는데, 어느날 경찰서에서 피고소인 조사를 받으러 오라는 연락이 왔다. 무슨 문제로 고소가 있느냐고 물어보니 이 보호자가 검찰청에 고발을 하여 경찰로 수사 지휘가 내려왔다며 진료에 지장이 없는 시간을 내서 경찰서로 오라는 것이었다.

나는 진료를 모두 마치고 밤에 경찰서에 가서 신문조서를 받았다. 조서를 마친 수사과 경찰이 "죽을 환자 수술해 주고 생트집에 고생이 많겠다"며 진술조서를 검찰로 넘길 테니 검찰에 가서 또 한 차례 조사받을 것이라고 일러 주었다. 검찰에서 연락이 오기를 기다리는데 이번에는 보건사회부(현재는 보건복지부)에서 이 환자에게 과잉 진료를 했으니 진료비를 환불해 주라는 공문이 왔다. 공문을 보고 보건사회부 민원실로 문제가 된 과잉 진료부분이 무엇인지 알아보라고 했다.

보건사회부에 과잉진료 부분에 대하여 알아보니, 병원에 입원해 있는 동안 영양제를 환자에게 투여하고 비보험으로 환자 측에 지불하도록 했으니 부당하다며 환급해달라는 민원을 보호자가 냈다는 것이다. 이 내용을 듣고 어이가 없었다. 남편으로서 "부인이 간암으로 앞으로 얼마나 살지 모르니 수술 후 퇴원할 때까지 매일 제일 좋은 영양제를 투여해 달라"고 했던 것이 떠올랐다. "식사를 하는 환자에게는 영양제가 보험이 적용되지 않는다"는 설명에 자비로 부담하겠다고 할 때는 언제고 이제 와서 그 비용을 다시 돌려받겠다고 민원을 냈다니 어이가 없었다.

화가 나서 내가 직접 보건사회부 직원에게 전화를 걸어 상황을 설명하고 어디까지나 환자의 보호자가 영양제는 보험이 되지 않으므로 자비로 부담하겠으니 영양제를 놓아달라고 요청했다는 것을 설명하며 부당함을 이야기했다. 그러나 보건사회부 직원의 답변은 입원환자의 경우 아무리 환자의 보호자가 당시 그런 이야기를 하면서 영양제를 놓아달라고 했어도, 보호자가 원했다는 사실을 입증할 증빙서류가 없으면 보호자의 민원을 들어주어야 하므로 행정 당국에서는 돌려주라는 지시를 내릴 수밖에 없다는 것이다.

이런 사실을 놓고 생각하니 환자의 보호자는 처음부터 계획적으로 영양제를 맞게 해달라고 요청했던 것이고, 또한 환자가 서울대학 병원에까지 가서 치료를 받고 화농성 담낭염 수술과는 아무런 관계도 없는 병으로 사망했는데도 우리 병원에 와서 시비를 걸며 배상을 요구한 것이 계획된 행동이라는 생각이 들었다.

검찰에서 조사를 받으러 오라는 연락은 예상 보다 늦게 왔다. 검찰청에 전화를 하여 담당 검사와 조사받을 시간을 조율하였다. 담당 검사실에 도착해보니 나를 고발한 환자의 남편이 있었다. 나는 그에게 "당신이 부인이 얼마나 살 지 모르니 죽기 전에 잘해주어야겠다고 하면서 매일 좋은 영양제를 놓아 달라고 하지 않았느냐, 그러고는 이제 와서 보사부에 민원을 넣어 영양제 값을 돌려받게 해달라고 청하였다니 당신은 참으로 염치 없는 사람 아니냐"고 따졌다. 그랬더니 자기가 언제 그런 요청을 했느냐면서, 오히려 암환자이고 염증이 심했던 환자니 영양제를 맞는 것이 좋지 않겠느냐고 병원에서 종용하였다는 것이다. 참으로 어이가 없는 억지 주장이었다.

나는 그에게 "입원환자의 간호 기록지에 당신이 원해서 매일 영양제를 투여해 달라는 요청을 했다는 기록이 있으니 입원 기록지를 보여 주겠다"고 했다. 그러나 그는 내 말에는 대꾸도 없이 자기는 영양제 값을 돌려받아야겠다는 말만 했다.

그와 입씨름을 벌이다 검사실로 들어갔다. 경찰에서 조서를 받은 기록지를 보면서 검찰의 조서를 다시 받았다. 경찰에서 받은 질문을 거의 다시 받으면서 담석을 동반한 화농성담낭염은 꼭 수술적 치료가 필요한 지와 수술 전 간암을 몰랐던 점에 대하여 오진이 아니었느냐는 점을 집중적으로 물었다.

그러나 환자와 같이 복벽의 지방층이 두터운 비만 환자에서 담낭이 부풀대로 부풀어 풍선처럼 팽배한 상태에서 간이 전반적으로 종괴로 대체되어 있는 경우는 초음파 검사에서 구별이 안 될 수도 있다는 방사선과 전문의사의 답변이 있었다는 진술을 했다. 그리고 만약 수술 전에 간암이 동반되었음을 알았어도 수술을 했어야 했느냐는 질문에 화농성 담낭염은 수술하지 않으면 결국 담낭이 파열될 수도 있고, 패혈증을 야기해 사망에 이를 확률이 매우 높기 때문에 간암이 있음을 수술 전에 알았어도 보호자의 동의를 받아 수술을 할 수 밖에 없었다는 점을 설명했다.

그리고 담석을 동반한 화농성 담낭염 수술과 환자의 사망 원인인 뇌색전증과 폐색전증의 인과 관계는 찾기 어렵다는 점을 설명했다. 더욱이 환자는 수술 후 회복이 순조로워 식사도 하고 일상적인 거동도 하면서 퇴원을 앞두고 있다가 갑자기 사망원인이 된 상태가 발병하여 곧바로 서울대학 병원으로 이송하여 치료를 하였으나 회복하지 못하고 사망하였던 환자로서, 간암 동반을 모르고 담낭 수술을 한 것이 환자를 죽음으로 몰고 갔다고는 할 수 없다는 점을 진술하였다. 그러면서 보호자가 영양제를 자비로 놓아달라고 하고는 이제 와서 보사부에 민원을 제기하여 영양제 값을 돌려받겠다고 하는 부도덕한 사람임도 설명했다.

진술을 마치고 나온 후 보호자가 들어가는 것을 보고는 병원으로 돌아왔다. 그로부터 며칠이 지난 후 검찰에서 혐의 없다는 통보가 왔다. 그러나 환자의 보호자는 병원에 와서 영양제 값을 받아가면서 병원 직원에게 "이상한 사람들의 꼬임에 빠져들어 병원을 물고 늘어지면 보상을 받아 그동안 들어간 병원비와 장례비도 해결하고 남을 수 있다고 하여, 그 사람들이 시키는 대로 했다가 헛고생만 했고 다음에라도 아프면 이 병원을 찾지도 못하게 되었다"며 후회하는 말을 남기고 갔다는 말을 들었다.

이 말을 듣고 참으로 불쌍한 사람이라는 생각과 함께 환자를 치료해주고 남는 것이 이런 것인가 하는 허탈감에 빠져들었다. 이런 허탈감은 비단 나만의 것이 아닐 것이다. 생명을 다루는 의사는 하루 24시간을 긴장 속에 산다. 자신의 환자가 언제 어떤 병변을 보일지 모르기 때문이다. 어떻게든 살리려고 최선을 다하지만 어이없게도 사망에 이를 때 의학의 한계, 더 나아가서는 인간의 한계에 많이 힘들 때가 있다. 특히 이런 경우 사람의 이중성에 대해 느끼는 환멸은 의사만이 느낄 수 있는 비애다.

식도정맥류 파열 환자에게 일어난
어처구니없는 수혈 사고

하루 일과를 마치고 집으로 가는데 무선호출기(지금이야 휴대전화가 있어 편리하지만 당시에는 휴대전화가 없었다)가 울린다. 다행히 당시 나는 카폰을 가지고 있었으므로 차를 도로 한편에 세우고 병원으로 전화를 했다(당시의 카폰은 무전기처럼 커다란 것이어서 운전 중 전화하기가 불편했다). 교환은 바로 중환자실로 연결해 주었다.

중환자실 간호사는 "내과에 상부위장관 출혈로 입원한 환자가 있는데 내과에서 출혈을 멎게 하려고 몇 시간째 노력했지만 출혈이 점점 심해져 응급수술을 할 수 없을까 해서 연락을 했다"며 내과 과장님을 바꿔주는 것이었다. 내과 과장님은 "간경화증이 심한 47세의 남자 환자가 식도정맥류 파열에 의한 출혈로 내원하여 튜브 삽입 후 얼음냉수 세척을 계속하면서 수혈하고 있으나 출혈은 점점 심해지고 혈압도 떨어져 수술을 할 수 있을까 해서 연락을 했다"는 것이었다. 수술이 가능한지는 환자를 직접 보고 판단해야 하므로 다시 차를 돌려 병원으로 향했다.

중환자실에 도착하니 환자의 수축기 혈압이 70밑으로 떨어져 있으며, 출혈은 심하여 토혈까지 하고 있었다. 구강에서 피를 흡입기로 흡입하며 한편으로는 얼음냉수 세척도 하고 있었다. 혈액이 기도로 들어가는 것을 막기 위해 우선 기도삽관이 필요해 보여서 어렵게 기도 삽관을 먼저 시행한 후 환자의 상태를 살펴보았다. 환자의 의식 상태는 명료하지 못했고 혼수상태에 빠져들고 있었다. 환자의 얼굴에는 황달이 보이고 있었고, 복부는 복수로 팽만해 있었다. 양쪽 팔에 정맥을 확보하여 수혈을 하고 있었으나 수혈 양에 비하여 출혈 양이 많은 느낌이 들었다. 쇄골하정맥을 통해 중심정맥을 잡고 중심정맥을 통해 수혈을 하고, 한쪽 팔에는 수액을 연결하여 수액을 공급하도록 하였다. 내과 과장님과 함께 차트를 보면서 환자를 점검하는 도중 환자의 혈압이 잡히지 않는 것이었다. 그리고 출혈은 더욱 심해졌다. 그러는 중에 간호사가 새로 가져온 혈액을 연결하기 위해 혈액점검표에 서명을 해달라는 것이었다.

나는 서명을 하기 위해 환자의 차트에 있는 혈액형과 대조를 하면서 깜짝 놀라지 않을 수 없었다. 환자의 혈액형과 수혈을 위해 가져온 피의 혈액형이 다른 것이었다. 환자의 혈액형은 A형 인데 수혈을 위해 준비해온 피의 혈액형은 B형 이었다. 지금까지 10파인트(일반인들은 "병"이라 부르는 수혈용 혈액의 단위) 이상의 피를 수혈했는데, 모두 혈액형이 다른 피를 수혈했다는 말인가. 그래서 현재 수혈되고 있는 혈액을 보니 양쪽으로 수혈되고 있는 혈액도 B형의 혈액이었다.

나는 수혈되고 있는 혈액을 우선 폐기하고 수액을 연결하도록 하고, 새로운 혈액을 준비하도록 지시한 후 내과 과장을 불러 이 사실을 알리고 지금까지 수혈된 혈액의 용기를 수거하여 점검하라고 하였다. 그리고 내과 과장에게는 지금 수술을 할 수 있는 상황이 아니므로 최선을 다해 치료를 하도록 당부하였다. 지금까지 수혈된 혈액용기를 처음부터 차례대로 조사했다.

다섯 번째 혈액용기까지는 환자와 맞는 혈액형인 A형 혈액이었다. 그러나 그 후부터 수혈된 다섯 개의 혈액용기는 환자의 혈액형과 다른 B형 혈액이었다. 어처구니없는 수혈사고가 발생한 것이었다. 임상병리실 당직 책임자를 불러 조사하였다. 문제는 주간 근무자가 근무할 당시에 보내온 혈액은 환자의 혈액형과 같은 혈액이었는데, 야간 당직 근무자로 바뀐 이후에 보내온 혈액이 모두 환자의 혈액형과 다른 혈액이었음을 확인할 수 있었다.

첫째로는 당직 근무자의 실수가 있었다. 그렇다고 해도 중환자실에서 혈액을 받아 확인한 간호사도 계속되는 수혈에 꼼꼼하게 확인하지 않은 잘못이 있었다. 그리고 마지막으로는 수혈하기 전에 의사의 확인을 받고 수혈을 해야 하는데 환자에게 매달려 정신이 없던 중환자실 근무 의사도 자세히 살펴보고 확인을 하지 않고 수혈을 하도록 서명하는 어처구니없는 잘못이 줄줄이 이어졌던 것이다.

혈액을 내보낼 때 혈액 보관실에서 한 차례 확인하고, 혈액을 수령할 때 중환자실에서 또 한 번 확인하고, 수혈을 시작할 때

의사가 마지막으로 점검을 하여 혈액이 맞는지 확인한 후 수혈을 해야 하는데 세 차례의 확인 과정이 모두 구멍이 나고 말았으니 병원 직원들의 근무기강이 해이해졌다고 할 수밖에 없었다. 그러지 않아도 지역에 있는 다른 병원에서 수개월 전 그 병원 간호사의 아버지가 교통사고에 의한 뇌출혈로 수술을 받던 중 혈액형이 맞지 않는 혈액을 수혈하여 수술 중 환자가 사망하는 사고가 있었다. 그래서 더욱 병원 직원들에게 주의를 환기시킨 일이 있는데, 우리 병원에서 이러한 어처구니없는 일이 벌어졌으니 어안이 벙벙할 뿐이었다.

환자의 상태는 점점 나빠져 회복 불능한 상태에 이르렀다. 나는 내과 과장에게 "이 일을 감추고 갈 수는 없으니 환자 보호자에게 사실대로 말하고 잘못을 용서 받으라"고 하고는 뒷수습을 위한 방책을 생각하기 시작하였다. 결국 환자는 그날 밤을 넘기지 못하였다. 일차적으로 환자 보호자에게는 주치의사인 내과 과장이 만나서 그동안의 치료 과정과 혈액형이 다른 혈액이 수혈되는 과실이 있었음을 설명하고 과실에 따른 책임을 지고 최대한의 보상을 하겠다고 하게 하였다.

물론 환자의 죽음과 병원의 과실을 처음 이야기 했을 때는 부인과 자녀들이 거칠게 항의하고 나왔다. 그러나 시간을 두고 환자가 처음 우리 병원에 내원하여 치료를 받아온 과정과 환자가 의사의 말을 듣지 않고 계속 과음을 하며 병세가 더욱 깊어졌다는 것. 급기야는 황달과 복수가 차고 식도정맥류 파열에 의한 출혈까지 왔다는 것 등등 의사의 치료방침을 따르지 않아 간경화증 말기에 이르게 되었다는 점을 설명하자 유족들도 병원의 설명을 이해하기 시작하였다. 그리고 잘못된 수혈에 대하여는 병원 측의 책임 있는 행동을 보이겠다는 다짐이 유족들의 마음을 차분하게 진정시켜준 것 같았다.

또한 다행스러운 것은 환자는 부인과 아이들에게는 중독성에 가까운 음주와 폭행으로 정이 떨어져 있었고, 부담스러운 존재로 느끼고 있었던 듯 보였던 점이다. 그래서 환자의 죽음이 유족들에게는 큰 슬픔으로 받아들여지지 않는 것 같았다. 또한 그동안 우리 병원을 찾아 치료를 받으면서 병원에서 경제적인 어려움에 처해 있을 때 치료에 많은 도움과 편의를 제공했던 일이 보호자들이 거칠게 나오지 않는 계기도 되었다. 환자의 가족과 병원 간에 이루어졌던 우호적인 관계가 어려운 문제를 푸는데 큰 힘이 되었다.

병원 측도 충분한 예우를 갖추어 고인의 장례를 치르게 해주고 유족들과의 원만한 합의를 통한 보상을 해 주어 그들이 섭섭하지 않게 하였다.

물론 병원은 이 사고를 통해 커다란 지출을 감당할 수밖에 없었고, 문책성 인사를 단행하여 직원들의 기강을 바로잡고 경각심을 갖게 하였으나 있을 수 없는 일이 우리 병원에서 일어났다는 커다란 죄책감이 병원 경영의 책임을 지고 있던 나에게는 씁쓸한 추억으로 남아있다.

수술을 거절한 젊은 유방암 환자와
비정한 그의 모친

37세의 젊은 여성이 유방에 멍울이 있다고 병원을 찾아왔다. 그녀의 과거 병력은 아무것도 없었다. 결혼해 아들과 딸 남매를 두고 있었지만, 환자는 어두운 표정이었고 어깨가 축 처진 상태로 젊은 사람 같은 역동성이 없었다. 말도 별로 없이 묻는 질문에만 단답형으로 답하는 좀 답답해 보이는 환자였다.

촉진 결과 우측 유방 외상방에 촉지 되는 종괴가 단단하고 경계가 매끄럽지 못해 악성종양이 의심되었다. 유방 촬영과 초음파 검사를 시행한 결과도 악성종양이 의심되는 소견을 보였다. 굵은 바늘로 조직을 떼어내는 방법으로 조직검사를 행하고 환자를 1주일 후에 다시 와서 조직검사 결과를 본 후 치료에 대하여 이야기하기로 하고 귀가하도록 했다. 그리고 다음에 올 때는 보호자와 함께 오도록 설명해 주었다. 악성종양일 경우를 대비하여 보호자에게 수술에 대한 설명을 해주기 위한 사전 포석이었다.

예약된 날 환자는 보호자 없이 혼자 왔다. 왜 남편과 같이 오지 않았느냐고 물으니 남편은 공사장에 일을 나갔기 때문에 올 수 없어 혼자 왔다고 했다. 그러면 부모나 형제라도 같이 오지 그랬느냐고 물었으나 형편이 안돼서 자기 혼자 왔다며 조직검사 결과가 어떻게 나왔냐고 묻는 것이었다.

조직검사 결과는 예측한 대로 암으로 나왔다. 환자가 혼자 왔으므로 하는 수 없이 환자에게 결과를 알려주고 치료를 받도록 설명할 수밖에 없었다. 나는 환자에게 "조직검사 결과 유방암이 확진되었습니다. 그러나 암이라도 치료를 받으면 완치될 수 있습니다. 수술을 받고 수술 후 행해지는 조직검사 결과를 보아 후속 치료로 방사선 치료나 항암제 투여를 받으면 암도 완치될 수 있습니다. 그러니 가족들과 상의해서 수술을 받으십시요"라고 말해 주었다.

그러자 환자는 머뭇거리지도 않고 "돈이 없어 수술을 받을 수 없습니다"고 말하는 것이었다. 당시만 해도 내가 일하던 병원에서 유방암 수술을 받을 경우 입원 수술비가 많이 들지 않을 때였다. 그래서 환자에게 암수술이라고 해서 입원 수술비가 많이 드는 것이 아니고, 우리 병원에서 수술을 받게 되면 경제적으로는 큰 부담 없이 수술을 받을 수 있다는 것을 설명해 주었다. 그래도 환자는 마음을 열지 않고 요지부동이었다. 약 30분에 걸쳐 수술의 필요성과 경제적인 부담을 최소화해서 수술을 해줄 터이니 치료를 받으라고 해도 환자의 마음을 돌릴 수는 없었다. 하는 수 없이 빠른 시일 내에 남편이나 부모 형제 등의 보호자를 대동하고 다시 내원하여 상의를 하자고 하고 환자를 돌려보냈다.

그로부터 약 보름이 지났을 무렵 그 환자의 어머니라는 여자가 나를 찾아 왔다. 나는 그에게 먼저 수술을 결정했느냐고 물었더니 "진단서를 떼어 달라"는 것이었다. 그래서 나는 다른 병원으로 가서 수술을 받기를 원해 진단서를 떼어 달라고 하는 줄 알고 "어느 병원에 가서 수술을 받으려고 하느냐?"고 물었더니, 그녀는 "수술을 받으려는 것이 아니라 보험금을 타려고 한다"는 것이었다.

나는 환자가 돈이 없어 수술을 받지 못한다고 들었는데, 보험금을 받겠다니 무슨 일인가 하고 환자의 어머니에게 자세히 물어볼 수밖에 없었다. 그러면서 그녀가 환자의 친어머니 인가도 물어보았다. 그 여자는 환자의 친정어머니요, 친 어머니라고 했다. 그런데 환자가 암보험을 든 것이 있는데 암 진단을 받으면 300만원의 보험금을 지급받는다는 것이다.

환자는 친정어머니를 통해 부채를 지고 있는데 환자가 암에 걸렸으니 죽으면 그 부채를 자기가 떠맡아야 하므로 딸에게 이야기 했더니, 암보험 보험금을 타서 부채를 청산하겠다고 했다는 것이다.

이야기를 듣고 숨이 막히는 듯한 충격을 받았다. 젊은 딸이 암 진단을 받았다면 엄마가 어떻게 해서든 딸의 병을 고쳐주려고 노력하는 것이 인지상정 아닌가. 그런데 딸의 부채가 자기에게 돌아올까 걱정되어 딸의 수술은 생각지도 않고 보험금을 받아 부채를 갚는데 쓰겠다니. 진정 자식을 낳았다는 친어머니가 맞을까 하는 생각에 어머니를 설득하여 딸이 수술을 받게 하도록 노력하였다. 딸이 치료를 받는데 드는 비용은 받는 보험금의 10분의 1 이면 충분한데 어떻게 딸을 치료할 생각은 않고 부채를 청산하는 일을 더 걱정하느냐고 물어보며 설득하였으나 소용이 없었다.

끝내 어머니의 완고한 생각, 자기가 딸의 부채를 짊어질 수 없다는 생각은 되돌릴 수 없었다. 그리고 암은 치료를 해도 재발하므로 돈만 쓰고 죽는다는 고정 관념을 깰 수 없었다. 참으로 비정한 어머니였다. 자식이 아니라도 그렇게 할 수는 없을 것 같은데 어떻게 자기가 낳은 자식에게 이처럼 비정하고 냉혹할 수 있을까 하는 생각을 떨칠 수 없었다.

암 보험금을 받겠다고 하니 진단서와 병리조직 검사서를 복사해줄 수밖에 없었다. 서류를 발급해 주면서 다시 한 번 간곡하게 설득하였다. 암 진단비가 나오면 수술비도 나올 수 있을 테니 보험회사에 알아보고 딸을 수술 받게 하여 생명을 구해주는 것이 어머니의 자식 사랑이 아니겠느냐고 하소연에 가까운 설명도 하였다. 그러나 그 어머니는 내 이야기는 듣는 둥 마는 둥 관심도 없어 보였고, 보험금을 받아야 된다는 생각에 서류를 받아 들고는 뒤도 돌아보지 않고 떠나가 버렸다. 그래도 미련을 버리지 못하고 혹시나 수술을 받겠다고 병원을 찾아오지 않을까 하는 생각에 거의 1년 동안 이 젊은 유방암 환자를 기다리는 마음이 떠나지 않았었다.

자식을 위해 간이나 신장과 같은 신체의 일부를 내주는 부모가 얼마나 많은가, 부모와 자식은 천륜으로 맺어진 인연이라 하

는데 어떻게 이럴 수가 있을까…. 그러나 이 환자는 끝내 병원에
나타나지 않았다. 그리고 이 젊은 환자의 예후가 어떠했을까를
생각하면 안타깝고 참담한 마음을 달래기 어려웠다.

힘들게 찾아낸 소장암이었지만
이미 복강내 전이가 심했던 환자

　50대 중반의 남자 환자가 간헐적인 복부통증과 함께 최근에 나타나는 복부팽만 때문에 병원을 찾았다. 술 담배를 즐겼던 환자는 건강에는 자신을 가지고 살았으나 약 2년 전부터 간헐적인 복부 통증이 있었지만 대수롭지 않게 생각하고 지냈다. 그러다 몇 개월 전 부터 통증의 빈도가 잦아지고 강도 또한 심해져 동네 의원을 찾아 진료를 받고 위장염이라는 진단을 받고 약을 복용하고 있었다. 처음에는 통증이 가라앉는 것 같더니 점점 약효가 없어 서울의 종합병원을 찾아 진료를 받았으나 특별한 병명을 찾지 못했다고 했다.

　그 후 시간이 지나면서 배가 약간 부풀어 오르는 듯 하면서 거북해 서울에 있는 모 대학병원에서 진찰을 받고 위와 대장내시경 검사 및 초음파검사 CT 등의 검사를 받았다. 그러나 거기서도 특별한 병명을 찾아내지 못하고, 집에서는 통증이 있을 때마다 진통제를 복용하며 지내왔다고 했다. 그런데 최근 들어 복부 팽만이 더욱 심해지면서 통증과 함께 불편함을 느껴서 지인의 소개로 나에게 왔다. 환자는 병이 생긴 이후 술과 담배를 끊었으며 식사도 잘하고 규칙적으로 매일 배변도 하는 편이라고 했다.

환자의 전반적인 외모는 심한 병색이 있는 사람처럼 보이지는 않았으나 복부 팽창은 확연하게 알 수 있었다. 불과 두 달 전에 대학병원에서 여러 가지 검사를 했으므로 또 다시 검사를 하자고 해도 선뜻 응하기 쉽지 않았다. 복부를 촉지해도 특별한 종괴는 만져지지 않았으나 복강 내 복수가 있는 듯해서 복부 초음파 검사를 해보자고 했다. 초음파 검사 소견은 복수가 많이 고여 있다는 소견을 보였다.

그 당시에는 전신CT가 몇몇 대학병원에만 보급돼 있을 때였고, 우리 병원에서는 복부CT를 할 수가 없었다. 그래서 환자에게 대학병원에 가서 복부CT를 해보라고 권했지만, 환자와 보호자는 대학병원에서 검사를 받은 지 두 달 정도 밖에 되지 않았고, 또 그동안 서울의 종합병원과 대학병원에서 여러 가지 검사로 돈만 많이 들었다며 또다시 대학병원에 가서 검사하는 것을 받아들이지 않았다.

환자의 통증은 복부 중앙 제대주위에서 나타나고 있었다. 췌장 질환을 의심해 볼 수 있으나, 초음파 검사에서 췌장도 이상이 없게 나왔고 혈액검사도 이상이 없었으므로 특별히 검사할 것이 없어 보였다. 나는 여러 가지 생각을 하다가 방사선과 과장님에게 이 환자의 병을 찾기 위해 소장 촬영을 해보자고 제의하였다. 소장 촬영은 많이 사용하는 검사 방법은 아니었고 또한 소장에 병이 있다고 해도 소장 촬영을 통해 발견하기도 쉽지 않다며 부정적인 반응을 하는 방사선과 과장님을 설득하여 환자가 동의하면 검사를 하기로 하였다.

환자에게는 그동안 여러 장기에 대하여 검사를 했지만, 소장 검사는 하지 않았으니 소장 촬영을 해보자고 권하였다. 물론 소장에 발병하는 질병이 많은 것은 아니지만 마지막 검사로 생각하자고 설득하였다. 소장 촬영을 하려면 시간이 많이 소요되므로 검사만을 한다고 생각하고 하루 입원하여 소장 촬영을 하기로 동의를 얻었다.

우리는 소장 촬영을 통해 소장의 중간 부위에 커다란 종괴가 장간막 쪽에 있으면서 소장의 내부로 융기되어 내강을 좁게 만들고 있음을 확인할 수 있었다. 이 종괴가 장 폐쇄를 야기하지는 않았지만 계속 진행된다면 소장의 폐쇄를 유발할 것이라고 확신할 수 있었다. 이제 원인을 알았으니 치료만 남았다. 환자와 보호자에게 검사 결과를 설명해 주면서 수술적 제거만이 치료 방법임을 설명하였다.

환자와 보호자는 2년여 동안 병명도 모르고 고생했던 것이 밝혀졌으므로 고맙다고 하면서 빨리 수술을 통해 제거해 달라고 하였다. 그들은 수술만 하면 금방 병이 나을 거라고 생각하는 듯했다. 그러나 나는 환자와 보호자의 환호와는 달리 이 종괴가 무엇이냐가 문제였고 양성종양 보다는 악성종양 쪽에 무게를 두고 있었다. 악성종양이라면 현재 나타난 복수로 볼 때 병이 많이 진행되어 있을 수 있다고 생각하였다. 환자 및 보호자에게 너무 낙

관만 하지 말고 수술을 시행하여 종괴를 제거한 후 조직검사를 지켜보자고 설명하였다.

소장 촬영을 한 이틀 후 수술을 시행하였다. 개복을 하고 보니 꽤 많은 양의 복수가 있었으며, 복강 내에는 복막과 장간막 전체와 위와 대장의 장막에까지 좁쌀 같은 밀알이 넓게 퍼져 있었다. 이것은 복강 내에 전이된 암세포로 볼 수밖에 없었다. 그리고 공장의 중간 부위 장간막에 약 10cm 이상의 커다란 종괴가 경계가 불분명하게 자리 잡고 있으면서 소장의 내면으로 침윤되어 가고 있었다.

수술 전에 가졌던 걱정이 기우이기를 바랐는데, 그렇지 않아 나도 실망이 컸다. 나는 보호자(부인)를 수술실로 불러 환자의 병이 어떠한 상태인지 복강 내부를 보여준 후 이미 치료시기를 놓쳤음을 알려주었다. 그리고 종괴를 포함하여 장간막과 소장의 절제술을 시행하였다.

수술을 무사히 마쳤으나 환자의 예후가 좋지 않은 상태였으므로 소장검사로 병을 알아냈을 때에 비하여 큰 보람을 느낄 수 없었다. 부인의 요청으로 나는 환자에게 수술이 잘 되었다는 것만 알려주고 병에 대하여는 자세한 이야기를 하지 않기로 했다. 부인과 가족들도 환자의 상태가 다시 악화되기 전에는 환자에게 희망을 주기 위해 수술이 잘 되어 곧 회복될 것이라고만 이야기하기로 했다. 수술 후 항암치료는 하지 않기로 했다. 다만 보호자들은 환자가 퇴원하면 사는 동안만이라도 그동안 다니지 못한 여행도 다니면서 가족들만의 시간을 많이 가지고 싶다고 하였다. 가족들은 환자를 잃은 후에 후회하지 않겠다면서 최대한 고통을 없게 해달라고 부탁하는 것이었다.

수술 10일 후 환자는 아무 이상 없이 수술에서 회복되어 식사도 잘하면서 이제 병이 나았다는 듯 기쁜 표정으로 퇴원하였다. 나는 환자에게 몸에 이상을 느끼면 언제든지 병원으로 오라고 말하고는 이상이 없으면 한 달 후에나 보자고 했다. 왜냐하면 1개월 쯤 지나면 다시 복수가 찰 것 같았기 때문이다. 환자는 한 달이 지나 병원을 찾아왔다. 외견상 환자는 심한 고통을 느끼는 것 같지 않았다. 환자 자신도 식사도 잘하고 가벼운 운동도 하면서 가족들과 여행을 다녀오는 등 잘 지냈다고 했다. 환자는 자신의 병을 모르고 있었기 때문에 긍정적인 삶을 살아가고 있는 것이었다.

그러나 진찰을 해본 결과 복수가 차고 있었다. 다만 환자가 불편함을 느끼지 못하고 있을 뿐이었다. 이제 머지않아 본인도 느낄 수 있을 정도로 복수가 차 올라올 것이다. 또 한달 후에 보자고 하면서 환자를 보낸 후 따로 보호자가 찾아왔기에 한 달이 되기 전에 복수로 배가 불러올 것이라고 일러주고, 고통을 호소하면 그 전에라도 병원에 오도록 이야기해 주었다. 그리고 그때가 되면 환자에게 병세를 알려주고, 주변정리를 할 시간을 주어야겠다고 설명했다.

환자는 예측했던 시간보다 빨리 악화되기 시작하여 20여일 만에 다시 병원에 왔다. 통증을 호소하기 시작했고, 복수로 복부 팽만도 많이 진행되었다. 환자의 눈빛에는 실망의 기색이 역력했다. 이제는 진실을 이야기하지 않을 수 없었다. 나는 환자의 손을 붙잡고 조용히 수술 당시의 병세에 대하여 설명해 주면서 일찍 사실을 알리지 않은 것은 비록 짧은 시간이라도 모든 걱정을 털어버리고 가족과 행복한 시간을 가지게 해주고 싶어서였다는 점을 고백했다. 환자도 다시 건강에 이상을 느끼면서 "의사 선생님과 가족들이 무언가 자기에게 숨기고 있다는 것을 감지했다"면서 모든 것을 하느님의 뜻으로 받아들이겠다며 앞으로 고통만 덜하게 해달라고 부탁하는 것이었다.

그 후부터 환자는 급격히 복수가 심해지고 불편을 호소하며 병원을 찾아 복수를 빼서 호흡곤란을 일시적으로나마 해소해 주곤 하였다. 그러나 검사 소견은 폐로 전이된 소견을 보이면서 병세가 빠르게 악화되어 갔다. 환자는 결국 수술 후 6개월을 넘기지 못하고 사랑하는 가족을 뒤로하고 영면에 들었다. 이런 환자를 볼 때마다 환자의 절망적인 상태를 알려야 하는 것이 좋을지, 아니면 이 환자처럼 마지막 단계까지 유보해야 하는 것이 좋은 것인지 번민하며, 환자와 보호자들의 정신적 안정을 위해 도움이 되어 주는 의사가 되어야겠다고 다짐해 본다.

수술 중 사망한
교통사고에 의한 다발성 장기 손상 환자

 외래진료가 끝날 무렵 40대 초반의 남자 환자가 교통사고로 복부 손상을 받고 응급실로 내원했다. 내원 당시 환자는 복부와 흉부에 심한 통증을 호소하였으며 약간의 복부팽만이 있었다. 혈압은 약간 낮았고 맥박은 빨랐다. 숨을 가쁘게 몰아쉬고 있었으나 흉부 X-ray 상에는 좌측 늑골 두 군데에서 골절이 있는 것 말고는 기흉이나 혈흉은 없었다. 복부 X-ray 상에는 유리기체가 보였고, 복부 초음파 검사에서는 복강내 체액이 고여 있는 것으로 나타났다. 혈액검사에서는 약간의 빈혈을 보이는 것 외에는 특별한 이상 소견은 없었다. 장관 파열로 의심하고 수술을 시행하기로 하였다.

 당직팀을 불러내 응급 수술을 할 수 있도록 준비하고, 준비가 된 후 곧바로 수술을 시행하였다. 개복을 하고 보니, 복강 내에는 많은 양의 혈액과 함께 장 내용물이 있었다. 공장의 상부가 파열되었고, 장간막의 파열이 있었으며 좌측 결장이 비장 만곡부 가까이에서 파열된 곳이 있었다. 비장 또한 파열되어 출혈이 되고 있었다. 우선 출혈이 되고 있는 비장을 살펴보니 적출술이 불가피해 보였다. 일차적으로 비장을 적출하고 나서 다음으로 출혈을 보이는 파열된 장간막을 포함하여 파열된 공장을 부분 절제하고 문합술을 시행하였다. 마지막으로 파열된 좌측 결장을 처리하기 위하여 후복막에서 분리하기 시작하였다.

그런데 이때부터 환자의 혈압이 떨어진다며 마취과 과장님이 수술 부위에 이상이 없느냐는 것이다. 이미 출혈이 되는 부위는 모두 처리가 되어 더 이상의 출혈은 없었고, 실혈량에 해당하는 양의 수혈이 되었다고 판단했다. 그런데 또 다른 출혈부위가 있다니 복강 내부를 포함하여 후복막을 살펴보아도 더 이상의 출혈이 의심되는 곳은 없었다. 그러나 마취과에서는 혈압하강이 계속되고 맥박도 떨어진다며 안절부절 못하고 있었다. 수술을 시작한 지도 벌써 2시간 가까이 지나고 있었다.

문득 수술 전 흉부 X-ray 사진에서 좌측 늑골 골절 부위에 혈흉이나 기흉은 없었지만 수술 중 혈흉이나 기흉이 발생한 것이 아닌가 하는 생각이 들었다. 원인은 흉부 말고는 없을 것 같았다. 방사선과 당직 기사에게 연락하여 이동용 X-ray 기계를 가져오게 하여 흉부 사진을 촬영하도록 지시하였다. 사진을 찍는 동안 수술을 중단하고 환자의 상태를 호전시키려 노력하였다. 그리고 사진 결과를 보니 좌측 흉강에 기흉과 혈흉이 심하게 나타나고 있었다.

급히 흉곽에 폐쇄식 흉관 삽관술을 시행하였다. 흉관을 통해 많은 양의 혈액이 나왔으며, 출혈은 계속 되고 있었다. 그동안 환자의 상태는 더욱 나빠져 혈압이 급격히 떨어져 측정이 되지 않는다는 것이었다. 그리고 환자의 소변도 나오지 않고 있었다. 동맥혈 가스 분석에서 산소 포화도도 현저히 떨어져 있었다. 동공을 살펴보니 동공도 열려있으면서, 대광반사도 약했다. 환자의 상태가 악화된 것을 빨리 감지하지 못한 것이었다.

사실 마취과장님은 수술이 시작된 후 환자의 감시를 마취과 간호사에게 맡겨놓고 수술이 끝나면 곧장 다른 병원으로 마취하러 가기 위한 준비에만 몰두하고 있었음을, 수술을 하고 있는 외과의사의 입장에서는 제대로 알지 못했던 것이다. 환자에게 부착되어 있는 인공호흡기의 경고음에도 근이완제의 투여만 지시하고 제대로 환자의 상태를 점검하지 않고 있다가, 간호사가 혈압이 떨어지고 맥박이 빨라지며 소변도 안나온다는 것을 알렸을 때야 환자를 살피기 시작하며 환자의 상태가 좋지 않다고 알려준 것이다.

외과의사는 마취과 의사가 환자의 상태를 잘 보살펴서 수술에 어려움이 없게 해 주는 것을 감사하게 생각하면서 마취과 의사와 호흡을 맞춰 환자를 수술한다. 그런데 당시 우리병원의 마취과 과장님은 퇴근 후 지역의 개원가에 수술이 있으면, 초빙에 응해 마취를 해주고 있었다. 당시만 해도 마취과 의사가 귀해서 종합병원에서 근무하는 마취과 의사들이 야간에 개원가의 수술을 돕는 일이 많았다.

마취를 시작한 후 언제 기흉과 혈흉이 발생했는지 알 수 없었다. 혈흉과 기흉이 발생한 상태에서 계속 인공호흡기로 호흡을 시키기 위해 공기를 넣었으니, 기흉은 더욱 심해져서 심장을 압박하고 우측 폐까지 압박하는 상태에 이르렀던 것 같았다. 모든 수술을 중단하고 환자를 소생시키고자 하였으나 환자의 상태는 이미 기울어져 있었다. 생각 같아서는 개흉술을 시행하여 출혈 부위도 잡고 개방된 폐포도 결찰하고 싶었지만 당시 야간에 응급수술을 하고 있는 상황에서 병원의 시설과 인력으로는 불가능한 일이었다.

우리는 환자를 살리기 위해 한 시간 이상의 노력을 기울였지만 환자는 끝내 소생하지 못했다. 환자를 소생시키지 못한 죄책감이 진하게 나를 괴롭혔다. 모든 뒷수습을 마친 후 나는 마취과장님께 서운함을 토로하고 앞으로는 수술 중에는 특히, 야간 수술 중에는 더욱 더 환자를 밀착하여 감시하면서 마취를 해 줄 것을 요구했다. 마취과장님도 이 일이 있은 후로는 수술 중에는 환자 곁을 떠나는 일이 없었으며, 또한 외부 병원의 어떠한 연락도 수술 중에는 받지 않는 성실함을 보여 주었다.

소 잃고 외양간 고친 격이 되었지만 나는 이후 병원 당국에 야간 수술 시 마취를 담당해 줄 수 있는 인력을 보강해줄 것을 요구하여 밤낮으로 근무하는 마취과장의 업무를 조금은 덜어주는 제도를 만들었다. 외과의사는 마취과의 협조 없이는 수술을 할 수 없기 때문에 마취과의사에 대한 배려를 충분히 해야 한다는 것이 나의 변함없는 생각이다.

제왕절개 수술 후
수술대에서 사망한 젊은 산모

문민정부가 탄생하기 위한 대통령 선거일이었다. 대통령 선거일은 임시 공휴일이었고 또한 입원 환자 중에 중환자가 없었기 때문에 나는 투표를 마치고 가족과 서울 근교로 나가 휴식을 취할 계획을 세우고 일찌감치 투표를 마치고 집으로 돌아왔다. 그런데 집에 들어서려고 현관문을 여는데 호출기가 울렸다. 어떤 응급 환자가 어렵게 세운 계획의 발목을 잡으려나 보다 하고 병원으로 전화를 걸었다.

내용은 수술실에서 찾는다는 것이었다. 수술실 간호사가 다급한 목소리로 "원장님 병원에 나와 주셔야겠어요. 지금 산부인과 과장님이 제왕절개 수술을 시행했는데, 아기를 꺼낸 후 자궁 출혈이 멎지 않아 자궁적출술을 시행했지만 산모가 죽은 것 같아요"하는 것이었다. 이 말을 듣는 순간 머리를 심하게 맞은 듯한 충격을 받았다.

당시 나는 병원의 부원장 직책을 맡고 있었는데, 원장님은 주로 교회 계통의 일에 전념하시고 있었다. 그래서 병원 일은 결재를 하는 일 외에는 관여하지 않으셨기에 모든 진료에 관한 업무를 내가 책임지고 있었다. 그러므로 모든 환자 진료에 관한 사항은 의료진과 함께 내가 책임지고 처리하면서 원장님께는 필요할 때만 보고하면서 병원을 운영하고 있었다. 그러니 병원에서 크고 작은 문제가 생기면 모든 사람이 나를 찾는 것이었다.

나는 수술실 간호사에게 산모가 죽은 것인지 아니면 심폐소생술을 하고 있는 것인지를 물어보았다. 그런데 약 1시간가량 심폐소생술을 시행했으나 돌아오지 않아 포기한 상태라는 것이다. 산부인과 과장은 산모의 보호자들에게 이야기를 못하겠다면서, 내가 병원에 와서 보호자들을 만나 문제를 수습해 달라고 부탁했다는 것이었다.

출산을 위해 병원에 온 산모가 제왕절개 수술로 출산을 한 후 수술대에서 사망하는 사고가 발생했다면 병원에서는 큰 사고가 난 것이었다.

나는 가족들과의 모든 계획을 취소하였다. 가족들은 오늘은 제대로 된 야외 나들이를 할 수 있을까 생각했는데 또 포기해야 되겠다면서 "우리가 단란한 가족 나들이를 한다는 것은 사치야" 라고 푸념을 하였다. 가족들에게 미안한 마음뿐이었지만 곧바로 병원을 향해 떠났다. 평소에 한산할 때 30분 정도 걸리는 도로를 비상등을 켜고 과속으로 질주하여 20분도 안되어 병원에 도착했다.

수술실 앞에는 보호자들로 보이는 사람들 여럿이 웅성거리고 있었다. 나는 상황을 파악하기 위해 곧바로 수술실로 들어갔다.

수술복으로 갈아입고 산모를 수술한 수술실로 들어가니 산부인과 과장은 난감한 표정으로 어찌 할 줄 모르고 있었다. 산모는 이미 숨을 거둔지 시간이 꽤 경과된 상태였으나 개복된 상태로 있었다.

산부인과 과장님에게 수술창을 봉합하고 나서 경위를 설명해 달라고 했다. 그사이 의무기록을 살펴보니 산모는 초산으로 본원에서 산전 진찰을 받았었다. 그리고 예정일이 며칠 지난 어젯밤 진통이 와서 응급실을 통해 입원한 것이다. 자연분만을 유도하다 분만이 안 되고 태아의 심박동이 좋지 않아 응급으로 수술을 결정하여 수술을 시행했다. 산전 진찰에서 산모의 건강상태는 이상이 없었던 것으로 되어 있었다.

수술 창을 봉합한 후 산부인과 과장님의 이야기를 들었다. 밤사이 가정의학과 전공의사가 당직을 서면서 분만을 지켜보다가 자연분만으로 출산을 유도하려 했는데, 자연분만이 진행되다가 더 이상 진행이 안 되었다는 것이다. 태아의 심박동이 나빠져 수술이 필요함을 직감하고 보호자에게 설명을 하는 한편 수술준비를 지시하고, 아침 일찍 병원에 나와 곧바로 수술실로 옮겨진 산모를 보고 제왕절개술로 출산을 하였다. 아기가 출산된 후 태반을 박리하면서부터 심한 출혈이 시작되어 수혈을 하면서 지혈을 시키고자 노력을 하였으나 지혈은 되지 않고 혈압은 떨어졌다. 그래서 보호자를 불러 상황을 설명하고 산모를 살리는 방법은 자궁적출술이 불가피함을 설명해 주었다고 했다.

가족들의 상의 끝에 수술승낙을 받은 후 자궁적출술을 시행하였지만 수술 중 혈관을 잡았던 감자(수술시 혈관이나 조직을 잡는 수술 기구)를 놓친 것 같았고, 그후 후복막 출혈이 심해져 실혈성 쇼크에 빠져 환자에게 심정지가 나타났다는 것이다. 가까스로 혈관은 잡아 결찰을 시행하고, 심폐소생술을 시행하였으나 소생시키지 못하였다면서 보호자에게 어떻게 설명하면 좋을지 모르겠다고 불안해하는 것이었다.

  나는 산부인과 과장님이 수술을 시행하기 전에 산모를 보고 산모의 상태가 수술을 시행하는데 문제가 없었는지를 확인하고 나서, 보호자에게 제왕절개수술이 필요함을 설명하고 수술을 시행하였는지를 물어 보았다. 산부인과 과장님은 당직의사의 보고만 받고 수술을 준비하게 하였으며, 수술 전 산모와 보호자들에게 설명하고 수술 승낙서를 받는 일은 모두 당직의사인 가정의학과 전공의가 했다는 것이었다. 그래서 수술 전 산모의 상태도 자세히 살펴보지 못하고 수술을 한 것이 화근이 된 것 같다면서, 보호자에게는 설명할 수 없으니 내가 보호자들을 만나 설명하고 사태를 수습해 달라는 것이었다.

  물론 산부인과 과장님이 보호자들에게 설명하더라도 사고를 수습하는 일은 나의 몫이다. 그런데 수술 중 산모가 사망한 것을 보호자에게 설명하는 일을 나에게 부탁하니 난감한 일이었다. 그래도 산부인과 과장님의 짐을 덜어주기 위해 보호자들을 불러 산모가 사망하게 된 상황을 설명할 수밖에 없었다. 밖에서 초조하게 기다리던 보호자들을 불러놓고 나는 외과의사이고 부원장을 맡고 있다고 신분을 밝히고 나서 산모의 상태를 설명하면서 안타깝게도 사망하였음을 알렸다.

예상했던 대로 보호자들의 분노는 대단했다. 사실 병원에서 환자를 치료하다 예기치 못하게 사망하여 보호자들과 분쟁이 일어나는 경우가 있는데, 그 중에서도 산모가 사망하는 경우가 가장 해결이 어렵다. 엄밀하게 말하면 산모는 환자라고 할 수 없는 대부분 건강한 젊은 여성이다. 10개월 간 태아를 잘 기른 후 분만하러 병원에 온 젊고 건강한 산모가 자연분만이든 제왕절개수술이든 출산을 하고 심한 출혈로 사망하는 경우가 있는데, 이런 경우 보호자들은 의학적인 문제를 아무리 설명해도 이해할 수가 없다. 그리고 모든 것을 의사와 병원의 책임으로 돌리고 싶어 한다.

보호자들에게는 병원과 의사의 잘못이 있다면 잘못을 피하지 않고 응분의 책임을 지겠으니 병원에 책임을 물으려면 수사당국에 수사를 의뢰해도 좋다는 뜻까지 전하면서 보호자들의 분노를 가라앉히느라 최선을 다했다. 다행히 아기는 건강하게 태어났으니 이제 냉정하게 이 문제를 풀어나가자고 설득하면서 보호자들의 요구대로 수술대 위에 있는 산모의 시신을 보여주고 시신을 옮기려고 하였다. 그러나 시신을 보고 난 후 보호자들의 태도는 더 험악해지고 대화도 어려워졌다.

그 사이 보호자들은 더욱 많이 모여들었다. 그리고 처음에 대화를 나누던 보호자들은 뒤로 빠지고 새로 나타난 보호자들이 전면에 나서서 대화를 이끌어 가는데, 대화를 나누면서 보니 이들은 무언가 사고 처리에 대한 상당한 식견을 가지고 있어 보였다. 나는 직감적으로 이미 전문꾼(의료사고가 나면 나타나서 가족들을 뒤로 물리고 협상을 주도한 후 보상금을 받으면 일정액을 받아 챙기는 사람들)들이 알고 나타나서 가족 행세를 하고 있다는 감을 잡았다.

밀고 당기는 대화가 지속된 끝에 오후 늦게야 산모의 시신을 안치실로 옮길 수 있었다. 보호자들은 수술실 앞에 자리를 펴고 앉아서 책임지라고 소리를 지르고 울부짖고 하였다. 원장님은 늦게 병원에 들러 보호자들을 만난 후 보호자들에게 모든 것은 부원장과 협의를 하라고 하고는 병원을 나가셨다. 그러나 나와 산부인과 과장님은 병원을 나서지 못하게 막아섰기 때문에 첫날 밤을 병원에서 지냈다.

문제는 다음날 이었다. 진료를 해야 하는데 수술실 앞과 병원 로비의 환자 접수대 앞에 관을 가져다 놓고 농성을 시작하였다. 병원 벽에는 여러 개의 현수막을 내걸었는데, 그 내용은 '외과 의사가 산모를 수술하다 죽게 했다'는 것과 '산부인과 의사가 아닌 의사가 당직을 서면서 산모를 돌보다가 산모를 죽게 했다'는 내용을 걸어놓은 것이다.

보호자 측의 주장은 산부인과 과장님이 야간에 나오지 않고, 가정의학과 전공의가 당직을 서면서 산모를 돌보다가 자연분만을 하지 못하고 제왕절개 수술시기 결정이 늦어져 산모의 상태가 악화된 후에서야 수술을 해서 산모를 죽였다는 것이다. 또 하나는 산부인과 과장님이 빠지고 내가 수술실 앞에서 수술복을 입은 상태로 보호자들을 불러 수술 상황을 설명하면서 산모가 죽었다는 것을 이야기했으므로 보호자들은 외과의사인 내가 수술을 집도해서 산모가 죽었다고 주장하면서 생트집을 부리기 시작한 것이다.

나는 보호자들을 불러 산모의 죽음에 대하여 애도를 표하면서 수술은 산부인과 과장님이 했다는 것을 설명해주고, 또 산부인과 과장님이 보호자들 앞에서 설명하게 해주었다. 그리고 억울한 일은 없어야 하니 수사기관에 의뢰하여 사인을 밝힐 것을 권유하였다.

보호자들은 결국 보상을 요구하고 나올 것이므로 보상 문제를 협상하는 데 사인을 밝히는 것이 중요하기 때문이다. 그렇다고 보호자들이 동의도 하지 않은 상태에서 우리가 수사기관에 사인을 밝혀달라고 의뢰할 수도 없는 노릇이었다.

보호자들도 산부인과 과장님이 저자세로 잘못했다고 용서를 청하니 병원 측의 과실이 있을 것이라고 믿었는지, 제의를 받아들여 보호자가 수사당국에 수사를 의뢰하여 국립과학수사연구소에서 부검을 실시하기로 하였다. 그런데 부검을 실시한다 해도 그 결과가 나오려면 약 2주일 정도 걸리는 것이 통례였기 때문에 그 기간 동안 보호자들과 대치하면서 시달리는 일은 쉬운 일이 아니었다.

　더욱이 모든 협상은 직접적인 가족 구성원이 아닌 제3자(당시는 '의료사고 대책 협의회'라는 조직체를 만들어 의료사고 현장을 찾아다니면서 보호자를 대신하여 전문적으로 병원을 상대로 농성과 협상을 주로 대행하는 사람들이 있었다)가 나서서 강성으로 병원을 압박하여 진료를 못하게 하고 터무니없는 보상을 요구하는 사례가 많았다. 우리 병원의 경우도 그들이 앞에 나서 설치고 있었기 때문에 보호자들과의 대화가 쉽지 않았다. 수술을 집도한 산부인과 과장님이 보호자들 앞에서 보호자들에게 죄송함을 전하고 잘못이 있으면 모든 것을 법적으로 책임지겠다고 말하였으나 보호자들의 흥분을 가라앉히지는 못했다.

　나와 산부인과 과장님은 보호자들에 의해 병원 밖으로 나가지 못하게 감금된 상태에 있었다. 그러나 다행히 이틀째 되는 날 경찰조사가 시작되어 산부인과 과장님과 나는 경찰서로 조사를 받으러 가게 되었다. 나는 집도의사가 아니었지만 보호자들이 고발을 하였으므로 병원의 총체적인 진료 책임자로서 사고 소식을 보고받고 병원에 나와 상황을 파악한 후 산부인과 과장님을 대신하여 보호자들에게 설명을 해준 것인데, 보호자들은 내가 수술을 집도한 의사인줄 알고 외과의사가 수술하여 산모를 죽게 했다고 현수막을 내걸었음을 수사경찰관에게 진술해 주었다. 그리고 산부인과 과장님은 사건의 경위에 대하여 조사를 받았다.

　조사를 마친 후 나는 산부인과 과장님을 병원 가까이 있는 파

출소에 있게 하고, 혼자서 병원으로 돌아왔다. 보호자들에게 산부인과 과장님이 경찰서에서 조사를 받느라 늦어진다는 것을 보여주면서, 산부인과 과장님을 보호자들과 격리시켜 놓음으로써 정신적인 고통을 덜어주기 위한 조치였다. 어차피 보호자들과의 모든 협상은 내가 해야 하기 때문에 산부인과 과장님을 보호자들 눈에 보이지 않게 하면서, 수사기관의 조사로 산부인과 과장님이 고통을 받고 있다는 것을 보여주려고 했다.

또 하루가 지나고 의사가 수사기관의 조사를 받느라 병원에 나오지 못하고 있다고 믿자 보호자들이 보상을 요구하기 시작했다. 처음에 요구하는 것은 터무니없는 액수의 금전적인 보상이었다. 나는 평소에 알고 지내던 법조인의 조언을 듣고 너무나 터무니없는 보상을 요구하면 모든 것은 법적으로 할 수 밖에 없다는 것을 밝혔다. 또한 보호자들이 수사기관에 수사를 의뢰하였으므로 어차피 보호자들이 소를 취하하지 않는 한 법정에서 모든 것이 결정된다는 것을 밝혔다.

대다수의 의료사고가 분쟁과정에서 과실 유무를 규명하기 보다는 보호자들이 경제적인 보상에 주안점을 두고 있었고, 더욱이 중간에 끼어든 농성을 주도하는 조정꾼들은 보호자에게 많은 보상을 받게 해주고 사례비를 뜯는 것을 목적으로 한다. 그래서 실상은 그들의 농간에 놀아나는 보호자들은 보상을 받은 후에도 자신들에게 돌아오는 것이 얼마 되지 않는다는 것을 잘 모르고 있었다. 그러므로 중간에 끼어든 조정꾼들은 병원 당국과 보호자가 직접 만나는 것을 철저히 경계하며 막고 있었다.

우리의 경우도 산모의 직접적인 보호자들을 만나려고 하면 중간에 끼어든 조정꾼들이 보호자를 협박하듯 하면서 "의료사고에 대한 지식이 없는 보호자들이 병원의 회유에 넘어가 제대로 보상도 받지 못할 거면서 왜 보호자들이 병원 측과 대화에 나서느냐"고 화를 내며 보호자들을 윽박지르기 때문에 보호자들은 뒤로 빠지고 조정꾼들에게 위임하는 것이었다. 그래서 그들은 보호자들에게 강하게 병원을 압박한다는 것을 보여주려고 난폭한 행동을 하며, 심지어 보호자들이 보는 앞에서 나에게 관에 들어가 보라고까지 하는 것이었다. 이유를 불문하고 이들이 진료를 방해하면 중소병원에서는 진료가 마비될 수밖에 없었다.

경찰에 질서 유지와 진료를 위한 보호를 요청해도 경찰 측에서는 "가해자와 피해자의 문제이니 원만하게 합의를 보라"면서 개입하려 하지 않는다. 그렇다고 법적으로 분쟁을 해결하려면 긴 시간이 소요되기 때문에 많은 중소병원이나 의원은 병원의 정상적인 진료를 위해 빨리 협상을 해서 보상을 해주고 합의를 보려고 노력하게 된다. 나는 이들과 협상을 하느라 일체 환자를 돌볼 수 없었다. 병원이 정상적으로 돌아가기 위해서는 빨리 보상에 합의를 해야만 했다. 조정꾼들과 협상을 해서는 일이 쉽게 풀릴 것 같지 않았다. 그들은 너무나 터무니없이 많은 것을 요구하고 있었다. 하기야 그래야 그들에게 돌아갈 몫도 늘어날테니 그럴 수밖에 없을 것이다.

나는 그들의 눈을 피해 보호자들과 직접 대화를 시도했다. 그들에게는 보상도 중요하지만, 또한 엄마를 잃은 아기의 보육 문제도 중요하니 무턱대고 시간만 끌 수 없는 입장이라는 것을 알았다. 그러나 보호자들도 죽은 산모의 시댁과 친정 쪽의 입장이 미묘하게 차이가 났고, 보상을 받는 주체가 시댁이냐 친정이냐를 놓고 의견이 대립되고 있었다.

그리고 그들 중에는 조정꾼들에게 끌려 다니는 것에 대하여 후회를 하는 사람이 나타났다. 나는 이런 사람들을 은밀하게 만나 깊은 애도를 표하면서 고인에 대한 예우를 위해서도 빨리 장례를 치르고 아기 양육에 신경을 써야 하지 않겠느냐고 설득하였다. 이틀이 지난 후 다행히 산모의 친정 친척 중에 조정꾼들을 물리치고 가족이 직접 병원 측과 협상을 하겠다고 나선 사람이 있었다.

그 사람은 변호사 사무실을 찾아 보상에 대하여 상담도 받아 본 사람으로써 우리와 대화도 되었고, 조정꾼들에게 맡길 경우 그들에게 사례비를 주고 나면 실제로 유가족이 받는 보상금이 얼마 되지 않는다는 것을 알고 있었다. 그 사람이 중심에 서면서 조정꾼들이 협상장에서 사라졌고 협상은 속도를 내기 시작하였다.

병원 측은 사망한 산모에 대한 보상과 함께 아기의 양육에 대한 양육비까지 변호사의 도움으로 산정한 보상액을 보호자에게 제시해 주면서, 법적으로 소송하면 시간도 오래 걸리고 또 소송에 드는 변호사 비용도 있으니 변호사 사무실에서 산정한 보상액으로 모든 것을 합의하자고 제안하였다. 산모 측에서도 변호사 사무실에서 상담을 받아보고는 병원 측의 제안이 합리적이라는 것을 이해하였기 때문에 무리한 요구를 하지는 않았다. 그러나 한 가지 병원 측을 압박하여 많은 보상을 받게 해주겠다던 조정꾼들에게 얼마간의 돈을 주었다며 그 돈을 병원 측에서 부담해달라는 것이었다. 그러면서 그들의 제안을 받아들였던 것을 이제 와서 후회하는 것이었다.

양측은 이 문제를 푸는데 며칠이 걸렸다. 병원 측은 처음부터 보호자들과 직접적인 대화를 요구했지만 보호자들이 그들에게 협상권을 떠넘겼던 우를 범했으므로 그들에게 당한 것은 보호자들 책임이지, 그런 잘못까지도 병원에다 떠넘겨서야 되겠느냐고 설득하였다. 그러나 협상이 지루하게 합의점을 찾지 못하자 산부인과 과장님이 사고를 야기한 당사자로서 도의적인 책임감도 있고, 이 문제를 빨리 매듭짓고 정신적인 부담에서 벗어나겠다며 병원에서 지급하는 보상금 외에 보호자들이 요구하는 돈을 자신이 제공하겠다는 뜻을 전해 사고가 난지 2주일 만에 협상을 마무리 지을 수 있었다.

그리고 보호자들과의 협상이 끝난 후 나온 부검 결과는 사망원인이 폐색전증으로 나와서 병원 측이나 산부인과 과장님에게는 치료 상의 과실이 없다는 것이 입증되었다. 병원이나 의사의 과실이 없어도 건강하게 출산을 위해 병원에 왔던 산모가 출산을 하다 사망하는 경우 병원이 감당해야 하는 피해가 너무나 크다. 그래서 산부인과 의사들이 개인 의원에서는 여간해서는 분만을 시행하지 않으려고 하는 것이다. 이 문제로 병원은 어려움을 겪고, 진료에 큰 차질을 빚었다. 다시 정상적인 진료체계로 돌아오는데 약 한 달 이상의 기간이 소요되었다. 그리고 이러한 사고를 당하고 나면 의료진들은 진료에 수세적이고 소극적이 되어 진료가 위축될 수밖에 없다.

6부
그곳에는 사랑이 있었다

그곳에는
사랑이 있었다

　그 날 부활대축일 미사를 마치고 다른 교우들과 함께 부활의 기쁨을 나누던 중에 선배 외과의사를 만났다. 그 선배 의사는 나를 보자 반가워하면서 조용히 이야기를 나눌 수 있느냐고 물었다. 우리 둘은 성당 만남의 방 한쪽 가장자리로 옮겨 앉았다. 가벼이 환자를 돌보는 이야기를 나누다가 선배 의사가 내게 "일주일에 하루 저녁 시간을 내서 무료진료 봉사를 해주었으면 좋겠다"고 제안하는 것이었다. 갑작스러운 제안에 당황하기도 했지만 의사의 소명을 다하며 누군가에게 도움이 된다면 의미있는 일이 될 것 같았다. 선배에게 보다 구체적인 내용을 알려달라고 하였다.

　선배 의사의 이야기는 이러하였다. 영등포역에 '요셉의원' 이라는 노숙자 및 외국인 노동자들을 대상으로 무료진료를 하는 병원이 있는데 10여 년 전에 문을 열어 자원봉사자들의 힘으로 운영되고 있었다. 선배도 몇 년 전부터 야간에 나가 외과 환자를 돌보는 의료봉사자 중 하나였다. 그러나 이제 선배가 고향 가까이 있는 지방으로 내려가게 되어 요셉의원에 나갈 수 없게 되었다는 것이다. 누군가 봉사해 줄 사람을 찾고 있었는데, 오늘 성당에서 나를 만나니 구세주를 만난 것 같다면서 "반선생이 요셉의원에 나가 외과 환자들을 돌봐달라"고 간곡히 부탁하는 것이었다. 그러면서 요셉의원을 설립하여 운영하고 계시는 선우경식(요셉) 원장님의 숭고한 사랑과 희생에 대하여 부연 설명을 해 주었다. 요셉의원이라면 언론보도를 통하여 어느정도는 알고 있었고, 선우경식 원장님의 헌신적인 사랑과 봉사 또한 평소 존경스럽게 생각해 오고 있던 터였다. 선배에게 생각할 시간을 달라고 말하기는 했지만 마음 속으로는 이미 봉사를 해야겠다는 결심이 굳어졌다.

집에 돌아와 아내에게 성당에서 선배를 만났던 일을 설명하였다. 아내는 선배가 제안한 이야기를 듣자마자 "나도 요셉의원에 나가 봉사하시는 선생님을 알고 있는데 좋은 일이라고 생각했다. 이러한 기회가 온 것에 감사하며 힘을 보태자"는 것이었다. 젊은 시절에는 무의촌이나 오지에 봉사를 다니기도 했으나 삶에 치여 한동안 이런 능력이 있음을 잊고 있었다. 아내의 말로 용기백배하여 이 기회에 내가 배운 의술로 나눔과 베품을 실천할 수 있으리라는 믿음이 생겼다. 선배에게 그 길로 전화를 걸어 "선생님의 뒤를 이어 요셉의원에 나가 외과 환자를 돌볼 테니 걱정 말고 지방으로 가십시오"라고 말했다. 다음날 병원에서의 일과를 마치고 바로 요셉의원을 찾았다.

처음 만난 선우경식(요셉) 원장님은 첫 인상이 온화하고 부드러우며 사랑이 가득한 미소를 짓고 계셨다. 병원을 찾는 모든 환자나 자원봉사자들을 따뜻하게 미소로 맞아주시고, 마음을 편안하게 해 주셨다. 원장님으로부터 병원 설립의 목적과 지금까지의 운영상황 그리고 앞으로의 계획에 대하여 설명을 자세히 들었다. 나는 원장님의 사랑에 조금이라도 보탬이 된다면 기꺼이 나와서 일하겠다고 약속하고 근무시간표를 작성하였다. 처음에는 일주일에 두 차례 병원 근무가 끝난 후 저녁 시간에 요셉의원에 나가 환자를 돌보기 시작하였다. 그러다가 자원봉사자들이 늘어나면서 일주일에 한번 나가서 진료를 하였고, 최근에는 봉사자가 더 증가하여 격주로 봉사를 하게 되었다. 기꺼이 봉사하려는 인재들이 이처럼 계속 늘어난다는 것은 우리 사회가 아직도 이만큼 온정이 남아있고 희망이 있다는 증거이기도 하다.

요셉의원은 사실 선우경식 원장님 한 사람의 희생으로 탄생했다. 미국 유학까지 가서서 내과 전문의사가 되어 대학병원에서 근무하다가 가난하고 소외된 이웃을 돌보는 것이 예수님의 참사랑을 실천하는 길이라고 믿은 요셉 원장님은 대학병원의 보장된 교수직을 떠나 신림동 달동네에 무료의원을 열어 돈이 없어 병원에 가지 못하는 환자들을 돌보기 시작하였다. 작고 소박하고 가난한 출발이었다. 그 당시에는 전 국민 의료보험이 시행되기 전이라서 돌보아주어야 할 환자가 많았다. 그러나 전 국민 의료보험이 시행되면서부터는 보험자격이 상실된 노숙자나 교도소에서 나온 주거 불안정자 및 의료사각지대에 있는 외국인 근로자가 주로 병원을 찾게 되었다.

원장님은 당신의 선행을 숨겼지만, 그 선행은 주위사람들을 통해 밝혀졌다. 요셉의원에서 치료가 불가능한 환자는 자신이 직접 종합병원으로 데리고 가 치료비를 내면서 치료를 받게 해 주셨고, 마침내는 자신의 재산을 정리하여 영등포역 가까이 현재의 요셉의원을 설립하셨다. 원장님의 숭고한 사랑에 감명을 받은 많은 사람들이 후원자가 되어 후원을 하면서 필요한 물품들이 조달되기도 하였고, 의사, 치과의사, 간호사, 약사를 비롯한 많은 의료인들의 자원봉사가 이어지면서 탄탄한 의료진이 뒷받침되었다.

비록 선우경식 원장님은 자신의 몸을 돌보지 않고 일하다가 병마에 쓰러져 하느님의 품으로 돌아가셨지만, 그분의 뜻을 받드는 많은 분들이 지금도 묵묵히 요셉의원을 지키고 있기에 많은 노숙인과 외국인 근로자에게 큰 도움이 되고 있다. 요셉 원장님의 헌신적인 사랑을 보시고 감사해하셨던 선종하신 김수환 추기경님은 "사제보다 더 훌륭한 살아있는 성자"라고 말씀하시며 원장님을 존경한다고도 하셨다. 나중에 원장님이 선종하시자 원장님의 정신이 계승되어 요셉의원이 지속될 수 있도록 독려하시기도 했다.

이제 나도 처음에 요셉의원을 소개해주었던 선배 의사처럼 고향으로 내려가 외과의사로서의 마지막 삶을 미력한 힘이나마 고향 주민들을 위해 의술을 펼치려 한다. 그래서 지난 13년간의 요셉의원 진료를 마치게 되었다. 요셉의원은 사랑이 있는 곳이고, 선우경식(요셉) 선생님은 사랑 그 자체로 이 시대의 참다운 성인이었다.

원장님께서 특별히 주신 예수님의 웃는 모습이 그려진 자기로 만들어진 액자와 함께 원장님의 인자한 미소를 담은 사진을 고이 간직하고 있다. 원장님을 생전에 만나 함께 일 할 수 있었던 것은 내게는 큰 축복이었음을 삶 속에서 더욱 오롯이 느낀다.

그리고 어디에서 일을 하더라고 선우경식 원장님의 사랑의 실천에 동참하는 삶을 살아가겠다는 다짐을 한다.

술로 모든 고통을 멀리 하려는
노숙자들

오바마 대통령이 미국의 의료보험 제도를 개혁하며 우리나라를 모델로 언급한 것처럼 우리나라의 의료보험제도는 비교적 잘 정비되어 있다. 따라서 영등포역 일대에서 노숙을 하는 사람들이나 외국인 근로자들처럼 의료보험 자격이 상실되었거나 의료보험의 혜택을 받을 수 없는 사람들이 주로 요셉의원을 찾는다. 그러나 때로는 의료보험의 혜택을 받을 수 있는 사람 중에도 병원과 약국에 가서 내야 할 본인 부담금이 없어서 찾아오는 환자들이 있어 안타까움을 자아낸다. 또한 일반적인 선입견과 달리 노숙인들 중에는 풍채가 좋고 인물이 수려한 사람들이 상당하다. 노숙생활을 하거나 쪽방촌에 거주하기에는 아까워 보이는 인재들도 다수 목격하게 된다. 이들의 이야기를 들어보면 대개가 사업 실패나 도박으로 경제적인 파산을 당해 가족과 헤어졌거나, 범죄에 연루되어 교도소를 다녀오고 가정이 파탄되어 가족과 헤어져 노숙자의 길로 들어선 경우가 많았다. 한 번 노숙자의 삶에 빠져들면 거기서 빠져나오려는 노력을 하기보다는 관성에 의해 그 생활을 이어가게 되는 것 같았다. 또한 그 기간이 지

속되다 보면 익숙함과 세상의 삶에 대한 두려움으로 점점 벗어
나기 어려울 것 같기도 했다.

사제가 되기 위해 신학교에서 공부하던 신학생이 현장체험의
일환으로 1주일간 노숙인 체험을 했는데, 처음에는 힘들지만 1
주일의 체험기간이 끝날 때쯤이면 노숙생활에 익숙해져 편안했
다는 이야기를 들었다. 자기만 부지런하면 하루 세끼 무료급식을
하는 곳을 찾아가 식사를 하고 할 일이 없으니 침낭에 들어가
자면 되므로 걱정거리가 없더라고 하였다. 다만 목욕을 하지 못
하는 것이 어려운데, 복지시설 중에는 샤워를 할 수 있는 시설도
있어 그곳을 이용했다고 했다. 그러니 노숙인들이 노숙생활에서
벗어나고자 하는 동기부여를 찾기가 어려울 것 같더라는 것이다.

그들은 무료급식소를 찾아다니며 식사를 해결하고, 병이 나면
무료진료소를 찾아 치료를 받는데, 익숙해지면 복지시설에 입소
하거나 힘든 일이라도 일 할 수 있는 일자리를 알선해 주려해도
거절한다. 이들은 정부에서 받는 기초생활비를 받는 월말이 오
는 것을 기다리고, 간혹 영화나 드라마 촬영에 엑스트라로 동원
되는 것을 좋아한다. 촬영장에 나가면 대개의 경우는 한 두 끼의
식사를 제공받고 일당을 받기 때문에 수중에 돈이 들어오게 되
므로 좋아한다.

수중에 돈이 들어오면 대부분의 사람들은 술을 마시는데 쓰
고 만다. 그래서 매월 하순이나 엑스트라로 촬영장에 갔다 온 날
이면 영등포역 일대의 노숙자들이 술에 취해 추태를 부리거나 쓰

러져 있는 것을 많이 목격하게 된다. 그리고 때로는 동료 노숙자들끼리 서로 싸우다 다쳐서 병원을 찾는 사람들이 있다. 그러므로 이들에게 돈이 들어오는 날이면 병원에는 다쳐서 오는 환자들이 더 많아진다.

하루는 병원으로 들어서니 대기실에 술 냄새가 진동을 하고 얼굴이 피투성이가 된 환자를 병원 봉사자들이 깨끗하게 닦아주고 있었다. 그 환자의 얼굴을 보니 얼굴은 여기저기 긁혀있었고, 왼쪽 귀는 거의 떨어질 정도로 간신히 달려있는 것이었다. 이유를 물어보니 그 날도 생활비를 받은 날이라 노숙자들끼리 술을 마시고 싸워서 다쳤다는 것이다. 이들이 술을 마시고 싸울 때는 특징적인 것이 한 가지 있는데, 술에 취해 힘이 없다보니 주먹으로 때리고 발길로 차는 것보다 서로 붙잡고 뒤엉켜 싸우면서 손으로 긁고 입으로 물어뜯는 것이다. 그래서 사람에게 물려 병원을 찾아오는 환자들이 종종 있었다. 박 씨 환자도 물고 싸우다가 상대방이 귀를 물어뜯어 귀가 거의 떨어질 상태가 된 상태에서 병원을 찾아온 것이다. 얼마나 세게 물어뜯었는지 귀가 얼굴에서 떨어지기 직전이었다. 그러나 정작 환자는 자기의 상처가 어떠한 상태인지를 알지 못하고 있었고, 술에 취해 통증도 별로 느끼지 못하고 있었다. 환자에게 귀를 다시 붙여주는 봉합수술을 해야만 했다.

술에 취한 사람을 치료하는 일은 힘들다. 더욱이 지저분하게 조직이 상해 있고 땅에서 뒹굴어 오물로 오염된 귀를 다시 원위

치로 봉합하려니 환자는 협조해 주지 않고, 여러 봉사자들이 도와주어야 했다. 환자와 씨름을 하면서 떨어져 나간 귀를 다시 붙여주는 데는 한 시간 가까이 걸렸다. 지저분한 주위 조직을 잘 다듬는 변연절제술을 시행하고, 오염된 상처부위를 깨끗하게 닦아낸 후 특수 봉합사를 이용하여 떨어져 나가려는 귀를 봉합하여 본래의 귀가 있는 자리에 복원시켜 붙여놓아야 했다.

봉합 수술이 끝날 때 쯤 해서 환자도 술에서 조금은 깨어나는 듯 했다. 환자에게 주의 사항을 이야기할 때야 환자는 자기의 상처를 인지하였다. 주의사항을 이야기해도 지켜지지 않는다는 것을 알면서도, 주의를 주었다. 그러나 환자는 술을 어떻게 안 먹을 수 있느냐고 반문하여 마음을 안타깝게 한다.

봉합수술 후 통원치료가 끝나고 봉합한 귀가 잘 붙었음을 확인한 다음 봉합사를 뽑으러 병원에 온 날 박 씨 환자는 온순한 양 같았다. 나와 직원들의 말에 공손하게 순종하며 비록 빈말이 될 가능성이 있을지언정 술도 끊겠다고 하는 것이었다. 대부분의 노숙자들이 술에 의지하는 이유는 아마도 현실의 걱정을 잊고 단순하게 생각할 수 있기 때문일 것이다. 그러다보니 술에 취하는 일이 많아지는데, 술에 취하면 온순했던 사람들이 괴팍하게 변하고 공격적으로 변해 주위의 동료 노숙자들과 싸우는 일이 잦다.

술은 사람을 변화시키는 요인이다. 그러나 많은 경우 긍정적인 변화보다는 부정적인 변화를 초래한다. 고통과 괴로움을 술에 의지하여 잊으려는 노숙자들이 너무나 많다. 요셉의원에서는 술을 멀리하고 재활의 꿈을 가지고 노력하도록 별도의 프로그램을 마련하여 운영하고 있다. 이러한 노력이 사회의 여러 곳에서 함께 이루어졌으면 하는 바람이 간절하다.

치핵수술을 해준 환자가
아내를 죽인 전과자라니

50대 후반의 건장한 남자 환자 김 씨가 엉거주춤한 자세로 통증을 호소하며 진료실로 들어섰다. 환자에게 문진을 하니 항문이 아프고 출혈성 분비물이 심하게 나와서 왔다는 것이다. 환자는 많은 술을 자주 마시고 담배도 많이 피운다고 했다. 환자는 오래 전부터 치핵이 있어 왔으나 치료를 받을 형편이 못되어 참고 지내다가 최근 들어 탈출된 치핵이 심하게 아프고 피가 섞인 분비물이 나와 불편하다고 했다. 환자는 가족과 헤어져 교회가 제공하는 쪽방에서 생활하고 있으며 취로사업에 나가 일하며 살아가는 상태였다.

환자를 진찰해 보니 다발성으로 탈출된 치핵이 심한 부종과 함께 부분적인 괴사를 보이며 분비물이 나오고 있었다. 수술적 치료가 필요한 환자였다. 환자에게 수술이 필요함을 설명하였다. 그러나 환자는 수술을 받을 경제적인 여건이 되지 않았다. 요셉의원을 찾는 환자 중 수술이 필요한 환자들은 서울시립의료원이나 국립의료원 등 무료로 수술을 해줄 수 있는 병원을 수소문하여 수술을 받도록 해왔다. 요셉의원에서 무료로 수술을 해줄 병원을 수소문하여 연결해 주어야 했다. 그러자면 시간이 필요하고 그동안 환자는 고통을 받아야 한다. 나는 이런 환자들을 나의 병원으로 불러 수술해주는 일이 가끔 있었다. 김 씨도 무료 수술을 받을 병원을 물색하기 위해 기다리려면 얼마나 기다려야 할지 모르는 일이었기 때문에 우리 병원으로 불러 수술해 주겠다고 말하고는 수술 날짜를 정해주고 수술 전에 지켜야 할 사항을 설명해 주었다. 그리고 약속된 날 아침 일찍 병원으로 찾아오도록 약도와 전화번호를 알려주었다.

김 씨는 수술하기로 예약해준 날 아침 일찍 병원에 도착하였다. 나는 척추마취를 하고 수술을 시행하여 탈출된 치핵을 비롯하여 항문강 내에 있는 치핵까지 완전하게 제거해 재발의 가능성을 차단하는 근치적 수술을 시행했다.

척추마취 하에 수술을 시행하면서 나는 환자들과 이런 저런 이야기를 주고받으며 환자의 긴장을 풀어주도록 힘쓴다. 나는 김 씨에게 가족 관계를 물어보았다. 김씨는 결혼해 살면서 건설회사에 취직해 일했다고 했다. 그리고 잘살아 보려고 중동 건설 현장에 파견되어 약 5년간 일하고 돌아왔다는 것이다. 그러나 귀국하여 자리를 잡기도 전에 아내와 사별하는 아픔을 겪고는 실의에 빠져 가족과 헤어져 술로 괴로움을 달래며 노숙인의 삶에 빠져들었다고 했다. 다행히 지금은 교회의 도움으로 쪽방에서 살면서 취로사업이 있으면 나가 일하고 정부의 지원금으로 재기를 해보려고 했지만 취업은 생각처럼 쉽지가 않았다고 했다. 술로 마음을 달래며 지내는 날이 길어지자 폐인이 된 것 같다며 더 이상 묻지 말아달라는 것이었다.

나는 김 씨의 인생에도 말 못 할 사정이 있는가 보다 생각하고는 더 이상 가족에 대하여는 묻지 않았다. 환자는 수술 후 지시에 따라 모범적으로 치료를 받고 자가 관리도 잘해서 수술 경과가 좋았다. 통원치료를 끝내는 날 환자는 고통에서 해방되었다고 고마워하면서 앞으로는 술도 끊도록 노력하고 좌욕도 열심히 해서 재발을 예방하겠다고 인사를 하면서 병원을 나섰다.

김 씨의 치료가 끝나고 오랜 시간이 지난 후 나는 요셉의원의 상근 봉사자에게 김 씨에 대한 뜻밖의 이야기를 들었다. 김 씨는 중동에 나가 열심히 일하여 많은 돈이 모였을 것이라 생각하고 귀국했는데 막상 집으로 돌아와 보니, 부인은 자기가 보내준 돈으로 다른 남자와 바람이 나서 돈을 모두 탕진하여 빈털터리가 되어 있었고, 가출하여 집도 없어졌더라는 것이다.

김 씨는 망연자실할 수밖에 없었고 아내에 대한 분노와 적개심에 아내의 행방을 수소문한 끝에 아내를 찾아내 살해를 하고 말았다. 그리고는 살인자로 20년 형을 선고받고 교도소에 수감되어 수형생활을 마치고 석방되었지만 할 일도 없고, 취직을 하려 해도 살인 전과자라서 취직도 할 수 없었다. 결국 많은 노숙자들이 비슷한 길을 거치듯 노숙생활을 하면서 술에 의지해 살아왔다는 것이다. 다행히 지금은 교회의 도움으로 쪽방에서 살고 있는 김 씨지만 평소에는 온순해 보여도, 술에 취해 다른 사람과 다툴 때는 사람이 완전히 달라지게 된다고 했다. 적개심에 불타는 무서운 눈을 부릅뜨고 상대방에게 달려들 때면 금방이라도 상대방에게 큰 위해를 입힐 것 같은 경우를 본다는 것이다.

김 씨에 대한 이야기를 듣고 보니 내가 가족에 대한 이야기를 물었을 때 회피하면서 더 이상 묻지 말아달라던 이유를 알 것 같았다. 그리고 수술을 했던 날부터 치료를 받으러 다니고 치료가 끝났다고 말해줄 때까지 항상 나에게 오면 자기는 처음으로 사람대접을 받는 것 같아 행복했다면서, 고맙다고 몇 번씩 머리를 숙이곤 했던 일이 이해가 갔다. 아내에 대한 굳은 믿음과 행복에 대한 꿈이 아내의 배신으로 물거품이 되었을 때, 그가 겪어야 했던 증오와 적개심이 결국 큰 죄로 이어져 한 사람의 인생을 망쳐버리고 가정을 파탄으로 이끌었다. 그러니 그 자녀들과 가족들이 받았을 충격과 그들의 삶은 또한 어땠을까를 생각하면서 그들에게 정신적인 치료가 이어질 수 있도록 도움을 줄 수 있는 치료기관과 협진체계를 갖출 필요가 있겠다는 생각이 든다. 또한 이제라도 과거의 악몽을 잊고 평범한 일상을 살고자 애쓰는 김 씨와 같은 사람들이 생활 기반을 찾아, 삶을 지탱할 수 있는 물리적, 심리적 여건이 갖추어 지기를 희망해 본다.

1년 이상을 똑같은 옷만
입고 다니는 노인

　80대 노인 이 씨 환자가 요셉의원 진료실을 찾은 것은 가을이 시작될 무렵이었다. 노인은 항문에 무엇이 빠져나와 아프고 불편하다면서 치질이 아닌가 싶다고 했다. 체격도 작고 살집도 없는 노인은 진찰 결과 탈출성 치핵이므로 수술이 필요하다고 설명을 드렸더니 수술을 해 달라는 것이었다. 나는 정상적인 절차를 밟아 무료 수술을 해 줄 수 있는 외부병원을 찾아 환자를 의뢰하기로 하고, 병원 직원에게 행정절차를 진행시켜달라고 부탁하였다.

　다음 진료일에 병원에 갔더니 이 씨 노인이 진료를 받기 위해 와 계셨다. 나는 다른 진료과의 진료를 받으러 오신 줄 알고 진료실로 들어갔더니 따라 들어오시는 것이었다. 그러면서 아직 수술 연락을 받지 못했으니 빨리 받을 수 있도록 해달라고 사정하시는 것이었다. 도리 없이 우리 병원으로 모셔다 수술을 해드려야겠다고 결심하고 수술일자를 정해드리고, 병원의 위치를 적어드리며 수술 전에 지켜야 할 사항을 설명해 드렸다.

　약속한 날 이 씨 노인은 일찍 병원에 오셨다. 차트를 만들려고 접수를 하는데 환자분이 의료보험 수급자로 나타나는 것이었다.

그리고 의료보험 정보의 세대주가 성씨가 다른 여자 이름으로 나와 있었다. 직원들에게 수술 준비를 하도록 지시하고 기다리고 있는데, 이번에는 간호사들이 와서 하는 말이 "환자의 옷이 너무 낡았다"면서 "낡아 색이 누렇게 찌들고 여러 군데 구멍이 나있다"고 하는 것이었다. 그래도 그동안 많은 노숙인을 수술하고 치료해 왔지만 이처럼 낡은 옷을 입고 오신 환자는 없었다면서 고개를 저었다.

나는 잠자코 듣기만 하다가 수술준비가 다 된 후 수술실로 들어가 척추마취 준비를 하면서 보니 등에 여러 개의 피하 양성종양까지 있었다. 환자에게 이 종양도 언젠가는 제거를 하는 것이 좋겠다고 말씀드리고 마취를 하면서 노인 환자에게 의료보험증에 나타난 세대주의 이름을 대면서 누구냐고 물었다. 그랬더니 며느리라고 했다. 마취가 된 후 수술을 진행하면서 궁금한 것을 물어보고는 놀랐다.

노인 어른의 말씀은 외아들과 며느리가 있고 손자들도 있다고 했다. 아들은 회사를 다니다가 사직하고 사업을 시작했으나 실패하여 모든 것을 잃고 말았는데, 그 때 노인 어른이 살고 있던 집도 날아가 버렸다는 것이다. 그리고 지금은 구멍가게를 운영하고 있지만 어렵게 유지하고 있다고 했다. 그 이후 아들과 며느리도 사이가 나빠져 따로 살다 함께 사는 일이 반복되었고, 부모와 자식 사이도 벌어져 등을 돌리게 되었다는 것이다. 그러나 며느리는 학교 선생님으로 현재 초등학교에서 교감선생님으로 일하고 있으며, 며느리의 세금 문제로 자기들 두 노인은 며느리의 의료보험에 올라있으나 며느리나 아들로부터 어떠한 도움도 받지 않고 있다고 했다. 이처럼 자신들은 아들 부부와 틀어져서 산지 20년도 지났고 연락도 하지 않고 지내며, 자식도 부모를 찾지 않고 있어 부모가 어디에서 어떻게 살고 있는지 모르고 있을 것이라고 말했다. 판자촌 쪽방에서 두 노인이 교회의 도움과 고물을 주워 판 돈으로 근근이 생계를 유지하고 있지만, 자식이 버젓이 있으니 기초생활수급자 혜택도 받지 못하고 있다며 한숨을 내쉬었다. 참으로 어디 가서 이야기도 할 수 없는 기구한 상황이라고 하시는 것이었다. 그러면서 자식에 대하여는 욕되게 하고 싶지 않으니 더 이상 묻지 말아 달라고 하셨다. 그래도 자식에 대한 부모의 배려를 잊지 않고 계셨다.

이 씨 노인은 수술 받고 퇴원하여 외래로 통원치료를 세 차례 받았다. 그러나 병원에 오실 때마다 입고 오시는 옷이 수술을 받던 날 입었던 옷을 그대로 입고 오셨다. 옷을 장만할 형편이 되지 못하는 것 같아 항상 똑같은 속옷과 겉옷만 입고 오시는 것 같아 안쓰러웠다.

약 1년이 지난 후 이 씨 노인을 요셉의원에서 다시 만났다. 이번에는 몸에 있는 여러 개의 혹을 제거해 달라고 오신 것이었다. 이미 1년 전 등에 있는 다발성 양성종양을 보았으므로 제거술을 위해서는 또다시 나의 병원으로 모셔 수술을 해드릴 수밖에 없다고 생각하고 수술일자를 정해드렸다.

수술을 받으러 오신 날 수술 준비를 하면서 보니 양성 피하종양이 몸통의 앞가슴과 복부를 비롯해 등에 무수히 많이 있었다. 그리고 놀라운 것은 1년 전에 입고 오신 내복이 더 헤져서 차마 보기 민망할 정도였다. 나는 노인의 사정이 하도 딱하여 직원을 내보내 내복을 한 벌 사오게 하고는 수술을 하였다. 생활의 불편함을 덜기 위하여 우선 몸통의 앞이나 뒤 중 한쪽만 먼저 수술하고 반대쪽은 다음에 다시 날을 잡아 수술해드리기로 하였다.

　노인 어른이 등쪽의 혹이 누울 때 불편하므로 등에 있는 혹을 먼저 제거하기를 원하여 등에서 비교적 크기가 큰 혹을 5개 제거하였다. 그리고 수술을 마친 후 준비한 내복을 드렸다. 노인어른은 눈물을 글썽이며 "수술과 치료를 무료로 해 주는 것만도 고마운데 내복까지 사 주시니 너무나 고맙다"는 말을 수도 없이 하시고는 병원을 나섰다. 그리고 통원치료를 받으러 오실 때는 또 똑같이 새로 사드린 옷을 입고 오셨다. 등에 있는 수술부위의 치료를 끝내고 나서 언제 다시 날을 잡아 가슴과 복부에 있는 혹을 제거하자고 말씀드렸더니 할머니를 도와 일 좀 한 후 다시 찾아오겠다고 하셨다. 아마도 할머니 혼자 폐품을 수집하러 다니시는 일이 힘들어 함께 일을 하시려는 것 같았다.

　노인 어른의 일을 잊고 있었는데 6~7개월이 지난 어느 날 병원을 찾아오셔서 가슴과 복부에 있는 혹을 제거해 달라고 하신다. 이번에도 수술날짜를 잡아드리고 약속한 날에 오시게 하였다. 약속된 날 수술을 받으러 오신 노인 어른을 준비하던 간호사가 환자분의 옷이 그동안 우리가 사서 드린 옷만 입으셨는지 또 너무나 낡아있다고 하는 것이었다. 노인 분들의 삶의 피폐함을 엿볼 수 있었다.

나는 가슴과 복부에서 크기가 커다란 혹을 6개 제거하는 수술을 하면서 직원을 내보내 이번에는 내복을 두 벌 사오게 하였다. 아무래도 한 벌의 내복으로는 불충분할 것 같았다. 겉옷이야 교회를 통해 복지시설 등에서 전해지는 옷으로 해결될 수도 있지만, 내복은 본인이 직접 구입해야 되는데 이들 노부부의 수입이 1~2년이 되어도 내복을 마련할 수입이 되지 않는 것 같았다.

요즘은 거의 스마트폰이나 전자기기로 대중매체를 접하는데, 노인들이 하루 얼마나 폐품을 수집하겠는가. 설령 폐품을 모은다고 해도 연로하고 힘이 없어 고물상까지 운반하기도 어려울 테니 돈이 되는 폐품을 수집하기란 쉽지 않을 것이다. 하루하루 먹고 사는 문제가 급박하다 보니 속에 입는 내복은 구입할 생각을 못하고 살아가시는 것 같았다. 수술이 끝나고 돌아가실 때 준비한 내복을 드리니 자식도 못하는 일을 해주신다면서 눈물을 흘리셨다. 수술 후 통원치료를 받으러 오실 때마다 노인 어른은 내가 사드린 내복을 입고 오시면서 감사의 말씀을 잊지 않으셨다.

나는 이분들을 보면서 부양할 자식이 호적상에 있어도 실제로는 자식의 도움을 받지 못하는 사각지대에 있는 분들의 삶이 얼마나 궁핍한지를 보게 되었다. 그리고 정부에서 이런 분들을 구제하기 위해 정부 기관에서 정밀한 조사를 거쳐 기초생활수급자의 자격을 부여하는 것이 마땅하지 않을까 하는 생각을 해 보았다. 개인의 힘으로 돕는 것은 근본적 대책이 될 수 없기 때문이다.

우리 주위에는 아직도 어려운 이웃이 많다. 정부는 이들을 돌보는데 소홀해서는 안 되겠고, 많은 국민들도 이들에게 작은 나눔을 실천하는 기쁨이 매우 크다는 것을 깨닫고 실천에 옮겼으면 좋겠다.

선우경식(요셉) 원장님이 이루고자 했던 세상은 사랑을 나누는 따뜻한 사회였다.

원장님의 유지를 받들어 재능기부를 할 수 있었던 오랜 시간에 감사한다.

더 많은 사람들이 나눔을 실천하는 데서 오는 기쁨을 알 수 있게 된다면 좋겠다. 또한 약하고 소외된 사람들을 구제할 수 있는 제도적 지원도 더 확충된다면 좋을 것이다. 결국 더 많은 사람이 행복하게 살아야 우리도 행복할 수 있지 않을까.